СУЧАСНА ЛІТЕРАТУРА

ПОЕЗІЯ, ПРОЗА, ПУБЛІЦИСТИКА

КАЯЛА

Марк ЗАЙЧИК

ПИЛИГРИМ

Каяла
2023

УДК 821.161.1(569.4)'06-3

А/з З-17

Марк Зайчик
А/з З-17 — Пилигрим. Київ: «ФОП Ретівов Тетяна», 2023.
212 с. — (Серія «Сучасна література / Поезія, проза, публіцистика»).

ISBN 978-617-8014-26-1

До збірки прози ізраїльського автора Марка Зайчика увійшов роман «Пілігрим», повість «Проект «Палестина»» та оповідання «Гер Геббельс уже поїхав».

УДК 821.161.1(569.4)'06-3

ISBN 978-617-8014-26-1

ПИЛИГРИМ

Роман

Уже вторая половина октября. Зима пришла. Дожди в Сиаме вдруг ослабли, все мгновенно высохло и стало по-прежнему голубым и зеленым. Солнца пока нет. 26 градусов тепла и свинцового цвета море, которое видно в конце грунтовой, обрамленной густыми джунглями дороги. Море на горизонте как бы стоит вертикально, дополняя белесого цвета небо с быстро приближающимися ливневыми облаками. Низко и опасно летающие над головами небольшие пронзительно кричащие птицы подтверждают приближающуюся грозу. Желто-зеленая ящерица выкладывает аккуратным узором на плоском мягком камне у спуска к морю умерщвленных стрекоз. В общем, Сиам во всей его чарующей силе и обманчивом тающем цвете зимы.

Гриша Кафкан мельком увидел идущего по проходу первого пилота в синем застегнутом мундире, отделанном широкими золотыми полосками на манжетах, в белой рубахе с твердым воротничком, узком галстуке с логотипом авиакомпании и непонятным значком на лацкане. Он был в рыжеватой недельной щетине, по моде последнего времени, коротко стриженый, подобранный и с выражением последней наглой уверенности на широком лице, знающий многое про жизнь человека с большими возможностями, нерастраченной силой и некоторой властью. Он отодвинул шторку, громыхнул металлической дверью и скрылся от взглядов пассажиров за нею. Одна деталь среди многих других радовала Гришу Кафкана в торжественном одеянии пилота. Из кармана мундира торчал экран электронного прибора, подключенного к популярной библиотеке.

На экране был воспроизведен абзац из книги «По направлению к Свану». Вот что было написано четкими большими буквами на нем: «Ах, что там ни говори, в жизни все-таки много хорошего, мой милый Амедей!».

Но тут он вспомнил, что у него умерла жена, и, очевидно, решив не углубляться в то, как мог он в такую минуту радоваться, ограничился жестом, к которому он прибегал всякий раз, когда перед ним вставал сложный вопрос: провел рукой по лбу, вытер глаза и протер пенсне. Он пережил жену на два года, все это время был безутешен и, тем не менее, признавался дедушке: «Как странно! О моей бедной жене я думаю часто, но не могу думать о ней долго». — «Часто, но недолго, — как бедный старик Сван», — это стало одним из любимых выражений дедушки, которое он употреблял по самым разным поводам. Я склонен был думать, что старик Сван — чудовище, но дедушка, которого я считал самым справедливым судьей на свете и чей приговор был для меня законом, на основании коего я впоследствии прощал предосудительные в моих глазах поступки, мне возражал: «Да что ты! У него же было золотое сердце!».

Вообще, если честно, то этот молодой человек лет тридцати семи с половиной был похож внешне на уличного кота. Только эти животные с самостоятельной внутренней жизнью все-таки, несмотря на мировой прогресс, еще не могут управлять реактивными пассажирскими самолетами межконтинентальных рейсов. Просто не обучены.

Григорий Соломонович к кошкам относился трепетно. Он и летать никуда не хотел, потому что не с кем было оставить кошку Манюню, и ко всему прочему, дома ему было хорошо и уютно. Но близкие родственники сломали его сопротивление, пользуясь известным неопровержимым способом и суровым аргументом «если не мытьем, так катаньем». Манюню пристроили к соседке, добродушной и безотказной даме. «Все равно ей делать нечего, а так есть цель у нее, есть к чему стремиться», — сказала всезнающая жена, которая могла быть циничной и меткой, несмотря на хорошее образование и врожденное доброе сердце. Одно другому не мешает, как с удивлением выяснил для себя уже в Израиле старик Кафкан.

Он много часов должен был лететь вместе с семьей, куда же без них без всех, в чудесный уголок мира на самом краю земли, с голубым неглубоким заливом, с почти непроходимыми джунглями, с внезапными дождями большой силы, называемыми муссонами, и с милыми местными жителями, невысокими, непонятными и непохожими ни на кого из известных Григорию Кафкану людей.

Правда, когда-то давно, на даче под Ленинградом, сдержанный мужчина с внимательными глазами, вернувшийся из командировки во Вьетнам и смежные ему страны, рассказывал шестнадцатилетнему Грише и его отцу про совершенно фантастическую Азию вообще, и более подробно — про отдельные страны в этой части света. «Ни на что не похоже вообще», — утверждал этот молодой лобастый военный мужчина, азартно качая на руках капризничающего мальчика лет трех. Как-то, несмотря на его многомесячное отсутствие, ребенок — а были еще два малолетних крепыша — появился у него и его жены со славянским несовершенным, чувственным и прелестным профилем, с туго зачесанными по-балетному назад льняными волосами. Вероятно, все дело было в его кратких отпусках из служебных командировок в далекие, влажные и туманные точки мира. Конечно же, все дело было в его отпусках, ни о чем другом речи не было, никто и не думал, это невозможно. Профиль его жены был безукоризненно чист, как и, бесспорно, ее помыслы.

Цветной сон Григория Кафкана был крепок, необычен и совершенно неожидан. Откуда он появился, было не совсем ясно. Может быть, это было и хорошо, потому что есть в жизни вещи непостижимые, ведь правда?!

Тот русский военный на даче сказал отцу, качая своего мальчика сильными голыми руками отпускника — дело было после шестьдесят седьмого года, после Шестидневной войны на Ближнем Востоке — сказал Соломону Кафкану и его вечному дачному оппоненту: «Ваши летают хорошо, не хуже наших, иногда даже лучше. Не всегда понятны их мгновенные сокрушительные уколы. Молодцы они, холодные бойцы». Соломон Кафкан заулыбался всем лицом, как у него и только у него получалось. Он взглянул на помрачневшего от этих слов отставника и сходил в дом за вином и бутылкой водки для дорогого соседа по даче, который был честен и прекрасен. Жена военного забрала ребенка у него из рук и с недовольным лицом унесла его, бросив: «Вы тут не увлекайтесь, Сереже много нельзя». — «Мало этому Сереже тоже нельзя», — мельком ответил Сережа сам себе. «Толик, по-моему, покакал», — добавил Сережа. «Знаю без тебя. Я сейчас тебя поменяю», — сказала женщина нежно сыну. Помрачневший оппонент тоже не удержался и принес от себя своего добра, и дело кончилось подробным рассказом Сережи о

Египте, Синае, Аль-Арише, Александрии и других географических пунктах. И сияющим прекрасным лицом отца с совершенно не загоревшей кожей. Кожа его, сурового и упрямого человека, никогда не темнела, он был почти праведник, если честно. Это теперь Грише, ворчливому старику, стало очевидно.

Гришу встретил в аэропорту Невельского складный и собранный курносый малый в расстегнутой куртке. Он подошел к Кафкану и сказал: «Здравствуйте, Григорий Соломонович. Я вас встречаю, меня звать Гена, я должен отвезти вас в Биробиджан, давайте чемодан». Гриша отдал парню свой чемодан и пошел рядом с ним к выходу. Толпы не было, люди шли разобщенно. Холод, Сибирь, Амур, Тайшет и непонятный Грише БАМ…

— Сколько нам ехать?

— Часа два с половиной, возможно, три, если с остановкой и не торопясь, — объяснил Гена. — Это километров двести, боковой ветер, машина у меня славная, домчим.

Машина у него была японский джип с левым управлением, затемненными стеклами и мощным двигателем. Остановились у киоска с зарешеченным окном. «Я возьму воды и пирожков в дорогу», — Гена выскочил наружу, не выключив двигатель и отопление, и бросился за покупками. Гриша не успел сказать ничего ему. Вернулся он скоро, нагруженный тяжелыми пакетами, в которых позвякивали бутылки. «Это боржом, еда, рыбка там и немного водки на всякий случай — тайга, Григорий Соломонович, мы в тайге все-таки». Гриша немного разомлел после пережитого в полете и молча кивал шоферу. Сил на разговор у него не было.

В дороге ветер раскачивал машину, как картонную пустую коробку, Гена справлялся с этой проблемой неплохо. С двух сторон шоссе были затянутые льдом водные просторы. Речь идет о ручьях и болотах с черными деревьями и голыми кустами по берегам. Гена сказал, не отрываясь от руля, что «это вот река Бира». Гриша не понял, где эта река, вероятно, повсюду вокруг. Людей Гриша не заметил за все время ни разу — ни вдали, ни возле.

Через три часа пути без остановок по узкому асфальтированному шоссе въехали в так называемый поселок городского типа с домами, сложенными из светлого кирпича, с широкими улицами, по которым сновали женщины в зимних пальто с меховыми воротниками, в платках, с вместительными сумками в руках. «Это и есть Биробиджан, столица автономии», — объяснил Гена. Он был и шофер, и охранник, и гид.

В гастрономе разгружали ящики и большие коробки с рыбой и макаронами. «Пообедаем сначала», — сказал Гена. Гриша промолчал, он был дорогим гостем и помнил об этом. Подъехали к столовой, называвшейся по старинке доступно — «Путь к коммунизму». В Ленинграде и Москве таких названий он уже не замечал. Гена предложил ему полушубок, но уже приехали, и Кафкан сказал, что «спасибо большое, Геннадий, но я оденусь уже после обеда». Гриша не удивлялся ничему, он уже это все видел прежде в других местах. С опаской он последовал боком по широкой лестнице, боясь поскользнуться в своих ботиночках на утоптанном снегу к онтологическому и такому знакомому входу в желанную точку общепита. Гена шел рядом, готовый помочь при первой необходимости заезжему иностранцу, вернуть ему равновесие и оградить от превратностей суровой сибирской жизни.

У входа в столовую стояла на ветру высокая женщина в роскошной меховой шапке. Она была похожа на гранитный памятник самой себе, занесенный снегом. На ней был белый халат, ее лицо выражало любезность и все возможное дамское обаяние, которое можно показать на ветру и на суровом морозе важному приезжему гостю из далекой дружественной страны.

— Мы рады приветствовать вас, товарищ Кафкан, на нашей гостеприимной земле, добро пожаловать, — сказала она Грише, который не знал, куда деваться от стыда.

В вестибюле было тепло, можно было снять верхнюю одежду без вреда для здоровья. «Мы приготовили для вас завтрак в еврейской пищевой традиции, товарищ Кафкан. Руководитель общины уже ждет вас», — сказала дама торжественно. «Боже мой, какой общины?» — Гриша не помнил и не понимал ничего. Он не всегда сразу все схватывал и понимал в жизни. С малых лет это было с ним.

Оказалось, что стоящий в глубине зала бритый дядя с лепными морщинами на лице и шее — и есть руководитель еврейской общины. Что это такое — «еврейская община» — было Грише неясно. Он уехал из СССР навсегда тогда, когда не было никаких общин вообще и еврейских в частности.

Человек с медалью «За доблестный труд» на лацкане пиджака ожидал гостя, стоя у праздничного стола, опираясь на него двумя распухшими пальцами правой кисти. Симметричный человек, еще крепкий, со своим пониманием этого мира.

Посередине стола на крахмальной скатерти находилось блюдо с фаршированной рыбиной, украшенной цветком, искусно вырезанным из моркови. Они славно посидели, хотя Гриша пить уже не мог, это было выше его сил. Только за первый тост, произнесенный руководителем с медалью на лацкане: «За Еврейскую автономию — стоя», — Гриша сумел опрокинуть вместительную рюмку водки. Очень хорошей. Лучше ему не стало. Сколько можно, скажите.

Руководитель общины ел мало, больше рассказывал о нуждах своих людей:

— Нам нужно восстановить синагогу первым делом. Хотя я и атеист, но необходимость в этом первоочередная, Григорий Соломонович. И, во-вторых, общинный дом — это все очень нужно, как воздух нужны средства. Я уверен, что ваша организация поможет нам во всем. Вы меня, конечно, понимаете, я вижу, что все понимаете», — руководитель общины говорил убежденно, Гриша и сам ему поверил.

— Конечно, все нужно, конечно, нужны средства, я понимаю вас…

— Вы, наверное, отвыкли там и от нашего снега, и от непомерных возлияний, так что простите нас, — неожиданно этот человек показал себя другим, смущающимся и одиноким стариком.

— Ну, что вы, конечно, нет, — фальшивым не своим голосом сказал Кафкан, отведя от него глаза. Он понял, что у него пропал интерес и любопытство, которые привели (привезли) его в эту ситуацию и на эту должность, которую мама, проницательная, простая мудрая мама когда-то назвала *люфт гешефтн* (непереводимо, хотя можно попытаться и перевести как «дела из воздуха», то есть нечто туманное, неоформленное, необъяснимое). Здесь очень сложно обжиться в абсолютно герметичной для посторонних людей территории. Неожиданно Грише мучительно захотелось убраться отсюда, из этой бескрайней и очень разнообразной страны, ни на что не похожей, чудесной и совершенно незнакомой, настойчиво мешающей ему жить. Больше всего ему захотелось вернуться на свою улицу Кашани или на любую другую иерусалимскую горбатую, спускающуюся в низину к парку улицу, скажем, Рамбам, неважно. Главное, немедленно отсюда убраться и приехать домой.

Он пробыл в этом городе еще два дня, много выслушал просьб и требований, старался не обещать больших сумм, да и малых тоже, потому что это было не в его компетенции. Гриша простился со стариком из директората общины, который его настойчиво, трогательно и неназойливо опекал («вы сыты, дорогой Григорий Соломонович?») был на трех праздничных мероприятиях, устроенных в его честь, с обильными обедами, чудесными песнями на идиш («*майн штетале Белц, аф дем припечек брент а фаерел, шейн ви ди ливоне*»), которые пели три громкоголосые девушки в сарафанах под баян и гитару, с шумными тостами местных активистов, работников культуры и бизнесменов, и обязательным тортом «Наполеон» в качестве сладкого напоследок. Все выступавшие говорили старательно, солидно, пытаясь на Кафкана, гостя из надежной заграницы, произвести наилучшее впечатление. У очень многих это получилось хорошо. Чудно позванивали опустошенные хрустальные фужеры.

Один почти трезвый персонаж достал из кармана пиджака бумагу, надел очки и объявил: «Разрешите, хе-хе, дорогой приезжий из Иерусалима, я скажу стих нашего поэта, кое-что сокращу для краткости»… Обстановка располагала к устному творчеству, признаем.

Снаружи стучали молотками плотники, строившие стропила, и громыхали ящиками грузчики продуктового магазина. И под этот стук и грохот, поправив указательным пальцем очки в роговой оправе, он прочел: «Меж Биджаном и Бирою, тайну вам сейчас открою, город сказочный стоит, средь болот, Амуру щит. Век двадцатый не простой, был проселок здесь пустой, комариный этот край для евреев пусть не рай… простите, ну, здесь пропустим, а вот и конец… душновато сильно летом, выйдете вы в лен одетым, так легко привольно будет, нашу зиму не забудет. Ветрена она, сурова, с нею встретиться готовы? Ицык, Ваня, Роза, Поля, будь счастлива ваша доля».

— А ведь это надо напечатать, там у вас, в Иерусалиме, вот было бы славно, — сказал руководитель литобъединения при библиотеке, задумчиво улыбаясь. «Надо замереть немедленно и не реагировать никак», — подумал Кафкан. Он кивнул в ответ говорившему, глядя на расплывающийся желто-оранжевый свет под потолком, потом повторил, что, «конечно, в Иерусалиме, конечно, славно, конечно, обязательно».

По ночам он засыпал, как говорится, без задних ног, в номере кооперативной гостиницы на втором этаже. Слово «кооператив» уже не удивляло и не резало слух, Гриша привык, приноровился. У него была уютная комнатка три на четыре с фанерным шкафом для баула, плаща и приобретенной за малые деньги меховой шапки, с работавшим не каждый раз плоским телефонным аппаратом на столе и с лампой под зеленым абажуром.

Какой это год? Какая страна? Какое это столетие? Но вообще, ясно какое, тоже мне вопросы. Просто во сне не все становится очевидным, господин Кафкан, спите меньше, единственный совет, просыпайтесь.

В ряду с Кафканом в ночном азиатском рейсе через проход сидел мужчина лет сорока-пятидесяти с компьютером, который он поставил на выдвижной самолетный столик. У него было чуть одутловатое привлекательное лицо много думающего о работе и жизни человека, короткая стрижка с широкими залысинами и прекрасные кисти рук с чувственной формы пальцами. Кафкан часто отмечал форму кистей рук собеседников или просто знакомых. Он считал, что руки отражают некую важную черту в характере человека. Это мнение не всегда было верным, но иногда попадало в точку.

Изредка сосед Кафкана замирал, руки его застывали над клавишами, он закрывал каре-желтые глаза и, как бы обогащенный новой мыслью и идеей, через пару мгновений возвращался к работе с новой энергией. Башмаки он снял и удобно опирался ступнями в носках в черно-желтую клетку о стенку, отделявшую их салон от соседнего помещения. Кафкан подивился этому умному, привыкшему к путешествиям человеку. Надувная подушечка по форме шеи облегчала этому опытному путешественнику долгий путь. Кафкан кивнул своему впечатлению, закрыл глаза и заснул. Устав за весь этот нервный суматошный день, он сразу провалился в сон, который оказался цветным, трогательным и непонятным.

Ему приснилось, что он уезжает из Ленинграда навсегда тем самым майским свежим утром почти полвека назад. Он, двадцатитрехлетний, сильный, легко шагающий по земле и жизни, молодой, с мощной спиной и такими же руками человек, не обремененный ничем, идет по залитому солнцем бетону аэродрома к самолету вместе со своими родными отцом и матерью, неся в руках сетку с бутербродами, которые мать заготовила с вечера впрок. «Кто знает, что там в этих самолетах, чем кормят и кормят ли вообще», — говорила она с ворчливой интонацией жительницы коммунальной квартиры в окраинном районе Ленинграда. Она очень волновалась, хорохорилась, все время что-то говорила, не обращаясь ни к кому, пытаясь скрыть свое волнение и страх. Она завернула свои массивные бутерброды с маслом, сыром, солеными огурцами в салфетку, фольгу, газету и сложила их в авоську. Еще были бутерброды с котлетами, в отдельной фольге, ее фирменное блюдо с незапамятных времен, сколько себя помнил Гриша, то есть лет с четырех-пяти-шести. Тот же батон, те же огурцы и крупные зажаренные котлеты, которые остро пахли луком, фаршем, хлебом и какой-то неизвестной Грише приправой. Он всегда хотел у матери выяснить, что она добавляла в котлеты, но забывал об этом. Были, как он думал, у него дела поважнее. А потом и спрашивать стало не у кого.

Кстати, когда он привел в дом к матери и отцу будущую жену, то мать, конечно, сразу же бросилась их кормить. Была пятница, время после полудня. Они выехали с базы на севере, где служили вместе, так случилось, в двухдневный отпуск конца недели, то есть до воскресенья (здесь, в Израиле, это так), в шесть утра, и пока добрались попутками до Хайфы, дождались автобуса на Иерусалим, время то и ушло. Они сидели за столом, голодные, как молодые волки, которыми они и были на самом деле, и ели эти котлеты, и его женщина, которую звали Майя, шептала ему: «Невероятно, как это вкусно, у меня дома и вокруг никто так не умеет». У нее, кажется, и слезы текли по веснушчатым впалым щекам к подбородку от вкуса этих котлет, которых было целое блюдо с синей каймой от Ломоносовского императорского завода перед ними, и мать все подносила и подносила из кухни новые дымящиеся порции. Как мать цеплялась за это фаянсовое блюдо! «Оно мне очень дорого, память о моей жизни», — повторяла она, упаковывая блюдо в ленинградские газеты, в старую простыню, потом в полотенце и, наконец, в чемодан. «И не смейся надо мной, ты ничего не знаешь и не понимаешь, Гриша», — говорила она сыну. Гриша и не думал смеяться, он только тихо удивлялся, не подавая вида.

Так вот, отлет. Бутерброды им не понадобились. Кормили в самолете отменно, это было время, когда в СССР, который был в своей огромной силе и богатстве, к пассажирам международных линий относились по-царски. Знай, мол, наших. Мать не ела ничего от волнения. Гриша съел свой и отцовский обед, в котором были все доступные и недоступные деликатесы того непостижимого, невероятного и славного времени. Сказать, что все времена, в которых мы живем, славные, нельзя, потому что это не так. Отец съел бутерброд с сыром, запил водой из граненого стакана и с любопытством смотрел вокруг себя своими глазами цвета блеклой синевы. Он был очень хорош собой, этот уже старый человек с небольшой бородкой, с круглыми очками без оправы, с непонятным советским галстуком и в белой рубахе довоенного покроя с острым воротником и неновой шляпе, которую он не снял даже в самолете. Никому ничего не объяснял, а просто не снял. Он шляпу по возможности никогда не снимал, «нельзя потому что». Он мог быть непреклонным, упрямым и ужасным, этот человек — так с восторгом думал о нем, о Соломоне Кафкане, сейчас, почти через пятьдесят лет после того дня, Гриша Кафкан, его сын и наследник. Чего, а?

Григорий Соломонович Кафкан проснулся от легкого прикосновения к плечу. Легкий запах хороших духов вернул его сознание в реальную жизнь, протекавшую на борту авиалайнера. Стюардесса в синем форменном костюмчике, в кокетливой пилотке спросила его осторожно, боясь помешать ему видеть сны: «Вы обедать будете? Есть на любой вкус, все горячее и свежайшее, господин Кафкан». Гриша повел плечами, скосил на нее глаза, она была хороша и доброжелательна, как будто сдавала экзамен по обслуживанию капризных клиентов. Сосед с компьютером поглощал аппетитно пахнувшее поджаренное мясо, по виду стейк. Рядом с мясом расположилось пюре с подливой и овощи. Все это взывало к плотной трапезе. Было три часа утра. Или ночи, это как откуда считать.

Кафкан попытался изобразить улыбку на своем лице, это у него получилось не очень. «Я откажусь, мне слишком рано есть мясо, уважаемая», — сказал он и смежил веки, он очень хотел посмотреть еще сон, неважно какой. Сны он видел редко последнее время и хватался за каждую возможность увидеть их и узнать, чем все закончилось. Чем-чем, тоже мне вопрос. Все знают, чем и как, но все равно все настойчиво пытаются разузнать и как все прошло, и как все будет, и обязательный эпилог.

На этот раз он увидел зал казино со снующими почти раздетыми официантками и крепкотелыми охранниками, затянутыми в галстуки и похожими на скульптурные изображения. Группы людей толпились вокруг столов, за которыми играли в покер, «блэк джек», баккару. Отдельно крутилась рулетка, которую с надменным выражением одутловатого лица запускал человек в цветной жилетке. Он монотонно повторял: «Ставки сделаны, ставок больше нет, господа». — «Восемнадцать», — как завороженная сказала жена Гриши. Нервно и энергично постукивал шарик, определяя чью-то радость или грусть и оттенки некоторых других чувств. Рядом с Гришей стояла его молодая жена в черном платье с разрезом вдоль бедра, с платиновым браслетом на запястье левой руки, тускло и дорого поблескивавшем. Брошка с крупным бриллиантом, доставшаяся ей в наследство от свекрови, хорошо смотрелась на ней. Вообще, она производила большое впечатление своим видом и манерой держаться. Судя по ней, по ее прическе, по давно потерянной брошке, можно было понять, что дело в этом сне происходит лет тридцать семь назад, максимум тридцать восемь. Вот куда нас заводят сны в самолетах межконтинентальных авиалиний.

Григорий Кафкан обожал эти путешествия во времени. Эта другая реальность, недостижимая в жизни, давала ему тот фон, который примирял его с непонятным и пугающим настоящим временем. И не только примирял, но и создавал ту чудесную реальность, в которой он пребывал когда-то так сладко и чудно, так знакомо и ощутимо. И безопасно для жизни. Это было время, которое не нужно было понимать или комментировать, это были просто цветные картины жизни, в которых он принимал важное и посильное участие. И все.

Жена Гриши обожала красный цвет, всю жизнь ее цвет был алым. Она носила только туфли на высоком каблуке алого цвета. «Дай мне сто долларов», — попросила она у Гриши, нетерпеливо глядя на рулетку и людей, наблюдавших и игравших в нее. Грише был хорошо знаком этот тон ее и настроение. Никогда в такие минуты он ей не перечил и не отказывал. Он безропотно достал бумажник из внутреннего кармана пиджака и передал ей двести долларов со словами: «Не очень увлекайся, Майя, я здесь». Слов его она не слушала, забрала деньги и подошла к столу. «На красное сто долларов», — услышал Гриша ее соловьиный, по его устойчивому давнему мнению, голос. Он перебрал в кармане фишки, купленные в кассе при входе, и осторожно пробравшись через спину игравших, поставил по двадцать пять долларов на ближайших к краю игроков. Они покосились на него, на его профиль, на его руку, на зеленые фишки, но никто ничего не сказал. Это был не его день.

Через десять минут после первой ставки Гришины карманы были пусты от каких бы то ни было фишек. И от красных по пять долларов, и от зеленых по двадцать пять долларов, и от черных по сто долларов. Он неудачно выбрал место, встав позади игравших. Сидячих мест не было. Мужчины, сидевшие на конце стола, проигрывали раз за разом. Один посмеивался и вел себя хоть и нервозно, но прилично. Усмехался, мотал головой и изредка вздыхал.

У него получилось при раздаче король и два, у крупье восемь. Он попросил еще карту, вышло три. Подумав, он героически попросил еще карту и получил четыре. Итого девятнадцать. С некоторой надеждой он выдохнул, «возможно, сейчас нет». Гриша поставил три зеленых фишки (семьдесят пять, между прочим, долларов) на этот квадрат (на эту, как выражаются, «руку»), последние. Игравший скосил взгляд, но промолчал. Крупье, который щегольски щелкал картами о суконную поверхность стола, открылся, там было семь, он добавил еще карту, прилетела, шелестя о настоянный на азарте воздух, пять, итого, двадцать. Игравший, у него была круглая лысина на крепком темени, глубоко вздохнул, так вздыхают при сердечных приступах. «Все, я пустой», — признался тихо сам себе. Гриша тоже остался ни с чем, не переживал, но, конечно, расстраивался. Да и что там с Майей, та в азарте могла выкинуть коленце, заложить, скажем, брошку… С нее станется.

Второй ругался матом, хватался за голову и один раз даже сказал Грише через плечо звонким голосом: «А вы могли бы, сэр, здесь не играть?». Нашел причину в Грише. Справедливости ради, он проигрывал и до Гришиного прихода. Он гулко простонал, очень похоже на выкрик ночной птицы в хвойном лесу, проиграв на своих двадцати, у крупье вышло двадцать одно. Ничего не помогало никому. Крупье с точеными пальцами пианиста или художника, или карманника, невозмутимый молодой джентльмен, был непобедим. Он ведь играл не своими деньгами, а фишками казино, у него не было ощущения крушения основ даже при самом значительном проигрыше.

Гриша, конечно, мог пойти и прикупить еще фишек, но это было против его правил, и он остался стоять за спинами игравших, упираясь указательным пальцем левой руки в борт стола. Горечь поражения влияла на увеличение вкуса горечи во рту. Он постоял в оцепенении пару минут, крупье сгонял еще три круга с тем же успехом для игравших. У крупье было порочное мятое лицо и мягкие, почти женские движения смуглых рук, за которыми можно было смотреть бесконечно, если бы не проигрыши.

Гриша собрался уходить, восстановив дыхание. Тут неслышно подошла Майя, взяла его за рукав пиджака, «смотри что у меня есть». В ее руках была большая пригоршня черных стодолларовых фишек. Одна из фишек упала на пол и покатилась по полу. Охранник быстро нагнулся и ловко, несмотря на бочкообразную грудную клетку, прихватил фишку рукой, в которой невозможно было увидеть не только какую-то фишку, но и предмет позначительнее и потяжелее, например, две фишки или три. Охранник протянул фишку Майе со словами «не теряйте денег, мадам, они не с неба падают». Он был серьезен, и несмотря на свои резкие действия, не задыхался, не тот возраст и подготовка, все подогнано. Все у него впереди. «Дай ему денег, Гришенька, он заслужил», — попросила его Майя с царственной интонацией. А денег у него не было.

«Откуда, что такое, девочка, ты обокрала казино?» — спросил Гриша удивленно, он с трудом понимал происходящее. Майя высыпала фишки ему в руки, взяла бокал со светлым вином у проходившей мимо официантки в корсете и натянутых на бедрах кружевных трусах, и отпила большой глоток с таинственным видом. «Я выиграла эти деньги, дорогой. Мне подсчитали, там три тысячи двести пятьдесят долларов, вот», — сказала женщина с гордостью. «Могу зарабатывать рулеткой на жизнь». — «Ты, кстати, не знаешь, из чего делают эти фишки, милый? Они тяжеленькие, славные», — сказала Майя вполне вовремя. Автоматически Гриша ответил, что фишки делают, кажется, из специального сорта глины, надо проверить. «Всего лишь глина, а какая красивая. Я больше не хочу играть, мой заряд на эту игру кончился. Денег нам не надо больше. Зачем столько?» — Майя была весела и уверена.

Гриша не мог поверить ее словам, но разноцветные фишки в ее руках свидетельствовали о том, что женщина говорит правду и только правду. «Я ставила только на красный цвет, это мой цвет, цвет крови и любви, тридцать два красное, ха-ха, милый, я тебя обожаю, давай выпьем шампанского, а… Хочу шампанского».

Гриша, возбужденный до румянца происходящим, крепко держа рукой за талию, увлек ее, с удовольствием потерявшую границы дозволенного молодым честным дамам, к кассе с широким окном. Никакой решетки, без охраны, только любовь, алкоголь, азарт и полное, почти неприличное доверие. Сидевшая за окном девушка, красавица и чаровница, добрая неулыбчивая душа, поправив декольте, с серьезным видом пересчитала фишки и выдала им три тысячи двести пятьдесят долларов. «Подари ей деньги, она заслужила, видишь, как выглядит», — влажно попросила Гришу жена. Она как бы подтянулась и явно пыталась вернуться в свой обычный облик доброй, несколько рассеянной семейной моложавой дамы с деловой походкой. Пока безуспешно.

«Где все это происходило?» — подумал Гриша во сне. Ничего не приходило ему на ум. Язык всех этих местных людей необычного вида казался ему знакомым. Никак он не мог вспомнить, что за язык, к какой группе принадлежит и из какой семьи. «Точно не индоевропейский», — подумал Гриша вдруг, что-то вспомнив из прошлого.

Здесь, под широкими темными коврами, были паркетные полы, которые чудно поскрипывали под выходными английскими башмаками Григория Кафкана, надетыми им по случаю выхода в свет, в казино. Такой у него был быт, выход в казино на центральной пешеходной улице города. Они приехали сюда как туристы. Что за город, Майя? Но ей было не до его вопросов. Майя долго надевала свой кокетливый беретик, стараясь придать ему необходимый наклон к правому виску. А что еще нужно для счастья? Женщина, прислонившаяся к твоему плечу, ее горячее дыхание, доллары в кармане и застывший от минусовой сухой погоды тротуар большого незнакомого города. Чьей-то столицы, вероятно. Дверь на тугой пружине тяжко захлопнулась за ними, швейцар в каком-то имперском кителе с золотыми погонами, похожий на состарившегося и все еще бравого улана, степенно поклонился им вслед. Майя сказала Грише, чтобы он дал швейцару денег, но у него не оказалось мелочи, все до копейки оставил в казино. У Майи, нашей миллионерши, были только крупные купюры, только крупные, жирно будет, нет?! «Простите меня, сэр», — сказал Гриша, но в последний момент что-то вспомнил и достал из кармана брюк двадцать шекелей, которые нашел утром, одеваясь. «Берите, это наши деньги, они принимаются повсюду», — швейцар не глядя, с поклоном взял купюру, такой вот человек, абсолютно не брезгливый.

На ночной, заиндевевшей от холода, совершенно незнакомой Грише улице, на другой стороне в витрине танцевала под неслышную музыку полуголая девушка с платиновыми волосами. Она была неутомима. Гриша остановился и поглядел на нее, оценив пластику и совершенство молодого женского тела. Над девушкой на стене дома было написано неоновыми крупными буквами название магазина (ресторана?) Farkash. «Ну, конечно, «Фаркаш», конечно, Будапешт, это было в Будапеште. Как я мог забыть! Гуляш, Пушкаш, Салаши, что еще? Имре Надь, профессор Еврейского университета Омри Ронен, копченая паприка, Ракоши, советский посол Андропов Ю.Вэ., Бела Кун, расстрелян в Коммунарке, все помню, — обрадовался

Кафкан. — Как я мог позабыть про такое путешествие, и Матьяш Ракоши обязательно, тот еще персонаж. А «фаркаш» по-русски волк». Его память хранила о Венгрии массу сведений, от которых он не умел и не хотел избавляться. «Зачем избавляться? Мне все нужно самому».

Студенту из Будапешта Имре Сереньи в октябре пятьдесят шестого года было восемнадцать лет. Он с автоматом в руках дрался против вторгшихся в венгерскую столицу советских агрессоров. Выжил в боях, сумел уйти от коммунистов всех мастей и наций, и перейти границу с Югославией. Он добрался до Израиля в 1957 году и в Иерусалиме окончил Еврейский университет. Филолог-славист. Работал в Гарвардском и Йельском университетах. В Иерусалиме он сменил свое имя на Омри Ронен.

Кафкан открыл глаза. В полутьме самолетного салона он не сразу сориентировался, но соседа в своем ряду разглядел сразу. Тот дремал, откинувшись на спинку кресла. Играла таинственная музыка, очень негромко, назидательно. Между окошками салона была полоса серо-голубой отделки. Можно было увидеть клубы рыхлых облаков и черное огромное пространство неба, в котором мелькали красные бортовые огни летящего невероятного, с мерным гудением чудовищных моторов, переполненного пассажирами самолета, как будто застывшего в воздухе. Эта недвижная картина успокаивала Кафкана и вселяла в него доверие.

Компьютер с черным потухшим экраном оставался открытым перед трудолюбивым соседом Кафкана. Рядом с компьютером лежала ученическая простая тетрадка в клеточку, заложенная авторучкой с рядами цифр и ровными абзацами слов, написанных аккуратным быстрым почерком справа налево. «Укатали сивку самолетные ночи, укатали», — удовлетворенно почему-то подумал Кафкан и тут же опять заснул. Паззл, складывавшийся из его нынешних неожиданных снов, постепенно обретал совершенную форму и яркий необъяснимый смысл.

Опять ему приснился майский давешний город Ленинград, улица Правды возле стеклянного почему-то входа в баню, где он ждал снаружи товарища, чтобы идти куда-то. Сейчас он не мог вспомнить куда.

Тогда, почти пятьдесят лет назад, Гриша Кафкан был скромным юношей с белой кожей, с семитским по всем внешним показателям профилем, с худыми мускулистыми руками и высокой шеей, которую одна способная ученица третьего курса художественного училища называла «античной и почти безупречной». Кажется, он ей нравился своим внешним видом и поведением, но Гриша не понимал этого. У него был роман с другой женщиной. Окончательного ничего между ними не произошло, о чем она, глядя в упор в глаза, с сожалением ему сказала в аэропорту Пулково на прощании. Но вот она говорила, эта собранная целеустремленная девушка, что «у Кафкана Гриши чарующие(?) глаза и роскошная манера улыбаться подвижным и худым лицом, непонятно как это тебе удается», эта фраза запомнилась ему почему-то, он, как и все, любил похвалы, даже самые далекие от действительности.

Потом эта девушка волшебным образом оказалась в Иерусалиме, и ничего у них не получилось опять, хотя ее планы были большие и обширные на него, видно, звезды не сошлись. «Помнишь, как мы с тобой, милый Гриша, встретились в первый раз? В метро «Технологическая» у эскалатора?». Конечно, он помнил. Прошло всего-то двадцать пять лет или двадцать шесть. Она обронила у эскалатора дешевый кошелек из кожзаменителя, пустой, с двадцатью копейками, как потом выяснилось. «Девушка, это ваш кошелек?». Народ торопился к движущемуся наверх эскалатору и недовольно ворчал на этих двух беседовавших на корточках молодых людей. «Спасибо, там, кажется, были деньги, а сейчас их в нем нет», — вопросительный взгляд. «Есть такое свойство у денег, исчезать», — неудачная шутка. Она скользнула по нему быстрым взглядом продолговатых глаз и отвернулась. У нее было ласковое лицо с круглыми скулами, непонятный цвет глаз, морской, что ли, набирающей силу синевы, рост под метр восемьдесят и непривычное, по тогдашним меркам на моду, куцее пальто темного цвета с туго завязанным кушаком, но без воротника. Он с трудом поднялся на ноги, колени его уже тогда давали о себе знать. Она чему-то улыбнулась и даже засмеялась. Смех ее звучал птичьим заливистым колокольчиком, сходившим на нижние ноты. Гриша, при всей его деланной, показной мужественности тут же пропал, что называется, «проглотил язык», и замолк, слова остались в нем непроизнесенные.

Лишь потом он справился с речью и смог пригласить ее в мороженицу в угловом доме с тяжелой входной дверью, с четырьмя столами из мрамора с пестрой поверхностью и с влажным полом. Деньги у него, работавшего грузчиком в три смены на хлебозаводе, теперь были. Он взял ей у лихой дамы за стойкой смородинового мороженого, а себе стакан портвейна «777» и две конфетки в зеленых фантиках. Стакан был граненый, наполненный доверху буро-красным сильным напитком, напоенным оптимизмом и надеждой. Играла музыка в кафетерии. Певица исполняла нежную песню композитора Эшпая и популярнейшего тогда поэта Евтушенко «А снег идет, а снег идет, и все вокруг чего-то ждет». За соседним столиком выпившие молодые люди с крепкими скулами в пятнах на лицах, один был с лысиной в полголовы, пили шампанское с коньяком и смеялись шуточкам: «А грузин говорит: «А вы у Абрама из Бухенвальда спросите, его фамилия Майданек, — ха-ха, — он все знает»». Анна морщилась и отворачивалась от этих парней, как от зараженных чем-то неприличным.

Почему-то сейчас, спустя годы с того дня, Гриша вспоминал ее совершенно не в Иерусалиме, зрелой, дрожащей от желания и страсти женщиной, а вот той девушкой в широкой черно-синей кофте с дешевой брошкой у левой ключицы, которая поднимала на него горящие глаза от металлической плошки со знаменитым смородиновым мороженым и пыталась завести разговор. «Вот мне уже двадцать четыре года, а талантов никаких у меня особых нет, и что мне с этим делать, я не знаю», — так она грустным голосом ему жаловалась. Ласточка, конечно.

Вот, еще она очень легко шла. Как говорят старики на девушек в соку, сладко жмурясь на солнышке в чахлом парке, «красивая поступь, ах»…

Потом она пригляделась к нему, прищурив близорукие глаза, и сказала негромко и без улыбки: «Нехороший, но красивый, это кто глядит на нас»…

Гриша не понял этих слов, кому они предназначены. Он не знал, что сказать в свою очередь, промолчал и верно сделал, кажется. Если бы он понял, что к чему, то сделал бы правильные выводы из сказанного девушкой, которую звали Аней. Но он был растерян и смущен ее красотой и явной заинтересованностью в знакомстве с ним. Гриша, уж на что крепкий и похожий на настоящего мачо парень двадцати двух лет, был не очень уверен в себе по молодости лет, и внимание взрослой дамы, какой она ему показалась, давило на него излишне. Неожиданно для себя он взял в руки ее ладонь, оказавшуюся горячей и легкой, и поцеловал, глядя снизу в ее смутившееся и покрасневшее от удовольствия лицо.

После того как они подали документы на выезд в ближневосточную, вражескую для СССР страну, Гриша был уволен отовсюду. Его старики родители, пенсионеры со стажем, очень переживали, особенно выслушивая прогнозы и сплетни от знакомых и друзей о возможной судьбе их мальчика. «Обязательно устраивайся на работу, неважно куда, только чтобы было, что им сказать», — торопливо, взволнованно говорила ему негромким голосом мать. Надо было слышать этот тон, с которым она, бедная женщина, произносила это «ИМ».

Но никто Гришу на работу не брал. Разнорабочим в гастроном на углу его сначала приняли, но на другой день директор, энергичная женщина с перекрашенными помадой крупными губами, отведя желудевого цвета глаза куда-то в угол кабинетика с банками и смятыми картонными коробками, сказала: «Ну, мы вас взять, товарищ Кафкан, на эту ставку не можем, денег нет, ставка ликвидирована». Гриша после этой содержательной беседы, возвращаясь домой, повторял «ставка, профессорская ставка, конечно, нам профессора ни к чему, товарищ глупый Кафкан».

Так продолжалось две или три недели, тучи над ним сгущались. Гришу предупреждали все кому не лень: «Устраивайся, пацан, устраивайся, не играй с огнем». Даже участковый дядя Коля Ногин, словив его у табачного ларька, сказал глядя в сторону, он косил: «Смотри, парень, иди работать, иди на любую работу, нечего выбирать». Забот у него хватало, но Гриша относился к ним с некоторым легкомысленным и несерьезным вниманием, как будто чувствовал, что все обойдется и его ждет другая жизнь за зданием поликлиники и вне этого привычного двора с семью парадными в пятиэтажном кировском доме с черной лужей у входа в ЖЭК, которую подметала дворничиха проволочной метлой с характерным жестким и разбойничьим посвистом, от которого поеживались прохожие.

Интересно, что так все и было, все обошлось. Гришу взяли на хлебозавод грузчиком после звонка матери своей подруге по эвакуации в Свердловскую область, когда они жили с детьми в разгороженной занавеской большой комнате избы и ладили, как родные сестры. Подруга сделала карьеру по возвращении и стала заведовать кадрами на этом хлебозаводе и отказать матери не могла, да и не хотела. «Очень тебя, Лида, прошу, по краю мальчик мой ходит, по самому краю. Возьми его на работу». Лида не могла ничего забыть и мать просто любила и ценила. «О чем ты говоришь, Соня, ты что, чтобы я этого мальчика не взяла на работу, ты что? Ты в своем уме, пусть завтра приходит, он не пьет, конечно, у тебя?». После паузы мать ей ответила: «Какой пьет, какой пьет? Изредка бокал сухого, может быть, два. Спасибо тебе Лида, большое, не забуду никогда». А вы говорите, коммунисты.

Мать подозревала Гришу в пристрастии к алкогольному опьянению, «у нас в семье никто не пил и пьет, а ты что же», глядя на никакого, то есть совершенно в лоскуты сына, лежащего навзничь на диване, но она, конечно, не подозревала серьезности ситуации. Гриша обиженным тоном дал родителям слово, что ни пить, ни ссориться ни с кем на новой работе (престижной? спасительной?!) не будет, «что я, маленький, не понимаю, что ли». Отец добавил ему озабоченно, что «ты не знаешь, с кем играешь в игры, они серьезные очень люди, *рихтике газлоним*, понимаешь! они тебя упекут, ты и не заметишь».

Гриша за два года и четыре месяца почетной работы не пропустил ни одной смены, не выпил на работе с мужиками ни разу и не поссорился, хотя причины для ссор были, и не раз. Он научился не реагировать на слова и даже поступки, люди были как люди, как везде. Этому он научился, на самом деле, у отца, который относился к людям с непонятным смиренным терпением и каким-то неслыханным уважением. Он говорил пятилетнему мальчику Вите вы, называл соседа Аркашу, пропойцу и бандита, Аркадием Васильевичем, а хулигану Сане Цвету одалживал рубль или три, говоря, что, наверное, ему надо. «Вот умный-умный, а дает себя обмануть, как мальчик, с удовольствием, а еще Соломоном зовется», — говорила соседка, качая головой в оренбургском, конечно, сером платке. Но теплом, бесспорно.

Так вот, Аня. Она ему как-то сказала, что не любит фотографироваться: «Такой вот парадокс, фотографировать обожаю, а собственные фотографии терпеть не могу, рву на куски». И это при том, что художником она была явно хорошим, рука уверенная, задумчивая, взгляд ее был пронзительный, тщательный, хотелось скрыться от него. Это Гриша потом понял.

Она сообщила ему, как бы между прочим, что хочет побывать в двух местах в Европе: на площади Сан-Марко и на пляже Ла-Конча. Откуда, ну, откуда, скажите, все это берется в девочке из провинции?

Гриша не знал, где эти места находятся, и не стесняясь попросил ее рассказать, что и где. Она ничему не удивлялась, слушала только себя, как могло показаться. «Сан-Марко — центральная площадь в Венеции, а Ла-Конча — пляж в баскском городе Сан-Себастьяне на берегу Атлантического океана», — сказала ему Аня. Она не насмехалась над ним, не шутила по поводу знаний Гриши, «ну, не знает человек, ну и что, зато он знает другие места, правда!». Она была влюблена в него как кошка, если выражаться на языке кумушек, высиживающих неизвестно что возле дома на скамье с утра до вечера. Преувеличение, конечно. Ну, какое влюблена как кошка? Ну, скажите? Взрослая зрелая женщина — и как кошка. В мальчишку?

Ничего с ней у Гриши и не получилось. Почему, неизвестно. Он вспоминал о ней редко, это не доставляло ему боли или переживаний, но оставляло царапины на сердце. «Получается, что все это было неправильно сказано», — произнесла она глухо в хвойном молодом лесу возле шоссе, ведущего в Рамот и Гиват Зеев, когда только прилетела и немедленно пришла к ним рано утром. Гриша поглядел на нее, мол, что ты имеешь в виду? «Ну, что любовь побеждает все: разлуку, болезни, даже смерть, это не так?». Ответа у него не было ни тогда и ни сейчас. Вообще, у него не было ответа ни на что. Гриша только твердо знал, что она лучше него.

Он только абсолютно не знал, что с нею стало, с кем она, что она, никакой информации о ней не имел и не искал ее следов. Удивительно, но почему-то никакой похотливой идеи и какого-либо скабрезного намерения в связи с воспоминаниями об этой красивой и складной женщине, податливой, пластичной и горячей, никогда у него не появлялось. Никогда. Но, наверное, хватит о ней, какой бы она не была замечательной и прекрасной. Все прошло и помнится с трудом. Летим под мерный гул самолетных двигателей вперед в темной ночи, над серыми клубами облаков на дальний, дальний восток. Дальше уже, кажется, и некуда. Маршрут полета был разработан и выбран не им. Вот и результат: движение в никуда.

По проходу между креслами опять прошел первый пилот, теперь уже в обратном направлении. Он шел несколько боком, как сторожевой корабль среди льдин, лицо равнодушное, усталое, презрительное, никаких любезных улыбок и кивков. «Идите, господа хорошие, сами знаете куда», — говорила его помятая посреди ночи физиономия. Куда это он все ходит, этот надменный властный хлыщ? — подумал спросонья Гриша, отмахнулся от этого вопроса. — Какое мне дело вообще до него?» — и опять заснул. Из-за шторки выглянуло хорошенькое лицо стюардессы и тут же скрылось. Вот и весь секрет.

Теперь Гриша завтракал в новом месте проживания на самом дальнем от континента острове Сиама, ананасом, точнее, ломтиками его в неограниченном количестве. Только ешь. «В ананасе есть все, что нужно человеку», — повторял ему нынешний наставник в жизни и в отношении к ней. Хм-хм. Он, этот тощий, жилистый, темно- и гладколицый парень, делал акцент на правильном питании. «Мы не едим мертвых животных, только растительная пища и ничего жареного, это понятно. Мы не грифы», — говорил он сурово и быстро. Напор у него был невероятный в речи. Невозможно было с ним не согласиться. Гриша был, конечно, непростой человек. У него был лишний вес, который мешал ему, по мнению и словам отдельных близких людей, жить полной и насыщенной радостями жизнью. Они были уверены, что жизнь наполнена радостями, это сказывалось оптимистическое воспитание и образование, главенствовавшие в то время во всем мире.

Еще наставник, личный сын его, говорил с озабоченным видом, хмуря худое, чистое лицо свое, Григорию Соломоновичу, что в этой азиатской стране в строительстве главенствует идея ступенек, ступеней, приступок и тому подобное. «Нужно все время быть настороже, потому что можно споткнуться и упасть в любую секунду, уже были тому примеры, все время смотрите себе под ноги». Повторял этот человек. Он был искренен во всем.

В правоте его слов Гриша смог убедиться в первый же день своего пребывания на острове, разбив пальцы ног, дважды оступившись и упав на приступках при входе в самые обычные места, например, в ресторан. Он не злился на себя, его раздражало это неуверенное владение телом, поиски равновесия и зависимость от других людей, самых близких. Особенно от близких.

Потом Гриша посмотрел в компьютере информацию о грифах. Их было несколько видов. Белоголовый сип его привлек больше других. Лысая маленькая головка, голая шея, гнутый клюв убийцы, открытый пронзительный глаз падальщика и пестро-темное оперение большой птицы с широкими крыльями — все выглядело отвратительно. Сразу видно было, что это тот вид, который питается падалью, никакие трупные бактерии их не берут, им на все наплевать абсолютно. «Нет, конечно, я не гриф из теплого края и никогда им не был и не буду», — подумал Григорий Соломонович опрометчиво.

Но это еще не все. Это было совсем другое и непривычное место со своим укладом и порядками. Разница во времени была четыре часа вперед по сравнению с Израилем (и Россией тоже), Гриша засыпал с трудом, темнело быстро, мир вокруг был полон звуков, движения и запахов. Часто шел дождь, иногда очень сильный, свистели лягушки в бурной реке за строениями, гудел мокрый кустарник, гулко хлопая крыльями по темному воздуху, носились ночные птицы. В общем, райское место, натурально райское, как сказал сынок Гриши, но неспокойное. Точно, неспокойное.

Однажды Гриша проснулся в половине четвертого, иначе говоря, в 23 часа 30 минут, если судить по часам в Петах-Тикве или, скажем, Нетанье, не говоря о Иерусалиме. Поднялся, попил воды — «надо очень много пить здесь», рекомендовал ему сын решительно, как вбивал в него слова — и включил свет. На подушке, отодвинутой им в сторону во сне, неподвижно сидел маленький лягушонок с шустрыми выпуклыми глазками. Никакого отвращения или умиления Гриша не испытывал, он был не тот человек, хотя часто, не умея остановить слезы, плакал в кино, переживал. Некоторые люди лягушек едят.

Гриша не заплакал. Он осторожно сел под любопытным взглядом, взял полотенце с тумбочки, набросил его на лягушонка и осторожно вынес на темную улицу с горящим фонарем у дорожки, ведущей в сауну. Возле кустов Гриша деликатно стряхнул лягушонка на землю и тот, блеснув глазками на спасителя, решительными мягкими движениями — прыг-прыг-скок — высоко ускакал в ночь, издавая торжествующие звуки победы.

В комнату Гриша уже не вернулся. Он прошел по асфальтовой мокрой, тускло освещенной дорожке до столовой. Там никого не было, кроме дремавшей за стойкой местной девушки, почему-то оставшейся на рабочем месте, а не отправившейся отдохнуть домой. Столовая не работала, но кипяток был, кофе, чай, разные травы в банках рядом с кипятильником ожидали своей очереди. Гриша кивнул девушке, которую звали Лотос в переводе с тайского, «простите меня, старика», та улыбнулась спросонья, «ну, что вы». Каждый из них говорил на своем языке, они поняли друг друга отлично. Он взял кружку, металлическими щипцами зацепил щепоть имбирной стружки из фигурной банки, добавил несколько листьев мяты и залил все кипятком. Дух пошел замечательный из кружки, даже голова закружилась у Гриши.

Он отошел от стойки, сел, сгорбившись в стороне за столом над чаем, и поглядел наружу на шумный черный лес, на дождь, переставший быть теплым. Стен в столовой не было, только несущие столбы из бамбука и лиственная крыша. Гриша начал осторожно пить воду, завидуя себе. Невидимая жаба низким баритональным голосом издавала ритмические звуки, схожие с работой какого-то неизвестного музыкального инструмента.

Гриша воспринимал свою жизнь как цепь счастливых случайностей и совпадений. Кое-что сошлось — и в результате получилось то, что получилось, а получилось, по его мнению, нормально, чтобы только не сглазить. Так думал он. Мог позволить себе легкомысленный оптимизм. Хотя годы уже начинали брать свое.

Безупречный порядок местной жизни вызывал в нем уважение. «Совсем не похоже на Израиль, и уж тем более, не похоже на Россию», — думал Гриша. Он ведь, по сути, был знаком только с Израилем и Россией, да и то, особым знанием не обладал, так, верхи все.

В самолете он спал без тревог и без забот, не помнил ни о чем. Опять пошло бесконечное казино, возбужденный голос человека, без особого успеха игравшего в «блэк джек». Без перехода начался бокс. Дрались два чернокожих тяжеловеса, кажется, это были Форман и Али, они были равны по силам, непонятно было, кто побеждал, таким боксерским искусством и такой волей оба обладали. Они обменивались серьезными сериями ударов по корпусу и голове, после которых выжить, в принципе, обычному человеку было невозможно. Но эти люди оставались на ногах и продолжали боксировать все пятнадцать(!) раундов.

Гриша немного понимал с молодых лет в боксе и по инерции отдавал предпочтение Али, который был быстрее и изощреннее, по его мнению. Хотя Форман, плотный литой джентльмен, созданный из огромного куска эбонитового дерева, был хорош и могуч, как вечное и невероятное скульптурное изваяние самому себе. Или это был не тот Форман, или это был другой Форман? Неизвестно.

Затем опять пошло казино, потом мясная туша, которую ловко разделали и положили жариться на мангал. В Узбекистане, в тандыре, герметически замазанном глиной, коптили куски баранины, кур, обмазанных копченой паприкой. За раз, то есть полтора часа, получалось килограмм 60-80 мяса. Таких тандыров было шесть, они работали все время, с утра очередь страждущих мясоедов, то есть всех подряд граждан поселка или городка, выстраивалась за первыми порциями. В кадре сбоку молодой мужчина, которого

Гриша не знал и не видел никогда прежде, объяснял происходящее, ему откладывали на тарелке большие куски баранины, он продолжал вещать и объяснять, сглатывая слюну со словами «пусть пока остынет». Вообще не жарко, все в зимних куртках. За людьми видны во дворе островки снега. У ведущего был явный акцент и нагловатая уверенность жителя столицы в описании провинциальных радостей.

Рассказчик, не помыв рук, стоя, жадно и не слишком опрятно откусывал куски обжаренного мяса, держа его с двух сторон и повторяя: «Думаю, что это лучшее барбекю за всю мою жизнь». Потом он что-то вспоминал и добавлял: «Для вас, Григорий Соломонович, отложено две порции, вы не волнуйтесь, главное, не нарушайте вашего поста». — «Да уж, с вами тут подержишь пост», — ворчал Кафкан за кадром.

Гриша жил теперь на далеком острове в джунглях под горой, в оздоровительном центре, в котором на удивление было много клиентов, прибывших сюда с разными целями, о которых сразу и не расскажешь. Женщин и девушек было больше, чем мужчин. Был небольшой бассейн, дамы медленно и вразвалку ходили вокруг него в смелых купальниках из двух частей. Кафкан боялся ослепнуть и отводил глаза на шумящую в грозу зеленую гору на заднем плане. Он пытался читать хорошую книгу прозы И.А. Бунина, но у него не получалось. Не получилось у него читать и «Миргород» Николая Гоголя. Он закрывал книги просто на середине фразы, не понимая того, про что они пишут, эти русские авторы. Солнце мешало ему, головокружение и мысли о безумной случайности происходящего вокруг мешали ему.

Он смотрел вокруг себя с веселым, как ему казалось, любопытством. Майя, пристально наблюдавшая его уже сорок шесть лет, ревниво произносила: «Все жалуешься на возраст, а глаз коричневый горит, собран, напряжен и внимателен, как юноша, меня не обманешь, дорогой, и себя тебе тоже обмануть не получится». Германские и скандинавские девушки с соломенными волосами, обнаженные до невозможного минимума, точнее, одетые чисто формально, ходили мимо них в сторону зала, где они занимались йогой. У них был месячный курс, по окончании которого они получали диплом преподавателя. Они были собраны и целеустремлены, прекрасны, по сторонам не глядели, чресла их двигались в трех плоскостях, они косили глазами в непонятном направлении. Грише было много лет от рождения, он прихрамывал и обладал лишним весом, но, несмотря на все это, некоторый женский интерес к себе ощущал. «Конечно, я юноша, только лет мне ты знаешь сама сколько, не хуже некоторых, а про вес я и не говорю», — отвечал ей, вздыхая, Гриша. Была во всем этом несколько кокетливом обмене словами с женой какая-то привычная игра.

Ходили все здесь босиком. Просто так, по-свойски, шлеп-шлеп-шлеп и еще раз шлеп. И ничего, никто не удивлялся. Тайские девочки непонятного возраста, как бы вполне зрелые для жизни, шмыгавшие по тропинкам с вениками, ведрами, белоснежными простынями на смену в номерах и тряпками, шаркали шлепанцами без задников, улыбались и кланялись: *капункап*, господин хороший. Конечно, *капункап*, а что же еще? *Капункап*. Они были все небольшие, любезные, улыбчивые и чудные. Многообещающие, стоит добавить. Кафкан всех приветствовал, смиренно складывая у груди ладони. Местные складывали ему ладони в ответ перед собой. Все это не вызывало одобрения Майи, которая бурчала что-то в осуждение и отворачивалась в сторону.

В его тогдашнем сне с перерывами почему-то было много Узбекистана, плова на шестьсот порций, рынков в Ташкенте и Самарканде, и так далее. Шел пар и дым с сильным запахом средне-азиатской кухни, от этого сна. Запах этот, резко отдающий бараньим салом, оседал на Кафкане. А еще был к плову салат из порезанных тончайшими ломтями помидоров и лука, посыпанный перцем и листьями базилика, и, конечно, посоленный, и все. «И называется это *ачик-чучук*. Помидоры режут на весу, острейшим ножиком, это все делает уважаемый *ошпаз* Аким-аке», — быстро нашептывал Кафкану на ухо бывший коллега Макс И. Л-е. Происхождение этих снов было необъяснимо и непонятно. Впрочем, Кафкан и не думал никогда над всем этим, ну, сны и сны, это его не занимало.

После плова и салатика неожиданно пошел московский летний пейзаж из старого советского великого фильма, и Армстронг, гениально, как всегда и все, исполнил песню Эдит Пиаф «Жизнь в розовом цвете». Голос за кадром произнес: «Машину посла Швеции к подъезду» — и Гриша тут же проснулся в синеватой самолетной ночи, лицо его было в слезах…

Он не сумел вспомнить улицу в Москве, по которой к подъезду подъезжали машины дипломатов. Он и в Москве-то был до отъезда один раз в течение одного дня, получал документы на выезд в голландском посольстве. Они с отцом еще успели до ночного поезда в Ленинград съездить в общежитие ГОСЕТа*, где жила вдова еврейского драматурга Залмана О., которого родственники и близкие знакомые звали Зяма и которого осудили на двадцать пять лет за космополитические взгляды и многолетний шпионаж в пользу поверженной Японии. Он был наивный и очень добрый человек, всегда ратовавший за Советскую власть и прославлявший ее безгранично. Драматург О., седой плечистый красавец с обложки советского театрального журнала, был дядей матери Гриши Кафкана. Умер он в невыносимом для жизни человека лагере к северо-востоку от Иркутска в невыносимом 1952 году. После него остались вдова Ида и дочка Роня. В пятьдесят седьмом году его реабилитировали. Они остались жить в квартире при Государственном еврейском театре.

Был веселый месяц апрель с тающими кусками неубранного московского снега и бегущими вдоль тротуара ручьями черной воды. Солнце лежало на домах и улицах сплошным желто-белым, слабо согревающим покровом. Парадная, в которой жила Ида и ее дочь Роня, была абсолютно темная, без единого солнечного луча или случайной лампочки. Пока добрались до третьего этажа, Гриша, обжигая пальцы и чертыхаясь, сжег десяток спичек.

Он позвонил в дверь под номером 6, которая открылась очень быстро. На пороге стояла старая женщина с растрепанными седыми волосами. Она была как бы сморщенной, на ней была короткая ночная рубаха из серого полотна, голос ее был пронзительным и высоким. Все выглядело довольно жутко. «Кто вы такие? — спросила она. — Что вам нужно?». Отец не смутился, он уже видел и пережил подобные сцены в своей жизни. «Я Соломон Кафкан, а это мой сын Григорий. Помните меня, Ида?» — спросил он чужим хриплым голосом. Ему было, конечно, все это неприятно. Овальное зеркало в узкой прихожей показало его огорченное лицо, старик не ожидал все-таки подобное увидеть. Можно было, конечно, оторопеть от вида, одежды и произношения некоторых звуков этой дамой.

Они встречались двадцать пять лет тому назад, чуть больше, в сорок девятом году, когда Соломон вместе с женой Соней проезжал через Москву в феврале по дороге из отпуска. Он всегда останавливался в столице, встречаясь с родственниками, которых очень любил. День-два посидеть, поглядеть на них, послушать — и

* ГОСЕТ — Государственный еврейский театр.

можно домой. Родные лица успокаивали и утешали. В Минске уже убили по приказу Хозяина режиссера Михоэлса, главу ГОСЕТа. Во время войны Михоэлс по поручению Хозяина съездил в Америку, где собирал деньги у евреев. Он привез оттуда много золота на нужды Советской страны. Хозяин благодарил его за эти дары. Что-то пошло здесь не так, стало совсем непонятно. Тайна казалась непостижимой. Ужас настиг и накрыл людей.

Соломон, суровый человек, склонный к упрямому, непреклонному религиозному фанатизму, не судил их. «У каждого из них всегда есть шанс», — говорил его взгляд, которым он обводил всех сидящих за столом. Он, беспартийный старомодный мужчина пятидесяти лет от роду, сидел за накрытым столом, сопровождаемый уважительными взглядами родных, и молчал, сложив руки перед собой. Как ни странно, все эти прогрессивные, современные, образованные мужчины и женщины ждали от него чего-то вроде совета или наставления на жизнь, искали у него ответа и объяснения происходящему сейчас и здесь.

Драматург О., дядя жены Соломона Сони, отозвал его жестом в другую комнату, которая находилась за плотной шторой. Соломон всех родственников любил, но О. был самым любимым, необъяснимо. Двери не было, она была не нужна. Они встали у окна и О. тихим хриплым отчаянным шепотом сказал: «Мне пришла повестка на завтра в МГБ, на 9 утра, очень тревожно, они ведь ничего так просто не делают, Соломон. Что делать, а?». Выглядел О. очень плохо, ужасно выглядел, если честно. У него было серого цвета лицо, трясущийся прямоугольный рот, с как бы исчезнувшими в пещерной тьме зубами, только глаза были молодыми. Руки он держал в карманах брюк, как нашкодивший малый.

— Я думаю, что ты должен прямо отсюда уехать с нами на вокзал и поехать в Ленинград. Поживешь у нас, Зяма, переждешь пару месяцев, а потом все сойдет на нет, искать тебя у нас не будут. Кому ты нужен, скажи?! — уверенным голосом произнес Соломон. В углу негромко работало радио, и красивая киноактриса Марина Ладынина неумело пела, задумчиво улыбаясь и качая головой с пшеничными волосами: «Каким ты был, таким остался, орел степной, казак лихой». Хозяин этого всего вокруг и рядом назвал потом фильм с песней про орла степного «Кубанские казаки».

Залман О. смотрел на Соломона с надеждой. Вслух он произнес, голос дрожал: «От них не спрячешься, все вот здесь держат». Залман сжимал правый кулак в костлявую боевую единицу и с тоской, не без безнадежной грусти повторял: «Все под контролем у них, все видят и все знают, тараканы усатые, Соломон». Он не чувствовал опасной схожести своего определения с большим Хозяином, которого обожал и боялся до дрожи, и неизвестно, чего больше.

— Делаем так. Соберись, Зяма, ты же мужчина, не надо бояться, ты уедешь с нами и спасешься. Сейчас ты уходишь, никому ничего не говоришь, едешь на вокзал, покупаешь перронный билет и ждешь нас у входа. Мы приезжаем через минут сорок и уезжаем в Ленинград, ты понял меня?! — голос Соломона звучал убедительно и сурово.

— Почему ты это делаешь, скажи. Ты не боишься? У тебя жена, семья, что тебе моя жизнь? Ведь можно и пострадать, и серьезно, — пробормотал Залман О. Несмотря на тревогу, он и правда недоумевал, хотел понять мотивы поведения. Любопытство было важным двигателем жизни фольклориста Залмана О. Чтобы не было недоговоренностей, на сайте истории еврейской культуры сказано о нем так: «Имя фольклориста и драматурга О. обессмертило создание им жизнеутверждающего спектакля-феерии «Фрейлехс» в постановке все того же С.М. Михоэлса, человека похожей судьбы». Заметим справедливости ради, что Соломон Кафкан пытался бы спасти его, драматурга О., и без пьесы «Фрейлехс», и без бессмертия его.

Жизнь в стране Советов была не такая и холодная, скорее, привычная, минус четырнадцать градусов. Валил снег. При взгляде с третьего этажа, на котором жили родственники, шла своим размеренным ходом, тихо и спокойно.

— Слушай меня, Залман. Ты уходишь, никому ничего не говоришь. Потом будешь задавать вопросы, все потом. Сейчас ты уходишь, всем говоришь, что у тебя срочное дело. Говоришь мало, ты понял?! Давай, встречаемся у касс на вокзале, торопись.

Соломон подтолкнул драматурга О. в спину, и тот вышел наружу, решительно шагнув. Удивление не оставляло его, потому что он очень хотел понять и разобраться во всем, несмотря на смертный ужас, морозивший душу. А разбираться здесь особо было нечего. Все было просто. Это просто было доброе дело, называемое у евреев *пикуах нефеш*, или спасение чужой души. Ради этого спасения Соломон, наученный этому с малых лет и вскормленный матерью этим, и вел себя так, а не иначе. Это все было сильнее страха за себя.

Через час они встретились у касс. «Все верно, Зяма, пойдем с нами, я все улажу с проводником, не волнуйся, ты просто молодец», — сказал Соломон. Они вышли на перрон. Соломон нес два чемодана. Залман оглядывался, он не был спокоен. Несколько офицеров с женами шли вместе с ними к своим вагонам.

У одиннадцатого вагона Соломон остановился и направился к переминающейся у распахнутых дверей проводнице в высоких ботах, договариваться. «Подожди, — сказал Залман негромко. — Я не еду, Соломон. Я не буду бегать от них, моя совесть чиста. Я не враг, я — коммунист, я все им объясню».

Соломон посмотрел на него, ничего не сказал в ответ. Офицеры в каракулевых папахах, проходившие по перрону мимо в начало состава, смотрели на этих людей с брезгливым интересом. Что такое, совсем распоясались космополиты, ну, ничего, немного им осталось торжествовать, «разберутся органы, разберутся, Виктор Семеныч знает свое дело на отлично». Одна из женщин, державшая под руку своего тучного начальника, не удержалась и задержала взгляд цветных удивленных глаз на красавце О. чуть дольше положенного приличиями. Или узнала его по черно-белой фотографии на обложке, да-да, в журнале «Советское искусство» за 1937 год с подписью «Портрет фольклориста О.». Полковник уволок девушку в ботиках на каблучках за собой в спальный вагон. Она еще тревожно оборачивалась с дороги в голову состава на уронившего шапку с дорогим кожаным верхом на наст перрона драматурга О.

Соломон и Зяма О. пожали руки, обнялись и расстались. Кажется, лицо Залмана О. обледенело от слез. Не так и холодно было, чтобы замерзать лицу его, просто организм его застыл и обледенел. Соломон оставался в гневе и расстройстве из-за поведения этого человека всю ночную дорогу до Ленинграда. «Что-то я не доделал, не объяснил ему, вся вина на мне осталась», — эта мысль сводила его с ума и очень мешала. Он сам очень боялся всех этих советских организаций, брезговал упоминать их не только в разговорах, но и в мыслях. Одно слово, *газлоним, рихтике газлоним*, злодеи. «Оставил Залмана им на растерзание, а ведь мог спасти», — терзал, мучил себя Соломон Кафкан.

На другой день драматург О. подошел к девяти утра по вызову в МГБ к следователю Аничкину Д.К. Его без проволочек пропустили на входе трое стройных корректных офицеров, проверявших и контролировавших друг друга, гвардейская русская кость. Один сказал нейтральным строевым голосом: «Вам в четырнадцатый кабинет». Драматург О. без сопровождения поднялся пешком на второй этаж, провожаемый внимательными взглядами часовых, вооруженных пистолетами в застегнутых кобурах на поясе. Они все никого не боялись и не опасались, просто были настороже согласно уставу.

Драматург О. постучал и, услышав звонкое «войдите», открыл дверь. Несмотря на ранний час на столе горела лампа под зеленым абажуром, два окна были завешаны плотными шторами, человек в мундире быстро писал, не останавливаясь и часто макая деревянную ручку с металлическим пером в чернильницу перед собой. Он не поздоровался и не сказал драматургу О. ни слова, только небрежно показал рукой на стул возле своего стола, мол, сиди и жди. Зашел, не здороваясь, еще один мужчина лет тридцати семи и встал сбоку. Он был плотен, широкоплеч, лысоват и белес. «Хорошее лицо русского первопроходца, железного командира ледовых походов», — подумал драматург О. В руках у первопроходца было почему-то мокрое вафельное полотенце. «Почему у этого офицера полотенце? — подумал любопытный О. — И почему оно мокрое, совершенно непонятно». Драматург О. не знал, кто из двоих является Аничкиным, а кто просто сослуживцем его или еще кем.

Сидевший за столом в мундире капитана аккуратно отнял перо от бумаги, протер его листком и сказал драматургу О.: «Ну, говори, будешь сам признаваться или сначала попросишь прощения, гад?».

— Я чист перед партией и народом, товарищ, — сказал драматург О. взволнованным дрожащим голосом.

— Я понимаю, значит, не хочешь, товарищ, говоришь, ладно, тогда поговорим по-другому, — сказал с ленцой в голосе хозяин кабинета, совершенно без угрозы, — ты сам этого хотел.

Удар сбоку по скуле и правому уху прилетел драматургу О. от второго офицера, белесого и лысоватого. Удар был очень силен и быстр, О. свалился со стула и упал лицом в пол. Через пятнадцать минут О. очнулся от боли. Он лежал на боку, голова его была в лужице густой крови, лицевые кости переломаны, брюки его тоже были в бурой жидкости. О. не чувствовал боли, несмотря на побои. Сознание в нем горело слабым огнем, который не обещал скорого пробуждения. Он был стопроцентным инвалидом. Через два года после этого дня драматург О. умер в лагере на станции Вихоревка близ Тайшета в Кемеровской области от почечной недостаточности, как говорилось в сообщении, полученном его женой. О его реабилитации ничего не было известно Соломону Кафкану, который не интересовался этим фактом чужой биографии никогда. «Да будьте вы все прокляты, мерзавцы и злодеи», — думал он зло, прекрасно помня, что проклинать никого нельзя, есть запреты. Но вот иногда он срывался.

Все время до своего выезда из СССР Соломон два раза в год переводил Иде О. деньги. Ни разу она его не поблагодарила за это, ей было не до благодарностей. И потом она, с таким тяжелейшим жизненным опытом, боялась навредить Кафкану, потому что, кто знает, где кончается благодарность от семьи Б-г знает кого и где начинаются неприятности для добрых людей в этой стране.

Соломон Кафкан не соответствовал тому образу, который существовал в сознании многих людей. Он не картавил, не суетился, был умен, как может быть умен простой человек, не выпендривался, не считал себя умнее других и так далее. Однажды Гриша Кафкан, внимательно наблюдавший за поведением отца всю жизнь, увидел его растерянным. Когда приземлились в Вене, после двух пересадок в Варшаве и Будапеште, и сошли по трапу на летное поле, всю прилетевшую ленинградскую группу встретил маленький сухой человечек и сказал высоким голосом, ни к кому не обращаясь и пропуская букву эр: «Я из Из..аиля, п..иветствую вас в столице Авст..ии. Все садятся по оче..еди в автобус, мы едем с..азу в замок возле авст..ийской столицы, не ..асходиться, нас соп..овождает полиция, ох..аняет от в..ага». Он был суетлив, заискивал перед полицейским чином и не отвечал на вопросы. Соломон спросил его доверительно: «Где здесь можно помолиться, господин хороший? Уже время пришло». — «Сейчас не в..емя для молитв, уезжаем в замок, все потом, не надо лезть попе..ек батьки, вы в надежных из..аильских ..уках». Человечек был не очень привлекателен, и мать внятно сказала: «Неужели нельзя было найти кого-нибудь поприличнее». Соломон посмотрел на нее осуждающе, но никак не комментировал. Настроение у него испортилось от этого шустрого мужичка и его слов. «Ну, что болтать зря. Они мне ничего не должны, ничем не обязаны, вон как стараются, и в пиджаках еще», — говорило его белое лицо, которое не привыкло к новой жизни.

Автобус был комфортабельный, лакированный, таких в Ленинграде ни Соломон, ни сын его Гриша и не видели никогда. Они расселись с некоторой опаской, боясь запачкать что-нибудь, Гриша сел у окна, австрийский автоматчик в красных шнурованных башмаках, тряся заметным брюхом, пошел тяжелым шагом параллельным автобусному курсом. «Ну, вот, приехали, завтра будем в Иерусалиме», — пробормотал Соломон и, закрыв глаза, что-то забормотал, молился он. Все так и было, только в Иерусалим они прилетели послезавтра, потому что не набралось достаточно людей для заполнения самолета на Израиль. Советы все-таки не были еще щедры на разрешения на выезд, это произошло с ними позже.

До замка доехали за сорок минут. Проехали, нигде не останавливаясь, даже на перекрестках, центр города. Мать сказала значительным голосом: «Красавица Вена, не могу налюбоваться». Покой сопровождался сиренами полицейских машин, которые ехали впереди и позади автобуса. «Молодцы австрийцы, береженого бог бережет, смотри, как охраняют австрийцы, Шломо, как стараются», — сказала мать. Соломон не реагировал, наслаждался с закрытыми глазами покоем. Он, совершенно не будучи демократом, давал жене в рамках семейных отношений полную свободу самовыражения. «А ведь Гитлер и Эйхман австрийцы, вы это знаете?» — спросила мать задумчиво. «Я это знаю, мама, но то, что ты мне напомнила это, очень важно», — сказал ей Гриша негромко, он был ироничный молодой человек. Соломон не реагировал, он был толерантен, но не очень терпелив. Иногда это было заметно. У него было лицо белого цвета, как у многих его земляков, он родился в другом месте, на самом краю империи, но жизнь прожил в Ленинграде. Что отразилось, конечно, на его облике. Поведение у него было все-таки то самое, белорусское, сдержанное, умеренное, никакого публичного выражения чувств, слезы там, смех и прочее. Гриша не замечал этого за все годы ни разу, только, кажется, как-то незнакомо скривилось его лицо, когда он шагнул с трапа на летное поле в Лоде.

Когда к Соломону приходил его друг, абсолютно лысый, такой же тихий и скромный, непохожий внешне на него, отсидевший свою десятку под Котласом ювелир Гликман Марк Семенович, отец явно был рад гостю, с которым они обсуждали вначале некоторые вопросы внешней политики Советской страны, отношений московского МИДа с Иерусалимом, поправку Джексона–Вэника («большие, благородные люди, чех и норвежец, кстати, а какие герои, а!»), отмену налога на образование при выезде из Союза в *Эрцисроел* и так далее. Потом пили чай с сушками и, наконец, принимались за главное, за комментарии к Талмуду Раши (великого наставника из французского города Труа), за добавленные им тут и там слова и даже буквы, их значение и смысл… И лица их, старые, битые, жеваные жизнью, пожилые семитские лица были наполнены счастьем познания, учения, предназначения и просто обыкновенным, невыразимым простыми русскими словами счастьем.

Уже на острове, в очереди к зубному врачу — у Гриши прихватило коренной зуб — он забыл кошелек на кресле в зале ожидания. В кошельке, подаренном ему на юбилей, было шестьсот евро, банковская карточка, пенсионное удостоверение и еще что-то достаточно важное. Спохватились только уже в номере, двадцать минут езды в насыщенном левостороннем движении в густой темноте, в шуме черного леса и в желтых огнях костров, которые жгут из кокосовой скорлупы местные люди. Прошло уже три часа, и шансов на возврат почти не было. Уставший от очередей и тревог сын, вздохнув, («а что делать прикажете») повез его обратно. Девушка в кассе, увидев их входящих босыми, сбросивших обувь за порогом, приветливо улыбнулась, сложила ладони на груди и тут же протянула кошелек Грише — «пожалуйста, папа́» — с ударением на втором слоге. Так они, местные, произносят: «мама́», «папа́», уважают и ценят старость. Гриша ответил ей «*капункап*», спасибо, дочка, большое. Нет нужды повторять, что все было на месте нетронутое: деньги, документы, кредитки, все-все. Кошелек передал кассирше местный темнокожий парень непонятного возраста, который страдал возле Гриши в очереди с раздутой щекой.

И, конечно, пляжи и собаки, местные достопримечательности, главная гора острова, шестьсот тридцать метров, в диких тропических зарослях. Кокосы не произвели на Гришу особого впечатления. В несколько движений широкого ножа официант обрубал мягкую скорлупу, вставлял трубочку и подавал, низко кланяясь, тяжелый плод. Восторг Гриша не выражал по поводу содержимого, по слухам, необычайно полезного.

А собаки различных пород владели дорогами острова абсолютно. Они отдыхали на проезжей части и с ленцой уступали дорогу машинам после настоятельных просьб. Поднимались с асфальта и, не глядя по сторонам, еле переставляя ноги, перемещались на обочину, оставляя узкий проезд для машин. У всех хватало на это препятствие терпения, только Гриша привычно ворчал и ругал животных: «Совсем страх потеряли, где полиция, интересно».

Полицейских он видел здесь за все время — три месяца, между прочим — однажды. У ларька остановилась патрульная машина, и важный мужчина в сером с тщательной прической: лаковый прямой, угольного цвета волосок — к подобному лаковому волоску, медленно на прямых ногах подошел к придорожному строению и купил с прилавка две бутылки сока цвета пшеничного поля у Ван Гога.

«Свежайший, манго, лайм, имбирь, хочешь, папа?» — спросил сын. Гриша не хотел категорически. Он не хотел принимать массаж, делать иглоукалывание, он хотел только покоя, возможно, бутылочку белого чилийского, которое было по цене имбирного сока. Но вино выпадало ему редко, хотя оторвать Гришу от бутылки было проблематично, общими усилиями, разве что.

От тайского массажа у Гриши подскакивало давление и начиналась сильнейшая головная боль, а про иглоукалывание и говорить нечего, полное забвение и депрессия. Вот он еще ценил острейший рыбный суп, сын всегда добавлял официанту вдогонку: «Одно чили», — что значило минимум перца и имбиря, и салат из папайи, который Гриша считал совершенным произведением местной кулинарии. Но рыбный суп, который вовсе не был ухой (и двойной или царской тоже), сын Грише разрешал очень редко, по большим дням и редким праздникам. Однажды, проходя по базару в неизвестном направлении, Гриша увидел возле прилавка с лягушками и еще чем-то подобным, как женщина неопределенного возраста толкла в каменной ступе перцы чили красного и зеленого смертельной яркости цвета. Зрелище было завораживающее. Кастрюля такого перца в ступку, и другого перца, ушат чеснока, сноп зелени, горсти имбиря, лайма, еще чего-то подобного и неизвестного. Масштабы работы этой дамы восхищали. Затем она добавила в ступу пригоршню соли, бурой жидкости… Снисходительно улыбаясь причудам белых людей, женщина с пестиком и ступкой отвлеклась и, зачерпнув пластиковой ложкой от своего творения, протянула его Грише. Сын отвернулся, как бы не видя нарушения режима, один раз не в счет, хотя как сказать. Эта ложечка с бурым трехграммовым содержимым была сокрушительна не только для поста, в котором существовал Григорий Соломонович уже третью неделю, но и вообще для любого режима питания, любой диеты абсолютно.

Много лет назад на полуострове Синай, когда он еще принадлежал Израилю, тогдашний еще резервист Гриша Кафкан видел убитого выстрелом из автомата М-16 верблюда. Тот лежал недалеко в жесткой траве подле полосы мокрого песка побережья Средиземного моря. Выходное отверстие от пули в шерстяном боку верблюда было размером с аляповатую советскую праздничную тарелку на первый *седер Песах* в их ленинградском доме. Но дело не в *седер Песах* неизвестно где и в непонятно каком диком *галуте*. Реакция Гриши на съеденное походила на то чудовищное выходное отверстие от автоматной пули калибра 5.56 мм. Иначе говоря, он был склонен к потере пульса.

От цвета и запаха этой ядовитого цвета массы можно было действительно потерять сознание. Для Гриши это переживание тоже было значительным и сильным, но не настолько. Все же он видел и даже участвовал в употреблении в далекой таинственной стране, в городе на берегу стального цвета моря, денатурата, столярного клея, одеколона, олифы и чего только нет. Без фанатизма, конечно, все было очищено от вредных добавок синеватого радужного цвета, но было это в его жизни, было. Персц с зеленью на рынке в островном городе Тонг Сала был посильнее денатурата под рукав и ломоть хлеба с крупной солью, признаем. Улыбающаяся дама с глубокими темными морщинами на лице и шее, с пестиком в руках и ступкой, наполненной чудовищной смесью толченого перца, имбиря, лайма и прочего, посмотрела на «папá» с интересом и почтением, почти восторгом. Сын тут же увел отца от греха подальше, крепко держа его под локоть. Они пропустили семенившего мужичка с тележкой, наполненной кукурузными початками, луком, кочанами капусты, огурцами, и пошли дальше к стоянке под ясным, так сказать, таиландским небом, в вежливой толпе зевак и обжор уже без помех.

И, конечно, пляжи.

Жена Гриши, по неясным причинам (все-таки, наверное, безделье, что же еще) решила заняться историей жизни своего отца, умершего десять лет назад. Все это зрело в ней достаточно давно. Отец ее был крепкий, молчаливый человек, всю жизнь пахавший в буквальном смысле слова фермером на юге еврейской страны, ставший вегетарианцем по настоянию врачей. «Года не протянете, если не прекратите есть неизвестно что», — постановил живший по соседству с ним профессор-кардиолог, бывший земляк из «несомненно святой», по его мнению, Галиции. Отец Майи думал иначе, ничего профессору не возражал, держал свое мнение и все свое при себе, жизнь научила. Он был вообще железный человек, этот отец Майи. Он был псевдоатеистом, скрягой и молчуном. Его звали Зелигом, в Израиле он не позволял сокращать его имя, как принято у местных экономных на звуки людей.

Детей у него было числом шесть, что-то он кому-то доказывал. Дело было в прибрежном городке, севернее сектора Газа, во временном перерыве между военными кампаниями и войнами. «У меня шестеро детей, мне нужно их поднимать, понимаете, профессор?!» — сказал отец. Врач кивнул, что понимает. «Я согласен, буду веганом, мне нельзя уходить так рано». Врач опять кивнул. Физические нагрузки у отца Майи имелись в достаточном количестве, так что с этим вопросом проблем не было. Он прожил после решения о спасительном питании почти сорок лет, а точнее, тридцать девять. Отец Майи посвятил свою жизнь спасению и сделал все, чтобы быть здоровым, не болеть и не страдать перед смертью.

В прошлом, за много лет до этого, отец Майи в тринадцатилетнем возрасте искал в состоянии истерики свою мать осенью 1942 года на окраине поселка городского типа Тлусте, что в Тернопольской области. Он был на работе, куда его определила немецкая оккупационная власть, а мать осталась дома в гетто. Когда все к вечеру вернулись в Тлусте, то узнали, что утром была проведена акция по поимке и уничтожению евреев гетто. Их находилось там много, несколько тысяч, свезли со всей округи.

Отец Майи бросился искать свою маму. Он прибежал, задыхаясь от волнения, страха и ужаса, на окраину городка. В овраге у городского кладбища уже никого живого не было. Овраг, окруженный сплошным лесом, уже начавшим желтеть, приближался октябрь, был присыпан свежей землей, которая неритмично двигалась вверх-вниз от смертного дыхания застреленных(?) людей в братской могиле. Тут же неподалеку, в сточной канаве, отец Майи очень быстро и, наверное, случайно, нашел свою мать. Она лежала лицом вниз, была мертвой, одна пуля из немецкого пулемета попала ей в грудь, и она умерла. Она не изменилась и выглядела живой. «Я не защитил маму, не спас ее, горе мне и позор мне…». У нее были те же скулы, те же открытые глаза зеленого цвета и те же веснушки, только кожа ее на лице стала белее, под глазами появились глубокие круги, она не дышала. Головной платок сбился на шею, открыв мертвое лицо.

Отец Майи, по имени Зелиг Бойм, однажды потом сказал дочери, когда начал изредка говорить с ней, что он не понимал всего того, что произошло с его матерью тогда. «Моя мама, Майя, умерла, ей было тридцать пять лет, меньше, чем тебе сейчас, дочь, у нее были веснушки, зеленые ясные глаза, ее убили, это я знал точно», — он говорил негромко, сильно наполняя слова небывалым значением и смыслом.

Все-таки этот остров и все, что в нем было, вместе с джунглями, кроткими людьми, сильными дождями и ночными грозами, утомляли. Хотя чем заниматься Грише было, и он был занят делом, но привычки все равно брали верх над ним.

Сын отвез его в город, где высадил у чистенького кабинета. Здесь делали маникюр, педикюр и женские прически. За низкими домиками в некотором отдалении от них густо росли деревья и кусты. Мужчин здесь не стригли. Девушка развела гибкие руки и сказала высоким голосом, поклонившись и опустив глаза в пол: «Здесь не для мужчин». Но позвала невысокую подругу, которая, осторожно придержав Гришу под руку, усадила его в кресло. До этого Гриша успел снять пластиковые туфли и шагнул босыми ногами на холодный пол из неведомого материала удивительного салатового цвета, с удовольствием чувствуя босыми ногами нежное покрытие его.

Пожилая дама в цветном платье, сидевшая за столиком, улыбаясь, оглядела Гришу, кивнула ему и радостно приветствовала его. Сын сказал Грише, что здесь одалживают деньги под проценты. «Чего только не бывает на свете», — подумал Гриша. Этот светлый зал не походил на лавку процентщика (процентщицы) никак.

Гриша расслабленно сидел в кресле, опустив ноги в таз с водой. Видения сопровождали процедуры, которые совершала с ним молчаливая работница в светлом фартуке. Он как бы увидел всю сцену со стороны, она его удивила. Гриша был одет в кадре немого фильма в костюм горчичного цвета из толстого сукна, в белую рубаху с чернильного цвета сбившимся набок галстуком, и растерянно смотрел на то, как невысокая женщина с квадратной фигурой, склонившись над пластиковой ванной с водой, аккуратно обрабатывала пальцы его ног. Сбоку им светило солнце, на тумбочке рядом с Гришей стояла бутылка с темным и, по всей вероятности, крепким, зеленого цвета напитком. Пустой граненый стакан ожидал наполнения.

На Гришиной голове была нахлобучена мятая черная шляпа с узкими полями, которая чудом не спадала с его упрямого крутого затылка. И он говорил сыну старческим каким-то плюшевым и звонким голосом: «Всем временно находящимся в этой чудесной маникюрно-педикюрной дамской парикмахерской, налей-ка им всем, сынку, щедрой рукой, пусть захмелеют наши прелестницы».

И сын, чуть смущаясь, наливал в фарфоровые плошки по пятьдесят грамм фруктовой водки, и даже девушке, ожидавшей своей очереди, налил, и она выпила залпом, кажется, от смущения, как тот алкаш в десять утра в лавке «Соки–Вина» с мраморным, уже загаженным подъездом у Нарвских ворот. И посыльный, приехавший с толстенным пакетом денег в конверте для бандеролей из мягкого картона, хватанул двойную порцию с налета, не поморщился и помчал дальше на тарахтящем мопеде. Его раскрытый пакет с деньгами бесхозно лежал на столе хозяйки, деньги выглядывали наружу, никто чужим не интересовался. Если не мое, значит этого нет для меня. Такой был принцип у людей. Место же было хлебное, как мы уже говорили.

— Прошу вас стричь мне ногти через раз, то есть пропуская пальцы, так положено, — попросил работницу Гриша. Она успокоительно и быстро улыбнулась ему, согласно покивала и продолжила трудиться по-прежнему. Конечно, английский у Кафкана был не идеален. Ее же английский, с торопящимися звуками, был просто чем-то невообразимым. Получался разговор двух немых людей. Но работу эта неказистая девушка делала свою тщательно и умело, любо-дорого смотреть. И совсем не больно, кстати. Сын сидел на диванчике рядом и не комментировал, не переводил, просто наблюдал. Потом поднялся и вышел прочь, ни слова не говоря. Через минут шесть-семь он вернулся со стаканом сока ярко-желтого цвета с нацепленным цветком бледно-фиолетового лотоса. Этот цветок, сопровождавший таиландскую жизнь во всех ее проявлениях, особенно восхищал Гришу.

Потом резко потемнело, на острове начался дождь, который с разной силой бушевал часов пятнадцать, окончательно прекратившись к позднему утру. Чахлый ручей при въезде в центр йоги и оздоровительного голодания (так называл эту трогательную гостиницу Кафкан-старший) поднялся выше человеческого роста от своего прежнего нулевого уровня, став пугающей стремительной пучиной.

Гриша не крутил головой во время педикюрного таинства. Просто отклонился в сторону и увидел профиль сына, который рылся в своем бумажнике, перебирая бумажки, купюры, кредитки, копии счетов и тому подобное. Гриша неожиданно для себя обнаружил, что этот дерзкий в иерусалимском детстве мальчик стал к тридцати семи годам похож на индейского вождя: смугл, строен, высок (за 194 см рост), очень худ, крепок, как мореное дерево, жилист, плечист, суров, непреклонен, опасен и добр, как его незабвенная и совершенно безумная в конце жизни бабка Года. Кстати, красавица в молодости писаная.

Отец Майи в последние годы очень хотел поехать на родину, в Карпаты и окрестности, посмотреть, оглядеться, поговорить, если будет с кем. Он был по-старчески упрям и настойчив ко всему. Кафкан относился к этому желанию всегда рационального и взвешенного в намерениях тестя с плохо скрываемым раздражением. «Ну, куда, ну, что вы, Зелиг, там забыли?» — говорил он не слишком осторожно. Переубедить этого человека с жестким темным лицом было невозможно. Но у Гриши Кафкана был аргумент.

После томительной паузы отец Майи, очень пожилой человек, обычно молчаливый и сдержанный, объяснял:

«Понимаешь, мужчина, я, когда немцы ушли, вернулся в штетл и сразу пошел к нашему соседу, которому отец отдал какие-то вещи и просил присмотреть за домом. Я сразу зашел в наш двор и, осмотревшись вокруг, увидел, что все почти на своем месте. Никого вокруг не было. Я зашел в сарай, где в углу отец спрятал ценные вещи из дома, и начал мотыгой отгребать мусор и землю.

Была великолепная весна, таял искрящийся ноздреватый снег вдоль тропки, птицы пели. Что-то заставило меня оглянуться. Позади меня стоял сосед, забыл его имя сейчас, все время помнил, а вот сейчас позабыл. В руках у него было ружье, он держал его в длинных сухих руках, наводил на меня. Он дрожал и говорил мне шипящим голосом: «Уходи отсюда, я тебя не видел и не слышал, не знаю тебя и знать не хочу, делать тебе здесь нечего, ничего твоего здесь нет, уходи откуда пришел». Он водил ружьем вверх-вниз, можно было подумать, что вот он сейчас выстрелит. Выглядел этот сосед, как вампир какой-то. У него были безумные вытаращенные черные глаза, висячие усы, прямые плечи и, судя по всему, сложные отношения с жизнью. «Уходи отсюда немедленно», — сказал он. Я ушел сразу оттуда, потому что я трус, знаю это с того момента, как нашел мертвую маму в канаве… Ничего с этим сделать нельзя.

Вот знаю, что наш сосед был общительный мужик до войны, пел песни, голос был сильный. Никак не могу вспомнить, как его звали. Адрес его помню наизусть, это Шевченко, 11. Наш дом был наискосок почти напротив, номер 6. А имя его не могу вспомнить, мне это мешает, я борюсь с памятью».

Свое имя отец Майи тоже не мог вспомнить.

Гриша Кафкан тогда был на двадцать лет моложе, он относился к отцу жены с уважением, ценил его. Дети отца просили его повлиять на него, «только ты сможешь его отговорить», Гриша отнекивался сколько мог, но, в конце концов, сдался. «Он уже звонил в турагентство, обсуждал даты», — сказала Грише жена.

Кафкан зашел к нему в комнату и присел к столу, за которым старик читал ежедневную газету.

Отец Майи отложил газету в сторону и сказал Грише таким тоном, как будто они расстались десять минут назад на полуслове:

— У меня были карманные часы, которые мне дал за пару дней до этого возле комендатуры выпивший (так и сказал, «выпивший») русский офицер, кривоногий, круглолицый пьяный освободитель. «На, — сказал, — пацан, пользуйся, будет тебе на черный день, обменяешь на хлеб, или сохрани, если сумеешь, для детей, на, бери еще консерву, рубай побольше, а то кожа да кости, станешь мужиком».

Подаренные Зелигу часы были тяжелыми и выпуклыми, они прикреплялись к поясу прочной цепочкой, на крышке был изображен медведь с бочонком. Я иногда открывал их и смотрел время. Я посмотрел на часы, когда отошел от сарая под наведенным ружьем хозяина. Прекрасно помню, что часы показывали 10 часов 35 минут.

Гриша собрался с духом и сказал старику одним духом, как можно убедительнее и солиднее: «Думаю, что вам не надо ехать туда, там ничего не осталось, все другое, страна другая тоже, не стоит этого делать».

— И ты туда же. Я должен туда съездить, я видал много, мне бояться нечего, — он, застывший упрямец, был убежден в том, что говорил.

И тогда Гриша, работник новостной службы на местном радио, сказал ему приготовленную фразу. Выложил упрямцу аргумент, ничего особенного, дело житейское, но Кафкан считал, что это убедит его. Они говорили по-русски между собой. Зелиг подумал, помолчал, отвернулся к окошку, которое выходило на дерево с зелеными еще лимонами, застилавшими от него утреннее солнце, и, потерев щетинистую щеку мощной ладонью, медленно сказал: «Да, я верю тебе, Гриша, ты мне не врал прежде ни разу, не болтал языком зря. Отменяю поездку, не еду туда, не говорим больше на эту тему».

Что-то мелькнуло в его глазах при этих словах, так показалось Грише Кафкану, но зацикливаться на этом времени уже не было.

Не едет и не едет, это главное. Про свой прекрасно сработавший убедительный аргумент Гриша не рассказал никому, даже Майе. «Оставим это, я не скажу ничего никому, ничего радостного, главное результат», — быстро сказал он жене, когда она спросила, что и как. «Тоже мне секрет, успокойся, Кафкан». Она обиделась, кажется, но не очень сильно, Гриша ее все всем доказал, она им гордилась. Хотя отца она почему-то пожалела, женская интуиция сработала.

Она много думала и пыталась выяснить суть аргумента мужа, будучи любопытной донельзя. Но Гриша отстаивал секрет до последнего. Потом все улеглось. «Гришка мой упрям, как и вся эта нация, на этом и держимся, разве нет?» — говорила она с гордостью. Никто ей не возражал. Нации не обсуждаем, потому что все про всех давно известно, что зря говорить, языком болтать, а? Но, если честно, она догадывалась о многом, женщины очень находчивы и сообразительны, как известно. Но о своих догадках она не говорила вслух, еще чего. А вдруг все не так! А?! И рациональны, конечно, как живые, теплые компьютеры, украшенные судорогами.

Так вот, Таиланд. Сиам по-старому. Люди с севера страны очень красивы. Там беднее живут. Вообще, все тайцы очень любезны, кротки, улыбчивы. Однажды, проезжая мимо спортивной площадки с баскетбольными кольцами, Гриша увидел ссору нескольких мужчин, коренастых и лобастых бойцов. Зрелище было неприятное, никто их не разнимал, кровь текла по их лицам и шеям, они не могли остановиться. Бились умело. Защищались хорошо, силы были равны у них. Вот тебе и кроткие, тихие тайские парни, поди знай.

Сын повел Кафкана в ресторан местной кухни. Заказал вегетарианские блюда, было очень много, разнообразно и очень вкусно. Готовили муж и жена, чудные люди, скромные, тихие, со смущенными радостными улыбками. Еще была их дочь, ее звали, кажется, Тон, но Кафкан не расслышал наверняка, а переспрашивать постеснялся.

Так вот, эта девушка. Смиренное существо, глаза в пол, в руках тарелка с ножами, вилками и ложками. Она принесла целую смену блюд, отец ее спросил гостей из-за стойки глазами: «Как, мол, еда моя вам?». Сын Гриши сказал: «Невероятный вкус, лучше всего, что я пробовал здесь». Отец, хозяин и главный повар, кивнул в ответ, что благодарен за слова очень. Юная официантка, проходя мимо, обхватила по дороге ладошками бицепс левой руки Гриши Кафкана, сжала и погладила его. Она смотрела в его глаза серьезно, ничего понять старый Кафкан был не в состоянии. Потом она ушла, вот и пойми их. В смысле, женщин. Речь о женщинах вообще здесь, в целом.

Сын сказал, что «ты повел себя верно, папа». Дождаться такого от него было почти невозможно. Дочка хозяев отошла, ее родители промолчали, хотя отец, кажется, все видел. Да что он там мог видеть, скажите? Сын сказал Грише, что «да, он все видел, ему все равно, не волнуйся». — «Я совершенно не волнуюсь», — отвечал старый Кафкан.

По дороге домой сын остановился у большого участка земли. Здесь кипела работа. До самого пляжа. Посередине участка стояло огромное зеленое дерево очень пропорциональное в пять-шесть обхватов. Это было мангровое дерево, до залива было метров тридцать пять. Раздетые до пояса лесорубы карабкались по кокосовым стволам рощи до самых верхушек. Они пользовались веревками, которые связывали щиколотки ног. Движения их вверх были похожи на лягушачьи, но много мощнее. К поясу брюк их была приторочена компактная электрическая пила, которой они пользовались виртуозно. Такой пикирующий беспилотник с зарядом взрывчатки. Звук работающие пилы производили сытый и спелый. Запах дерева и мокрой зелени кружил головы. Отрезая по двух-трехметровому куску ствола, которые рушились по прямой вниз, лесорубы споро продвигались вниз. Зрелище было завораживающее.

Бригадир лесорубов, совсем молодой, желтолицый, одетый в голубую футболку из дорогой ткани с надписью на груди «Челси», подошел к их машине и, пригнувшись к окну, сказал что-то сыну. Тот кивал, явно не одобряя услышанное. О чем они говорили, Кафкан не знал, потому что не слышал, у него были проблемы со слухом, да еще пилы жужжали, как атакующие перегруженные взрывчаткой беспилотники-самоубийцы. После разговора с бригадиром сын закрыл окна, увеличил силу кондиционера — на улице, несмотря на пасмурную погоду, было тридцать три градуса тепла — и резко развернувшись, уехал отсюда, хотя Майя очень хотела еще посмотреть. Сын скривил лицо, резко сказал: «Потом досмотришь», — можно было понять, что этот вопрос не осуждается, себе дороже.

Уже дома сын, полуотвернувшись, объяснил матери и Кафкану, что дереву посередине вырубаемого участка сто восемьдесят лет. Он хотел спасти его, но бригадир, отказался от денег и сказал, что у него есть все разрешающие документы, «и разговор окончен». Смотреть на рубку абсолютно здорового растения возрастом сто восемьдесят лет сын не захотел. Он был очень расстроен, сказав, что здесь другая психология и другое отношение к жизни, потому что «джунгли — это джунгли, а Иерусалим — это Иерусалим, а я родился в Иерусалиме». С этим было невозможно не согласиться. Кафкан посмотрел на своего мальчика удивленно, не ожидал в нем всего этого никак.

Майя разбудила его ночью. В полной тьме Гриша выглянул в окно, за которым в полной иерусалимской темноте шел проливной дождь. В середине февраля в Израиле всегда очень дождливо. «Кажется, все началось, поехали в больницу», — сказала она Грише без тени волнения. Кафкан начал судорожно и испуганно одеваться, не слишком понимая происходящее.

На тумбочке с телефоном у входной двери Майя приготовила пакет со сменным бельем. Сначала она в два движения нацепила широкий сарафан из джинсовой ткани, надела заношенную и растянутую синюю кофту, взяла в руки пакет и сказала: «Ну, все, кажется, я готова, поехали, Гриша». Кафкан сказал ей: «Давай присядем только на дорожку», — и они сели к столу на стулья на несколько секунд по привычке своих родителей. Стол подарила им на свадьбу двоюродная сестра отца Майи, которая выжила в войну и потом уехала в Америку. Это была красивая шестидесятилетняя дама, веселая, белолицая, шумная, восторженная. Она прилетела со всей семьей в Иерусалим, налюбовалась городом, помолилась и сразу определилась с невестой, которую расцеловала в щеки и лоб, и, не объясняя своих слов, провозгласила: «Ты, девочка, копия бабы Майи, а значит будешь жить долго и счастливо».

Из парадной надо было пройти по мосту со сплошными бетонными перилами к стоянке, потому что их дом был построен на склоне холма. Позади дома начиналась сразу пустыня, по которой сейчас текли потоки воды и грязи. Гриша держал зонт над нею, но все равно они оба мгновенно промокли. Над парадной соседнего сто четвертого дома по Неве Якову, новому кварталу в столице, горела желтая лампочка, и они быстрым шагом добрались до машины. У Гриши была синяя «форд-кортина», которая сразу завелась, Гриша все отладил и отрегулировал в гараже Давида Мизрахи, который работал в квартале Мамилла, что напротив Яффских ворот. Ехать с Русского подворья было шесть минут со светофорами. Тогда это был шумный промышленный район с гаражами, мастерскими, складами. Находился там и ресторанчик на четыре стола с пластиковым покрытием. Здесь подавали фасолевый суп, а к нему питы утренней выпечки, плошку с половиной ядреной луковицы, соленым огурцом и мочеными перцами большой силы. Хозяин смотрел на незнакомых клиентов молча, как на врагов народа, Грише это, если честно, мешало. Хозяин был мрачен и посторонних людей не одобрял, хотя и помалкивал, чтобы не мешать бизнесу, «это святое ведь, правда».

Мизрахи слушал двигатель машины, как настройщик Мариинского театра Кацеленбоген слушал когда-то в Ленинграде концертный рояль марки «Генри Стейнвей», Кафкан однажды видел: благоговейно слушал. Как профессор Лечсануправ — Лечебно-санитарного управления Кремля — предположим, Коган, слушал хрипы в организме какого-нибудь тучного, верного и непреклонного сталинского соратника, например, Жданова А.А. «Ничего опасного для вас не услышал, живите как прежде, больше ходите, дышите свежим воздухом, уважаемый Андрей Александрович», — постановил он, облегченно вздохнул и поправив белоснежный халат на животе, собрав все свои предметы, стетоскоп, авторучку, историю болезни пациента и пузырек неизвестно с чем в старомодный врачебный саквояж, щелкнул застежкой, попрощался и ушел, прикрыв дверь, только его и видели, вредителя, безродного космополита, ворога пархатого и агента «Джойнта». На его месте мог быть и любой другой — что потом и подтвердилось на следствии — так называемый врач из их шайки-лейки (на выбор), скажем, Вовси М.С., Коган Б.Б., Фельдман А.И., Гринштейн А.М. или даже сам Этингер Я.Г. Они все были светила, и Этингер был из светил, и судьба его была схожей с перечисленными. Сколько же их, этих светил, просто злости не хватает.

Мизрахи все настроил в синем Гришином «форде», подогнал, прочистил, продул, подвинтил, чтобы он был только здоров, этот Мизрахи Давид, старомодный, с подстриженными усами и ветошью в ладонях, житель Старого Катамона, и машина негромко запела всеми своими огромными английскими силами.

До больницы в Гиват Царфатит было ехать четыре километра по узкому шоссе с выбоинами и грунтовыми обочинами, залитыми водой. Ни одной машины им не встретилось, тьма была абсолютная. Дождь лил беспрерывно так, что машинные дворники с ним не справлялись. Майя не жаловалась ни на что, изредка она глубоко вздыхала, как будто ей не хватало кислорода. На большом перекрестке волнами ходила лужа глубиной в колесо грузовика, как прорвались, непонятно. «Как такой позор может быть в столице?» — сквозь вздохи поругала непорядок Майя. Гриша с трудом на второй скорости проехал влево, у площади после подъема свернул направо к больнице. За все время поездки, а это минут 30-35, он не встретил ни одной машины и ни одного человека. Вход в больницу не был освещен, и он вывел Майю из машины, чуть ли не неся ее на руках. Их никто не встретил.

Лишь в конце коридора, повернув направо, они уткнулись в полукруглую стойку с двумя женщинами в голубых халатах. Одна из женщин закивала им. «Садитесь, дети», — сказала она приветливо, выходя к ним навстречу. Вторая женщина, постарше, подняла голову от бумаги, в которую что-то быстро записывала, отвлеклась, кивнула Кафкану и его жене: «ну, наконец-то, а мы вас уже давно ждем, дорогие», — и продолжила писать.

Первая женщина подошла к ним и сказала Майе, совершенно без сил сидевшей с вытянутыми ногами возле Гриши: «Пойдем, милая, посмотрим, что у тебя и как, а ты, муж-груш, жди». Она помогла Майе подняться на ноги и увела ее. Было без пятнадцати четыре февральского утра. Через несколько минут она вернулась и сказала: «Походи с ней минут двадцать снаружи, надо выждать, ребенок будет Водолеем, хороший знак». Они погуляли с Майей под дождем, Майя капризничала и говорила Грише сердито: «Ну, что такое, что за прогулки под ночной грозой, почему мы слушаем этих теток, ты тоже хорош, не можешь ни на чем настоять, да?».

Гриша вернул ее в больницу, и прежняя дама деловито сказала ему: «Теперь езжай домой, позвони сюда через час-два, давай, сынок, давай». Часы в вестибюле показывали 4 часа 7 минут утра. Домой Гриша Кафкан добрался быстро, хотя дождь не прекращался и не слабел. Дома он достал початую бутылку арака и выпил два раза по половине стакана, закусив ломтиками *эшколита*, грейпфрута, если по-вашему. Сезон грейпфрута в Израиле приходится на осень и зиму.

Он присел к окошку, заел бутербродом с остатками курицы из супа и стал ждать, глядя на дождь и непонятный гул в пустыне, сопровождавший бурю. Пить было больше нечего в доме, а ехать к арабам, державшим бакалейные лавки вдоль шоссе, ему не хотелось. Страсть к опьянению была в нем слабее боязни холода и воя ледяного ветра из Иудеи. Он был перегружен тем, что происходило. Гриша заснул, чтобы просыпаться каждые пол часа и звонить в больницу.

Все тот же голос дамы из приемного покоя терпеливо отвечал ему, что «еще нет ничего, перезвони, мальчик, позже».

В 8 часов 28 минут, как показали ему советские часы «Слава» в стеклянной оправе, он позвонил опять, и дама сказала ему: «Ну, все, держись, мужчина, есть результат: 53 см, 3700 вес, настоящий Водолей, хороший знак». — «А кто родился-то, кто?» — сумел спросить Гриша. «Мальчик, кто же еще, пляши, мужчина, не могу больше говорить». И повесила трубку.

Через пять минут раздался звонок в дверь. На пороге стоял мокрый от дождя коллега по работе, малосимпатичный малый по кличке Мистер Икс. В руках у него была литровая бутылка виски, банка соленых огурцов из киббуца Хашита и пачка сосисок фирмы «Зогловек» из лавки Тимура. «А вот и я», — сказал Мистер Икс. «Ну, хоть так», — ответил Гриша. Они обнялись, стоя на пороге, хотя это и было не к добру, согласно народным приметам. Но кто там помнит о приметах, а? «Мабрук, Гриша», — сказал Мистер Икс, входя в салон, прихожей не было в квартире Кафканов, так было спланировано. Откуда Вадим — так звали Мистера Икс — узнал о родившемся только что сыне Гриши, было непонятно. Вадим прочно стоял на ногах, многое понимал и разбирался в так называемой жизни, просчитывая свое поведение вперед. Единственное, что примиряло Кафкана с ним, был относительный неуспех этого человека и необъяснимые провалы в карьере.

Гриша вытирал руками мокрое лицо, стоя у окна, не без смущения повторяя: «Видишь, какая влажность, Вадя». Ему было двадцать шесть лет, гостю — двадцать восемь. Конечно, Кафкан был изможден мучительной для всех влажностью воздуха. Но и глаза его, подчеркнем, стали внезапно слезиться, чего раньше никогда с ним не случалось, он этого стеснялся.

В 12 часов с минутами они все допили, доели — и Вадим повез Гришу смотреть на своего мальчика. Распогодилось, и даже выглянуло солнце, хотя на улице было холодно, ветер качал машину в дороге, как надувную лодку в море возле Тель-Авива во время ночного прилива. С Вадимом они распрощались. «Спасибо, выручил меня», — сказал Кафкан. «Потом будешь благодарить. С тебя стакан, а возможно, и два с половиной», — посмеялся Вадим и умчал в сторону спуска на главное шоссе, ему надо было на работу. Они много пили в то время, не обремененные, здоровые, с малыми(?) обязательствами перед жизнью.

Гришу сразу пропустили. Вчерашние ночные дежурные уже сменились. Новые тоже были милые и любезные донельзя. «Сынка не терпится поглядеть, Кафкан? Понимаю, иди быстрее, второй этаж пятая палата», — сказала та, что постарше. Они обе улыбались ему как близкому человеку, с любопытством наблюдая за выражением лица. Гриша волновался. Он зашел в палату без стука, позволил себе позабыть о вежливости. Он был напряжен, море ему было по колено. В палате было шестеро молодых женщин, одетых в одинаковые синие байковые халаты. Все они испуганно и несколько искусственно ахнули при виде Гриши. Он привел себя в порядок перед входом, пригладил волосы, застегнул рубаху, поправил ремень. Майя лежала у окна. Она рассиялась при виде его. «Это мой муж Гриша, не бойтесь его, девочки, он не страшный, он хороший», — сказала Майя.

Надменная деваха, лежавшая у двери, посмотрела на Кафкана, как на взломанный пустой чемодан, и сказала ему недовольным тоном: «Дверь прикрой за собой, папаша, дует». Женщины — сложные существа, это всем известно. А уж в роддоме! Гриша прошел к окну, дверь не закрыл от смущения и оттого, что торопился, и дама осуждающее фырчала ему что-то вслед, явно не комплимент, но он не слышал ничего.

Вот, кстати, Вадим. Все говорят, что себе на уме и что своего не упустит, и что машины меняет каждый год, и откуда деньги только, но водит как бог, и карьерист, и эгоист, и что только нет. А ведь не хуже других человек, если разобраться, и вот приперся поутру в дождь и в холод порадоваться за коллегу, и подвез вот сейчас, и прикроет, когда надо… Не хуже, не хуже других, совсем. Но и не лучше, конечно. Вадим был совершенно глух к красотам природы, они на него не влияли. Он верил числам и только им. Но хватит о нем, тем более, что и Кафкан относился к нему спокойно, если не сказать резче.

Дожди на этом острове — совершенно отдельная тема. Внезапно темнеет, остаются все те же тридцать два градуса тепла кругом, налетает резкий ветер с севера, сопровождаемый сумасшедшей силы дождем. Дождь легко пробивает сплошную листву из листьев разной величины и плотности, по земле рвутся по склонам потоки мутной глинистой воды, на асфальте образуются лужи, в которых даже могучие джипы не всегда умеют пробиться наружу. Вместе с этим, в двух километрах от дождя все тихо-мирно, и даже есть какой-то намек на просвет. Самое же интересное происходит с заливом. Он становится сине-черного цвета и буквально встает на дыбы, вертикально земле. Через час может выглянуть солнце и воздух прогреется дальше, хотя, казалось, куда еще. Через дорожки легко и высоко прыгают веселые крошечные лягушата, похожие на набравших цвет и вес комаров, которые и так здесь не маленькие. Лягушата эти вызывают умиление у людей — в большей степени, чем другие чувства. Мамы лягушат наблюдают за этими прыжками своих детей из кустов и травы с обожанием и скрытой тревогой. Мамы есть мамы, разве не так?!

Однажды Майя спросила отца, откуда у него такие следы ожогов на руках и плечах. Он всегда был большой загадкой для всех детей, но для Майи, как старшей, особенно. Никого при этом разговоре не было. Майя понимала, что в присутствии других детей Зелиг отвечать ей не будет. У Зелига действительно были обширные следы ожогов на теле. Он помолчал, огляделся на предмет одиночества и наконец сказал, точнее, рассказал:

— Я же трижды пытался попасть в Палестину. Таких, как я, были тысячи парней и девушек в Европе. Одиноких, назовем их так. Англичане разрешения на въезд никому не давали. Они вообще, если ты не знаешь, могли спасти более миллиона человек до и во время войны, если были беженцам сертификаты на приезд в Палестину, но они решительно отказывали нам, даже не обсуждали этого. Ненавижу англичан, — тусклым голосом без окраски сказал Зелиг.

Майя уже слышала от него об этом. Она продолжала молча ждать от него объяснений.

— Каждая наша попытка пробиться в Палестину сопровождалась грандиозными драками с английскими солдатами, которые действовали решительно и жестоко. Мы им не уступали ни в чем, разве что в количестве, солдат было много больше. И они были по-военному организованы, били без жалости. Мы дрались отчаянно, били их руками, ногами, палками, чем только нет. Когда они не справлялись с нами, то тогда обливали нас кипящим маслом. От этого масла мои ожоги, — рассказал Зелиг Бойм. Он был железный человек, как она считала, ничто его не могло сломать и никогда. Майя сморщилась и судорожно сжала руки, думая о нем и его жизни. Раз в год отец ходил в синагогу, которую обычно обходил, отвернув прочь темное резкое лицо свое. Он проводил в синагоге без сна, еды и воды почти сутки. Приходил домой растерзанный, несчастный, потерянный. С ним старались после этого дня страданий, памяти, скорби лишний раз дома не разговаривать. Только Майя заходила к нему, лежавшему лицом к стене на диване, и приносила чай. От алкоголя Зелиг судорожно отказывался, что-то из прошлого ему мешало или еще что-то… Неизвестно.

Тяжелая невыносимая скорбь, ноша, с которой невозможно справиться (почему и за что такая несносная боль?) — все это было написано на его лице со страшными страдальческими морщинами на лбу и щеках. Зелиг явно жалел и ничего не мог с этим поделать, что проскочил ту черту, за которой начиналось его нынешнее существование и закончилось детство (жизнь?) возле ходящего ходуном оврага вблизи кладбища в городке Тулсте пятьдесят лет назад.

Когда Майя училась в первом классе и начала ходить в школу, которая находилась на боковой улице, если идти от их дома направо и потом еще раз направо, и вот за углом и есть школа, то у нее было несколько верных подруг. «Буду дружить с этими девочками до самой смерти», — так она говорила матери за обедом. Та не реагировала на ее слова, только поправляла: «О какой смерти ты болтаешь, глупенькая, тебе еще целую жизнь надо прожить, ешь и не отвлекайся».

У одной из ее подружек мать работала на фабрике в пошивочном цеху, где строчила на гимнастерках швы в рукавах. Только швы и только в рукавах. Отец ее, токарь-наладчик, трудился где-то в центре страны и домой приезжал только на выходные. Девочка целыми днями была одна дома, старательно делала уроки (учительница ее хвалила в классе), прибиралась и готовила пюре на подсолнечном масле для себя, картошка в доме была. Потом она сидела у окна и читала растрепанную книжку, которая была единственной в доме. Книжка называлась «Приключения Гекельберри Финна».

Такой тихий послушный ребенок. Говорила она вполголоса. Ее звали Веред, хотя она как-то мельком сказала Майе, что записана она была Розой. «Мама мне объяснила, что Веред и Роза одно и то же, просто Веред меня назвали, чтобы я не выделялась, понимаешь?!» Майя спросила мать, так ли это, та, проучившаяся два класса в узбекской школе, знала русский язык. И та подтвердила, что Роза и Веред — одно и тоже имя.

Раза два-три в год мать Веред устраивала пожары в своем доме. Пожары быстро тушили соседи и приезжавшие на красных машинах пожарные. Веред забирали к себе родители Майи, мать отправляли в диспансер. Срочно приезжал отец Варды, человек с тонким бледным лицом и хорошими манерами, которые никак не вязались с его физической работой и огрубелыми руками. Потом все налаживалось у этих людей. Веред возвращалась домой к маме и ходила в школу, где над ней посмеивались ребята из класса, но не Майя, подруга на все времена. А потом все рухнуло, дом сгорел, потому что пожарные опоздали или поджигательница увеличила количество керосина. Хорошо, что Зелиг был дома.

Уже быстро темнело в этот предвечерний час. В большом окне гостиной были видны мечущиеся языки пламени. Он пересек улицу, добежал огромными прыжками до задымленного крыльца и, ворвавшись внутрь, вынес Веред, обжигая руки и лицо, из пылающего дома. Сгорело все до почерневшего фундамента. Непонятно откуда появилась с ледяным лицом мать девочки. Мать тут же увезли на скорой в лечебницу, где она исчезла навсегда. Отец, не получивший от страховки ни копейки за погибший дом, переехал в другой город с Веред, поближе к работе, за которую он так судорожно держался. Майя Веред больше не видела никогда. Она только помнила много лет ее фамилию, считала, что это важно. Уже в классе десятом один мальчик, живший по соседству, грубый, всегда смеющийся пошляк, сказал Майе на большой перемене, что видел Веред на набережной в Тель-Авиве. «Шорты, лифчик — все как надо, все наружу. Опытная проститутка, твоя лучшая подруга, предлагала мне скидку, но я отказался. Что я, бедный, что я нуждаюсь в скидках от такой? Скажи, Майя», — и засмеялся, как степной конь.

Гриша однажды, будучи моложе, чем сейчас, лет на 30-35, съездил в новую Россию, которую перестраивали с переменным успехом политики, бизнесмены и другие люди. Поездку эту некоторые его друзья не одобряли, считая это все бессмысленной суетой. «Ты же не авантюрист, а представлять все это, со звенящим счастливым восторгом в голосе, не гоже», — осуждающе повторяли эти мудрые люди числом в один человек. Один, но значительный и важный в жизни Кафкана. Он пропустил мимо себя его слова, хотел ему об этом сказать после, но было поздно, человек уже ушел со своей правотой и истиной.

Все было непонятно ему в этой стране. Все абсолютно было непонятно ему после почти двадцатилетнего отсутствия. Одежда, устройство, денежные отношения, отношения людей между собой, отношения со страной, властью в ней, с выживанием в ней. Все было непонятно, все, кроме, конечно, русского языка, который единственный стоял прочно, устойчиво и, кажется, неколебимо. Были еще друзья, родственники, знакомые.

Гриша должен был слетать в Хабаровск и Биробиджан по делам евреев и евреек. Он сел в самолет в Москве, настраиваясь на девятичасовой перелет. А что настраиваться? На что? Рядом с ним в кресле у окошка сидел средних лет бритый джентльмен, одетый в ковбойку с галстуком и в пиджак из толстой грубой материи. Он сбоку внимательно и быстро оглядел Кафкана и спросил: «Выпьешь со мной немного?». Его вопрос не был вопросом, скорее, уверенным утверждением. «С удовольствием», — сказал Кафкан. Мужчина покосился на него, вытащил чемодан-дипломат из-под сиденья и, щелкнув замками, раскрыл его. В чемодане лежали рядком бутылки водки со странными этикетками. «Водка на пантах марана, только у нас такую выпускают, целебная», — он опять покосился на Кафкана, не сказав, где это у нас, но видно, в хорошем месте. Потом он остановил взглядом проходившую стюардессу, которая выглядела просто, почти доступно и мило: «Нам бы, девушка, стаканы, хлебца и запивки какой-нибудь, да?!». Та, на ходу оценивая ситуацию, быстро решила в их пользу и ответила: «Сейчас, мальчики, две секунды потерпите — и все будет».

Гришу немного удивило количество водки, все-таки девятнадцать последних лет он в России не жил и отвык от многого, в частности, от объемов, от масштабов запросов граждан. Вдруг он вспомнил, что говорил ему опытный и умнейший, многое переживший друг в Иерусалиме до поездки: «Будь сдержан, осторожен и подозрителен в этой стране. Никому не верь, не расслабляйся и не увлекайся, Гриша. Они всегда на страже, без пьяных откровений. Верь только себе, и то с поправками на время года. И с водкой посдержанней, с водкой осторожней». Гриша был сдержан и осторожен, и ко всему, не глуп. Но и у него были свои проблемы, недостатки. Их было не так много, но они были, что скрывать. Иначе говоря, существовали нерешенные вопросы в его жизни, которые были значительнее его.

Сказать, что они выпили много, будет неверно. При всем при том, Гриша считал, что он все запомнил, все понял, выстроил отношения с соседом. Тот, например, спросил: «А ты что, иностранец, что ли?». Гриша ответил, что «да, я иностранец, из Иерусалима».

Сосед ответил, как дипломат: «Бывает, конечно, есть недостатки у всех, и у вас тоже имеются, у нас вот японцы есть, корейцы есть, китайцев завались, евреи тоже присутствуют, а я работаю на заводе, и что?!». Гриша был человек логический, находчивый, здесь был тяжелый случай. Ответить было нечего, водка еще не кончалась, но была на исходе. Гриша прикупил коробку шоколада у стюардессы с катящейся тележки и бутылку коньяка «Мартель». «А что, есть возражения?»

«Ну, раз так дело пошло, — сосед держался хорошо и контролировал, по его словам, ситуацию. «Полностью». — Смотри, что у меня есть. Ведь мы же русские люди».

Он вынул из кармана пиджака банку черной икры грамм на двести или даже на двести пятьдесят.

— Валентина, хлеба нам принеси черного, ну, и огурчика с маслицем, очень надо, — стюардесса в очередной раз пробегала мимо. Она сверкнула глазами, — «обязательно и скоро», — и промчалась дальше, кому-то что-то было срочно надо в конце самолетного салона. Можно было быть уверенным в том, что очень скоро она появится вновь со всем заказанным этим вполне ею понятным человеком, которого никак не мог раскусить Кафкан. А ведь не вопрос совсем.

— Ты хорошо говоришь по-русски, и не скажешь, что из-за бугра, молодец, выучился. И акцента нету в помине, не говоря об ошибках. Ностальгия мучает, да? Давай икорки еще, хорошая закусь, — заботливо сказал сосед, который, казалось, был ни в одном глазу. Охотничьем глазу.

— Ты не бойся, я — человек-могила, все вместе со мной исчезнет, знай… Ты мне только скажи, ты Голду Меир видел, как она? Умная баба? И вообще, как она, ничего себе? Никому не скажу, — попросил этот безымянный мужчина.

— Не видел ее и не говорил с нею, ничего не могу сказать, но ее, вообще, многие не любят у нас, надо это знать, — почему-то сказал Кафкан, он не мог уж так категорически отказать такому любопытному и необычному человеку. Тот ни разу не спросил Кафкана, зачем он здесь и почему, с какой целью прибыл.

— Так вот ты как, хорошо. Я к тебе со всей душой, а ты: «Многие не любят», — боишься проговориться, вот все говорят, что вы сложные люди… это так. Теперь я понимаю это мнение. «Многие не любят», — вот ты загнул, парень, ладно, давай еще по разу, и закусывай, а то еще расскажешь здесь всем государственную тайну, — он пытался всеми силами показать, что не обиделся.

Выпили.

— Хорошая наша водка, скажи, а? Нет, не хорошая, а просто отличная, береги себя, а то люди у нас разные встречаются… хорошо?!

— Я хочу сказать, что Голда умерла больше десяти лет назад, чтоб вы знали, — пытался оправдаться Кафкан.

— Этого не может быть, а у нас ни слова, поверишь, ни слова не было. Но она хорошая, Голда наша?

Кафкан пожал плечами:

— Не знаю, возможно, хорошая, хотя есть разные мнения.

— Вот видишь, а ты говоришь… — обожатель Голды был очень рад своей призрачной победе.

Долетели до Хабаровска вовремя. «Наш самолет благополучно приземлился в международном аэропорту имени Невельского. За бортом минус тридцать семь градусов, ветрено, легкий снег», — сказала Валентина в микрофон для всех. Она находилась за шторкой, и Кафкан сбоку видел абрис ее груди, талии, отставленных наружу ягодиц и высоко открытых мини-юбкой молодых спорых ног. Валя вся была обтянута синей форменной материей, что не мешало ее движениям в пространстве и в жизни. Только у Кафкана уже не было времени для волнения.

— Прощай, братец, — деловито сказал Грише мужчина, с которым они выпили вместе чемодан особой водки на пантах и бутылку французского коньяка. Гриша ничего не знал о нем. Может быть, и к лучшему. Зачем лишние знания нам, а? Ведь не заснем потом.

Гриша был слегка потрясен мыслью о расстоянии, которое он преодолел за этот день. Другой конец земли, это совершенно очевидно. У него было уважение к километрам, которые пролетел самолет, доставлявший его в неизвестность, а точнее, в далекий край, населенный совершенно непонятными ему людьми.

Валя, по главному имени, Валентина, постукивая каблучками модных ботиков, весело пожелала Грише счастья: «Не поскользнитесь, дорогой, здесь на трапе наледь», — и он, радостно кивнув ей, отважно шагнул с мгновенно слипшимися от мороза ноздрями в ледяной хабаровский день в лыжной шапочке «Кавголово» и в своем куцем плащике с поднятым воротником, с завязанным двойным узлом поясом. Плащ этот Гриша купил задешево на столичном рынке

Махане Йегуда, в угловой лавке напротив фалафельной бойких, постоянно орущих братьев, у пожилого перса. «Это не плащ, это шуба», — хвалил он продукцию пошивочного цеха в мусульманском поселке Бака аль-Гарбие, изготовленную по лекалам, привезенным из Лондона прогрессивно настроенным, ушлым хозяином.

Мама Гриши, так любившая без стеснения вещать для всех подряд, всегда говорила, повторяя чужую фразу: «Нельзя покупать дешевые вещи, сын мой, обойдется потом себе дороже». Так и было с этим «персидским» плащом. Кафкан просто дрожал от стужи, даже водка на пантах не помогала. Но теперь-то что говорить, все уже сказано и заплачено. Он почти протрезвел, сосед и самолетный друг куда-то пропал. «Даже не простились как следует», — пожалел Гриша. Он, вообще-то, был совсем не дурак, даже наоборот, просто очень наивный человек, ему не исполнилось еще пятидесяти, так что, вероятно, время для получения необходимого опыта у него еще было. Во всяком случае, он так считал.

С дождями на острове просто, если не беда, то проблема, конечно. Вот он заряжает с вечера уже в полутьме с невероятной силой и бьет без перерывов часов пятнадцать. Все залито водой, включая дороги, обочины и газоны сантиметров на 20-30. Есть участки шоссе с лужами полуметровой глубины. В воде застревают на сутки-другие(?) легковые автомобили с удивленными и смеющимися водителями и выплывшими буквально наружу к лесу и его опушкам пассажирами, которые, несмотря ни на что, не унывают, и, кажется, что этого с ними не происходит никогда-никогда. И все это на пронзительном ветру с Сиамского залива при температуре тридцать два градуса тепла. Люди, одетые в шорты, в основном, босые, посмеиваются, ежатся под дождем, но видно, что это все привычно им с малых лет. Так и есть, конечно. Удивительно они все улыбаются встречным посторонним людям, и видно, что делают это радостно и искренне, ладошки на груди складывают, кланяются, смеются всем лицом и идут дальше. И отсутствует летняя пыль, что очень важно, по мнению Григория Кафкана. К полудню следующего дня небо прояснялось, появлялись два-три пышных легких облака, выходило солнце, летали бархатные бабочки, висели над лужами стрекозы, все возвращалось к прежнему. Вечером собирался дождь и бил по земле и ходящим по ней наотмашь, не жалея. Очень важно также, что в такие бурные гудящие ночи Грише не снились ужасы, от которых он страдал и даже иногда плакал навзрыд, проснувшись.

Но после приезда и трех недель полного голодания Кафкан неожиданно почувствовал себя очень хорошо. Просто все хвори и болячки у него прошли, как будто их и не было никогда. Есть совершенно не хотелось. Лицо его просветлело, кожа на нем помолодела. Ему даже стало совестно за свое самочувствие неизвестно перед кем, перед теоретическим знакомым, у которого нелады со здоровьем и внешним видом. «Жалкая моя душа», — вскользь думал он, но быстро отгонял каверзную мысль.

Он посиживал на скамье возле речушки посреди леса, которая во время дождя регулярно выходила из берегов. Рядом росло несколько стволов великого вечного дерева гевея разного обхвата и возраста. Сердце Кафкана было отвлечено и голодом, и покоем от тревог и печалей жизни, которые сопровождают существование пожилых людей. Иногда он останавливался посредине дороги, удивляясь тому, что его жизнь проходит сейчас в таком месте и так, как он никогда раньше не мог себе и представить даже в самом горячечном и невероятном сне.

Во время одной из остановок возле негустого леса Кафкан увидел на расчищенной от дремучих кустов и камней опушке волейбольную площадку, на которой местные парни числом четыре на четыре играли в волейбол ногами небольшим, сплетенным из пластиковых жестких нитей мячом. Не руками, но ногами. Зрелище было невиданное и увлекательное. Гриша засмотрелся и присел на каменную оградку. Игравшие взлетали спинами вперед и, двигая ногами как ножницами, вбивали по вертикальной линии мяч на сторону противника. Он с гулом впивался в утрамбованную землю твердым боком: бам, бам и опять бам — вот вам.

Ждавшие своей очереди играть, сидевшие рядом с ним на промокшем камне заборчика парни почтительно приветствовали его, он в ответ, как учил когда-то отец, любезно приветствовал их *савадика*, здравствуйте, мол. Улыбки парней были искренними, как справедливо считал Кафкан, и доброжелательными. «Вот ведь люди какие чудные», — мельком подумал Гриша. Лица парней, скуластые, суровые, сожженные солнцем и плоские, были, если честно сказать, не слишком совершенными. Их можно было бы принять за людей с уголовного дна в другой ситуации, а вот на тебе, какое чудо чудесное. Эти вот мгновенные превращения людей сражали Кафкана наповал. «Тайский волейбол, отец», — важно объяснил Кафкану сын с видом знатока. Он всех знал на этом острове, и все знали здесь его. Второе было, конечно, точнее, потому что европеец выделялся здесь сразу, а местных различать было сложнее, хотя тоже возможно. Они все, островитяне, были очень разные люди, для различия их друг от друга нужна цепкая зрительная память и полное отсутствие лени. Лень в данном случае не помогает и не приветствуется. Кем, кстати? Хотя Кафкан всегда был за лень, за нее, родную. Просто он не всегда ладил с этой привязанностью. «*Сепак такро*», — «Удар и плетеный мяч», — прочитал потом любознательный Гриша Кафкан перевод названия на русский язык этого чудесного азиатского вида спорта. Один из игроков неожиданно выпрыгнул выше своего роста и, повернувшись в воздухе спиной к сетке, скрипнув коленом, встретил левой ногой в верхней точке полета отскочивший с другой половины мяч. Сделав движение ногами, напоминавшее ножницы, он с невероятной силой пробил по мячу, который воткнулся в площадку соперника, издав звук, напомнивший разрыв снаряда. «Как, как он это сделал?» — спросил Кафкан потрясенно. Вопрос этот остался, конечно, без ответа, которого просто не было здесь ни у кого.

Говорливый Гриша Кафкан очень любил рассказывать истории из своей жизни разным людям. Почти знакомым, почти своим. Его речь была плавной и беспрерывной, некий вид физиологического безумия. Его слушали из уважения к возрасту, удивляясь этому крепкому еще старичку и стесняясь возразить или отказаться. Кафкану вообще, казалось, было все равно, слушают его или нет. У него просто иногда кололо сердце, если он замечал невнимание слушателей, но он вида не показывал, ценил себя больше каких-то возражений и бессмысленных требований к другим людям. Любимый его рассказ, обкатанный до суффиксов и запятых, был о том, как лет сорок назад, а точнее, сорок пять лет назад, он встретился, находясь на военной службе в Иерусалиме, лицом к лицу с премьер-министром. Это все произошло и это было правдой.

Дело было в семь часов утра, без малого. За день до этого резкий старшина по фамилии Вакнин сказал ему, чтобы он пришел на службу из дома к шести утра. Все происходило в Доме солдата через дорогу от улицы Бецалель в Иерусалиме. «Здесь заседание будет важное, так что ты должен быть чистым, отглаженным и внимательным, от тебя многое зависит, я на тебя надеюсь», — сказал он Кафкану, которого шпынял и над которым посмеивался. Грише было двадцать пять лет, он служил по закону об обязательном призыве для всех, но короткий срок, полтора года. Кафкан мог разобраться со старшиной за пару минут, но он прежде твердо обещал отцу, что ни-ни, и никаких скандалов и столкновений у него не будет вообще. И потом, это была армия все-таки, нечего искать приключений, правда, да и не стоит того, можно и потерпеть. Нет? Ну, не любит, так что?!

С шести утра по фойе Солдатского дома бегали солдатки в светлой форме ВВС, убирались, протирали, драили, мыли, а три, самые проворные, фаворитки старшины Вакнина, побежали через пустое поутру шоссе на рынок. Они скоро вернулись, неся нарядные картонки с бурекасами — это такие пирожки, кто не знает, с сырной, картофельной, щавелевой и другой, какой только нет, начинкой. Все бегом, смеясь и задыхаясь. Девушки бежали вприпрыжку с коробками на второй этаж в зал заседаний. Потом одна из них, с ласковыми карими глазами, добрая восемнадцатилетняя пацанка, по ее признанию, из Триполи, жившая без комплексов и без лифчика («зачем, мне так свободней»), принесла ему бегом тарелку с пятью пирожками на салфетке, сказав Грише: «Спрячь, не демонстрируй», — и убежала, крутанув чреслами по его уязвимому месту.

Гриша спрятал тарелку в нижний ящик стола, прихлопнул его, чтобы не выделялся, оглядел в который раз все вокруг и стал ждать.

Около семи часов утра подъехал черный автомобиль «плимут» и остановился у входа. Из машины вылезли два средних лет джентльмена, обоих Кафкан узнал сразу. Плотный с лишним весом, обтянутым гимнастеркой, военный, был начальником Генштаба Мотой Гу-м, а второй, в распахнутом пиджаке, в тусклой какой-то рубахе без галстука, расслабленный и красивый, был Ицхаком Р-ым. Фамилии этих людей не называются здесь из скромности и отсутствия у рассказчика позывов на монументальную документальность. Но это все было, безусловно.

Премьер, а это был он, Ицхак Р-ин, взял генерала справа под руку и они, как шерочка с машерочкой, бодрым по утреннему холодку доверительным шагом вошли в здание. Никакой охраны у них не было, шофер даже не оглянулся на начальников, остался в машине читать газету.

Кафкан вскочил и вытянулся в струнку при виде этих людей в вестибюле. Военный, собранный и сердитый, на него даже не взглянул, он думал свою стратегически важную мысль и ему было не этого чудаковатого возрастного солдата третьего месяца службы. Он быстро прошел к лестнице и поднялся наверх. Зато второй освободился от всего и сменил направление, уверенно прошагав к Кафкану. Он явно знал, чего хотел от жизни.

— Ты из Советского Союза, солдат, да? Недавно приехал, да? — спросил он. Голос у него был низкий, глубокий, сильный, не угрожающий. В руках он держал пачку сигарет «Марлборо» с откинутой крышкой. Он был выбрит и почти спокоен.

— Куришь?

Кафкан мотнул головой, что не курит. Он курил на самом деле, но сказал, что нет, так как слишком волновался. Премьер поджег сигаретку, щелкнув металлической зажигалкой, которую никак не мог достать в Иерусалиме Гриша, глубоко и со вкусом затянулся, выпустил дым из себя и присел на поверхность стола боком.

— Ну, а вообще, как тебе здесь? Не обижают? Нравится тебе?

— У меня все в порядке. Не обижают, жду начала курса через пару недель, — сказал Гриша. Он ничего выглядел, волновался, но держал себя в руках.

— А ты знаешь, солдат, кто я? Представляешь себе?

Ицхак Р-ин смотрел на него без насмешки, с интересом ученого естествоиспытателя, ловца бабочек и их душ.

Кафкану показалось, что от него идет стойкий сытный запах хорошего алкоголя, «виски, что ли». Ему показалось это странным, было часов семь утра, и все-таки это был не Ленинград, а другое место, где такое было невозможно в принципе, по его мнению. Но нет, обмануться было невозможно. Этот внимательный человек уже принял по утру некоторую дозу алкоголя, что никак не влияло на его поведение. Грамм 150-200, не больше, но с утра и на пустой желудок, а! Ничего. Можно снять шляпу.

— А знаешь, солдат, моя мама ведь тоже из этой вашей страны, родом из Москвы, у нее даже имя Красная Роза, только я не говорю на вашем языке, я говорю на других языках, ты не думай, — сообщил этот человек. Он держал сигарету на весу, в раздумье, не зная куда стряхнуть пепел. Гриша Кафкан стоял по-прежнему навытяжку, хотя все услышанное им только что звучало успокоительно.

— Я тебе, солдат — ты мне нравишься, не суетишься, не подхалимничаешь — оставлю свой телефон. Это на моем рабочем столе, только я отвечаю, звони если что, помогу чем смогу, понял меня? — Р-ин порылся в карманах, нашел ручку, никакой бумаги не было, и он оторвал поля от популярной тогда газеты «Гаарец», которая торчала из его кармана.

Быстро и разборчиво он написал копеечной запасной ручкой из бокового кармана телефон из восьми цифр, начиналось с 03, и протянул Грише со словами:

— Звони, не стесняйся, тебя как звать?

— Григорий Кафкан.

— Ну вот, Гриша, звони, когда захочешь, — и ушел, пожав ему руку на прощанье. Гриша сложил бумажку с телефоном в два раза и спрятал в карман гимнастерки, застегнув его.

Ицхак Р-ин, легко запрыгивая на ступеньки, поднялся по лестнице и скрылся в коридоре. Он был здоров, ему еще было жить и жить, творить и служить. Тут же к Кафкану подошел торопливо Вакнин и шевеля усами, угрожающим тоном спросил: «Вы о чем с ним толковали, ты что, знаком с ним, а?» — «Первый раз вижу, ни о чем особенном мы не говорили, он спросил, как мне тут, как отношение и все такое», — сказал Кафкан, он почти оправдывался. «И все! А ты что сказал?» — «Все хорошо, сказал, всем доволен». Вакнин посмотрел на него, поправил усы и сказал: «Да, ну-ну, если так, то хорошо». Отходя, он через два шага повернулся и подозрительным тоном спросил: «Ты точно с ним не знаком, а вы не родственники с ним, случаем?». Кафкан пожал плечами, что, мол, не говори ерунды, Яков Вакнин, не мельтеши. Вакнин как бы споткнулся, все запоминал, но помалкивал, кто там знает этих европейцев с их синими «фордами» (откуда бабки у пацана, а?) и их непонятными, необъяснимыми родственными связями. Не разобрать ничего, ухо востро, брат Вакнин, так он себе пожелал и был прав, конечно.

Девочки тоже спрашивали Гришу Кафкана, сверкая глазами и умирая от любопытства: «Ну, что, что он тебе сказал? А ты что? А он что?». Одна из девчонок пригляделась к Кафкану, прищурившись, поджала полные губы и сказала: «Вот ведь как некоторым везет. Без году неделя, а разговаривает с главным человеком страны на равных, вы посмотрите только». Кафкан не надеялся, что кто-то из девушек полюбит его просто так, внезапно, за красоту, за ум или, там, за скромность какую-нибудь. Хотя надежда на это у него всегда была. «Глупость, конечно, — думал он, — но я имею право на любовь, разве нет?» Конечно да, Гриша, конечно, да, просто время еще не пришло твое. Жди.

Заседание начальников длилось до часов четырех. После этого все быстро ушли плотной разнородной группой вместе с адъютантами, помощниками и другими штабными. Устали, надоело, перекурили, кто что знает.

Уходивший Р-ин, расслабленный, как и утром, осунувшийся, дружески кивнул ему издали из толпы генералов, показав рукой, что «не могу подойти, прости, солдат», после чего Кафкан смог наконец поесть остывших и все равно очень вкусных турецких (или болгарских?) пирожков, быстро глотая большие куски от них, задыхаясь от удовольствия. Он аккуратно приставил стул к колонне, подвинул стол от входа, оглядел пустой стол — мать приучила его быть аккуратным с малых лет — и после этого отправился домой на своем синем чудном «форде».

Ради справедливости, если она существует, добавим. Меньше, чем через год, этот самый Р-ин Ицхак стучал ладонью по столу (это было в четверг) и настаивал в правительстве, чтобы парни полетели в Энтеббе* освобождать заложников-евреев. Все было не очень просто, большое волнение в стране, тревога. Мота Г-р не слишком был за эту операцию, как и некоторые другие очень важные люди. Р-ин требовал от всех министров подтверждения: «да, я за». Через два дня в субботу утром он добился необходимого большинства голосов (не все были за, не все), и парни (в штурмовой группе двадцать пять человек, командир — подполковник, тридцатилетний Йонатан Нетаниягу, сын профессора истории) вылетели спасать еврейскую нацию в Уганду в июльскую субботу 4 июля утром, в день независимости США. Ультиматум террористов истекал, и ждать было нельзя. Дальше все известно. Заложники были возвращены домой, Нетаниягу погиб во время штурма.

На углу Ям Суф Гришу остановил с тротуара высокий немолодой послушник в черном берете набекрень. Кафкан остановился и выслушал его сбивчивую торопливую скороговорку о том, что «а ты еще говоришь, этот-то новый еще хуже безнадежной старухи, бесхребетник — без позвоночника и без собственного мнения, не зря его из Штатов убрали за деньги жены, разве ты не знал, Гриша?! Отстаешь от жизни». Этот человек всегда говорил как бы с запятой, договаривая свою скользящую судорожную мысль. Кафкан не успел и слова сказать, как мужик этот выпучил глаза, вздернул брови на лоб

---

* Энтеббе — аэропорт в Уганде.

и не прощаясь, широким шагом безумца, ушел во двор последнего дома по Ям Суф в сторону заросшего пустыря, доходившего аж до самого Рамота. Гриша всегда чувствовал себя обманутым после встреч с ним. И сейчас тоже. Немало странных людей жило в то время в Иерусалиме. Сейчас их тоже хватает, число их не убывает в еврейской столице. Просто не все они известны населению.

С отцом тоже получилось интересно. Гриша все рассказал ему по приезде. Сначала он пошел умываться. Он с удовольствием смотрел в ванной на свое лицо в зеркало, растерся полотенцем, надел чистую сиреневую майку из прошлого и вышел в комнату веселый и расслабленный после умывания. Мать поставила ужин перед ним, все как он любил: картошка, порезанная и политая подсолнечным маслом, селедка матиас, масло сливочное, крошеные огурцы и помидоры, хлеб, чайник, нож, вилка, ложка, все свое, ленинградское. Отец сел напротив, он только что вернулся с вечерней молитвы. Ничего не ел, наблюдал за сыном, слушал его, мотал на ус, как говорится. Он всегда ждал от него каких-нибудь непонятных происшествий, тот часто оправдывал эти ожидания.

Гриша все рассказал, как было, ничего не утаил. Отец явно ему не верил, он много лет считал, что Гриша склонен к сочинениям на вольные темы и преувеличениям. «И он к тебе сам подошел? Премьер-министр, говоришь, генерал, герой войны, к тебе, а *грейсер гибер*, большой герой без ружья», — спрашивал он подозрительным тоном. Гриша кивнул, досадуя на себя и думая: «Почему мне так не везет на собеседников?». Он был несправедлив. «И ты говоришь, что он дал тебе свой телефон и просил звонить, когда захочешь». Отец смотрел в сторону и чего-то шевелил губами с раздраженным видом. «Да, я говорю, и он принял, папа, с утра грамм 150 или даже 200, но хорошего чего-то, возможно, виски», — Гриша наслаждался эффектом и не отступал от канвы своей истории ни на миллиметр.

«Ты просто антисемит, по другому не скажешь, вот что с тобой сделала дружба с твоими дружками, с Махно и Женей, не зря мама их терпеть не может, дай мне этот телефон немедленно». Соломон доверял своей жене безоговорочно. Гриша безропотно отдал отцу бумажку с телефоном Р-ина. Изучив бумажку со всех сторон, отец спрятал ее, ворча, в книгах на письменном германском столе, привезенном из России. Махно и Женя были близкие друзья Гриши в Ленинграде, участники литературной жизни андерграунда, яркие замечательные люди. Письма от них в Иерусалим не доходили, но Гриша их помнил крепко.

Никто из Кафканов никуда не звонил, конечно, по этому телефону. Ну что звонить? Что сказать? Здрасьте, господин начальник. Р-ин быстро власть потерял тогда, потом вернулся в нее, потом его застрелили суровые, непреклонные и истые «враги мира и прогресса» — и он умер. Ему было не до разговоров о прошлом, будущем и настоящем. Трудно поверить, но и Кафкан-старший и Гриша со временем об этом телефоне на обрывке газеты позабыли, память обо всем этом стиралась с годами. Только вот теперь эта история всплыла, как казус из жизни. И то хлеб.

Изредка сын приезжал на своем джипе и предлагал Грише Кафкану прокатиться по острову. Они ехали под дождем, набиравшим силу довольно медленно, потому что дорога была узкая, никто не соблюдал правила и нужно было быть готовым сразу тормозить. Люди на мотороллерах могли свернуть куда угодно против всех законов. Злиться было нельзя, да и не на кого. Что злиться на местного? И что ему сказать? Да ни в жизнь. Сын Кафкана тоже Кафкан, был надменен и суров. Не мог он себе позволить споров и ссор из-за ерунды. А если что случается серьезное, можно применить физическую силу, даром что он был веганом уже девять лет.

Однажды он заехал за отцом в двенадцать дня и повез в место, о котором сказал, что «ты должен там побывать и немного поесть чего-нибудь». Так он выражается обычно. Джип его гудел-гудел от мощи и мчал сквозь джунгли по пустой дороге. «Куда едем, а?» — «В никуда». Кондиционер в его машине работал в полную силу, было даже зябко, и Кафкан открутил окошко вниз. С телефона сын транслировал в машине песню умершего десятилетие назад незабвенного Айнштейна «*Сижу я в Сан-Франциско возле воды*». «Может, еще все и обойдется, а? — подумал Гриша Кафкан. — Ну-ну, думай, старый Кафкан, *а грейсер хохем*, может, и обойдется».

Подъехали к светлому аккуратному зданию в два этажа возле шоссе. Сын, объявив: «Здесь нам предстоит питаться и здороветь», — помог Грише взойти на три крутые ступеньки до резных дверей, и они вошли. Сын снял обувь у входа, здесь все так делают. «А ты не снимай ничего, отец, тебе можно и так», —сказал он. В этот день солнце было закрыто серыми облаками, на улице было, как и всегда, больше тридцати, и из джунглей за домом и напротив него тянуло счастливой влажной силой свежего ветра. Несколько мелких и худых петухов в яркой боевой окраске ходили за крыльцом в поисках своих красивых упитанных кур и охраняли их от внешних соблазнов и врагов.

Прямо напротив входа была стойка с буфетчицей, за спиной которой жил зал с посетителями. Их было не очень много. Например, сидел средних лет мужчина, перед которым стояло блюдо с сырами. У мужчины было круглое лицо с любопытными сложными глазами. Он как бы смотрел и внутрь себя, и наружу с одинаковой внимательной силой. Кафканы сели у стенки, так Грише было удобнее опираться спиной. Сын отошел к стойке сделать заказ. Гриша увидел со своего места, как буфетчица внимательно рассматривает на свет поданную ей тысячебаттовую купюру. Он увидел подобное на острове впервые. «Ох, ты, ничего себе», — вздохнул Гриша.

Громко заорал на улице петух. Трудно было ожидать от такого небольшого создания звука голоса такой силы. Гриша содрогнулся. Мужчина со славянским лицом кивнул ему, улыбаясь, со своего места и сказал по-русски: «Во дает, голосит, а так сразу и не скажешь. Это потому, что бойцовая птица, смелая, духовитая, понимаете?!». Гриша не удивился его русскому обращению и откозырял правой ладонью, как это делал когда-то пожилой генсек ЦК. Он как бы отвечал мужчине: «Я вас понял и полностью согласен с вашим мнением». Гриша был старше его лет на двадцать пять и даже больше.

Сын, совсем не маленький и даже очень высокий, ходил быстро и бесшумно. Так ходят охотники и диверсанты, наверное. Где он этому научился, было Грише непонятно. «Здесь, наверное, — подумал он, — в джунглях, где же еще». Гриша ошибался, сын его ходил так с малых лет еще в Иерусалиме, от рождения. Нельзя знать все даже про самых близких людей. Сын принес от стойки блюдо с разными видами сыра, куски хлеба, огурцы и помидоры, а также сливочное масло в плошке. «Вот, папа, это все сделано из разных материалов, все натуральное, поправляйся». Мужик, которого Гриша уже прозвал про себя «русак», кивал ему в знак одобрения, мол, отменный выбор. «Рекомендую копченый, откровение», — проговорил мужчина, показав кусок сыра, наколотый на вилке.

Место было богатое, судя по интерьеру. Так и оказалось. Они неожиданно очень вкусно поели веганскими продуктами. На Гришином впечатлении, конечно, сказалось то, что он не ел регулярно и обильно уже несколько дней, а точнее, одиннадцать. Но было вкусно и сытно.

Копченый сыр был безупречен и казался лучше, чем обычный, точнее, настоящий. «Из чего это, интересно, сделано?» — поинтересовался Гриша, изнемогая от любопытства. «Кажется, из орехов, совсем разных, держится все в большом секрете, не знаю точно», — объяснил сын. Он был честный с детства человек. Он буквально изнемогал от счастья своей одержанной над отцом победы, он ему доказал свою правоту. «Очень вкусно, — сказал отец, — с голодухи, наверное, такое впечатление, но вкусно». На улице опять отчаянно заорал петух. Сын сказал, что здесь и птицы живут со своим отсчетом времени. Потом они поели шоколада с орехами и выпили кофе. «Хорошо, правда», — сказал Грише по-русски мужчина неподалеку. Гриша кивнул ему, что «да, очень хорошо, лучше швейцарского».

— Позвольте вас угостить, рад увидеть своего человека в этой глуши, — радушно сказал мужчина. Он сидел метрах в трех от Гриши и его сына. — Буду очень рад.

Сын не понимал по-русски, так, отдельные слова и междометия. Он понял, что обращаются к отцу, пожал плечами, демонстрируя нейтралитет и свободу выбора. Мужчина сделал приглашающий жест рукой: «сюда, уважаемый». Двое молодых людей, заросших и небритых, с зыркающими глазами, в свободных футболках и защитного цвета шортах, сидевшие у окна, несколько напряглись, это было видно по мышцам плеч и шеи. Мужчина опустил руки на стол, и парни успокоились. Сын Гриши Кафкана, тоже не чуждый тревог за отца и себя, поглядел вокруг с интересом, он был похож на хищного жирафа, если такие бывают. Вот выяснилось, что бывают, здесь, в джунглях, все бывает. Гриша даже хмыкнул от удовольствия.

— Нельзя быть таким любопытным, сдерживайся, мальчик, — говорил Грише отец. Русский человек, пригласивший Кафкана за стол, вызывал у него интерес. Середина джунглей, заброшенный остров в Сиаме, русская речь, важный человек с охраной, интересно, нет? Безумно интересно. Любопытство может погубить, это Кафкан знал и сам. Четыре месяца Гриша Кафкан не говорил по-русски ни с кем. Тут фраза, там междометие, восемнадцать слов с внуком («здравствуйте», «рука», «нога», «ухо», «нос», «сердце», «душа», «душа моя»), этот же набор слов с внучкой, обширная книга с интервью Набокова за много лет, роман иерусалимского писателя, жесткого, критически настроенного, желчного человека, вот и все. Еще был интернет… «Любопытство тебя погубит», — говорил Грише его отец еще в Ленинграде.

Короче, Гриша присел к столу этого человека, и тот, приподнявшись, представился: «Олег Анатольевич, пенсионер». Он выглядел, как человек из конторы, причем не отставник, резервист, а действующий, полный сил сотрудник.

Когда-то еще в Ленинграде, то есть много-много лет назад, товарищ Гриши рассказал ему, что провел день за выпивкой и разговорами с парнями из «конторы». «В свитерах грубой вязки, крепкие, умные, один с бородой, знающие, с университетским образованием, все понимают, большое впечатление, ничего не скажешь, лица открытые, соль и надежда земли русской», — подытожил он рассказ безо всякой иронии об этих людях из конторы. Этот товарищ Кафкана был наблюдательный талантливый человек, на мякине его было не провести. Конечно, в нем была известная доля романтизма, наивности, скрытого восторга, но и большое любопытство, ему можно было верить абсолютно. Он тогда добавил еще полфразы, которые Гриша запомнил, хотя, признаем, знал об этом всем и сам. «Только какая-то подлянка в них все время чувствовалась, как бы они это не скрывали», — так он все подытожил.

— Григорий Соломонович, — представился Кафкан. И они крепко пожали друг другу руки над заставленным столом. «Я тоже из Ленинграда, как вы любите говорить, Григорий Соломонович», — сказал любезный пенсионер. Ему было на вид меньше пятидесяти, светлые легкие волосы, крепкая шея, выпирающий подбородок, узкие близко сидящие глаза, человек как человек из славянского края. Ладони небольшие, аккуратные, с блестящими ногтями маленьких пальцев. Как говорил знающий человек во дворе в Ленинграде, «руки законченного убийцы». Он, конечно, болтал ерунду, этот знающий человек, много форсу было, понтил часто, но к нему прислушивались, так как что-то он знал бесспорно. Вот факт, что Гриша Кафкан запомнил.

Половина из того, что он вещал во дворе парням разных лет, было ничего не значащим трепом, но что-то осталось и застряло. Не обещай зря, не говори просто так, не спорь, не залупайся, отвечай за слова. Отец же Гриши тоже нагружал его память постулатами жизни. Не давай советов, когда их не просят — был один из важных отцовских.

Часы у Олега Анатольевича были на кожаном ремешке, обычные, по всей вероятности, позолоченные. Это понравилось Грише, не нувориш, простой взгляд на вещи, как и надо. Не рвать глаза никому, как говорил ему отец всегда. Двойная красная нитка, купленная им явно у Стены Плача, повязанная на широком запястье, заставляла взглянуть на этого человека удивленно. Бывал, значит, у нас в гостях Олег Анатольевич. В гостях?

— Конечно, бывал у вас, и не раз, мой бизнес в прошлом был связан с вашей замечательной страной, — сказал мужчина тоном человека, которому нечего скрывать. Он даже для убедительности своих слов широко открыл веки над своими узкими серыми глазами. Было не совсем ясно, в чем он хотел убедить Гришу, в том, что у него был бизнес в Израиле или в том, что Израиль замечательный. Грише было все это не так важно, если честно. Он обо всем мог догадаться без намеков и нажимов и сам.

— Оберегает от сглаза и порчи, — объяснил Олег Анатольевич наличие нитки на левом запястье. — Один в черном лапсердаке у Стены повязал мне специальным узлом, благословил… и не поверите, Григорий Соломонович, дела мои стали лучше, я выздоровел от хронической болезни, и вообще, оберег моей жизни это. Не говорите, есть во всем этом месте сила, есть.

Он говорил убежденно и уверенно. У него даже голос дрогнул при этих словах. Возможно, Грише это показалось.

Гриша не хотел ему рассказывать ничего и объяснять. Верит человек и пусть верит. Разубеждать он не умел и не хотел, считая, что он не имеет на это права. Но ему все это понравилось. «Скромный ленинградец, вон, старенькие часы «Победа», позолоченные, ремешок потертый, нитка красная, обобрали, наверное, у Котеля парня, но молодец, мне нравится», — подумал Гриша. Он совсем не был идиотом, просто всегда считал, что беда пройдет мимо, верил в судьбу и благословение отца, деда и других людей. И часто беда пролетала мимо него, кроме тех раз, когда не пролетала и приостанавливалась подле…

— У меня были хорошие дела в Израиле, хорошие сделки заключались, умеют работать у вас, многие говорят по-русски, продукция великолепная, так что все было обоюдовыгодно, вы берите еще сыра, вижу, вам нравится, Григорий Соломонович. В Ленинграде давно были, уважаемый? — он был сама любезность, этот Олег Анатольевич, сама любезность.

Кафкан взял еще пару ломтиков копченого сыра, который замечательно попахивал едким дымом горящего в лесу костра и острой, какой-то неизвестной сырой приправой. Этот сыр можно было есть бесконечно, жаль, что вина не было. Гриша сообразил вдруг, что не все понимает из происходящего. Кто такой этот человек? Что ему нужно? Откуда он все знает про меня? Что за Олег Анатольевич такой, светлоглазый? Он, конечно, потерял многое из того, что раньше понимал на раз, но мог напрячься хотя бы, нет? А ведь Гриша мог сообразить почти все об этом человеке сам, без наводящих вопросов. Но он не хотел думать в этом направлении, потому что считал себя мирным пенсионером, склонным к лени, не имеющим отношения ни к чему, ни к какой реальности.

А теперь сентиментальная история в этом почти не сентиментальном рассказе. Майя после диплома попыталась устроиться на работу в «Мемориал», «Яд Вашем», по-иному если. Она пришла на собеседование к председателю правления. Тот сидел за письменным столом, придерживая тяжелую для его руки голову, и смотрел на молодую женщину с лицом в веснушках, не щуря семитских глаз.

Директор был невысокий литовский или польский еврей с неподвижным лицом из железного металла. Майя все знала про его жизнь. Он был партизаном в Литве, совершенно одинокий подросток, без погибших родственников. Потом он был воином в русской армии, воином в еврейской армии, закончил летную школу, летал на «мессершмитте», поставленном Сталиным через Чехословакию евреям в Войну за Независимость Израиля. Было такое время, И.В. Сталин приветствовал еврейское государство, а его представитель в ООН молодой дипломат А.А. Громыко произносил в Нью-Йорке пламенные речи в пользу создания независимого государства для многострадального еврейского народа. И все его слушали и ничего не понимали.

Никто не верил услышанному. «Чего Б-г захотел, непонятны его дела, сколько сейчас времени, который час?» — спрашивали старики *ишува*. Хотели назвать улицы его именем в больших городах страны, в Хайфе там, в Нетанье, но не сошлось и не совпало по датам. Отношения со страной-победительницей в войне то ухудшались, то улучшались, в Москве менялось настроение и речи, поспеть за всем этим славянским фейерверком задерганным и измотанным чиновникам в муниципалитетах, ответственным за названия улиц, было невозможно.

Так вот, немецкие самолеты. Трофейные «мессершмитты» прибывали в разобранном виде в Палестину, где их собирали аккуратные чешские техники вместе с еврейскими, быстро обучавшимися профессии. Самолеты «люфтваффе» гитлеровского вермахта «мессершмитты» называли в еврейской армии «*сакиним*», что значит в переводе «ножи». На крыльях рисовали Магендавиды голубой краской вместо красной свастики и *удруп*, как говорится, вперед на врага с двумя подвешенными бомбами и пулеметом 0,5 калибра впереди. «Мессер» с немецкого также переводится как «нож». Сначала прибыло четыре «мессера». Они повлияли на ход военных действий, как пишут непредвзятые, да и предвзятые военные историки тоже…

Директор «Мемориала», генерал ЦАХАЛа, потерял всех близких в Мировой войне. Война и вообще сопровождала его жизнь с юности, не украшала его, ожесточала его, кромсала его. Он придумал и создавал этот «Мемориал» в Иерусалиме. Он был человеком без страха и упрека, таким он Майе виделся. Он выслушал ее биографию, лицо его было неподвижно, глаза его блестели, все ему было знакомо про ее отца и мать более-менее. А чего он не знал, о том догадывался.

Майя потом как-то при случае, расслабившись по неизвестной причине — она тоже была совсем не проста, эта женщина, которая судорожно хранила тайны и секреты — рассказала Грише, что этот человек, никогда не расслаблявшийся, все подвергал сомнению и был далек от проявления чувств. Он всегда плакал на грани истерики вместе с работниками «Мемориала», ни в коем случае не справляясь с этой жизнью и мышцами сурового лица, в День памяти жертв Катастрофы. И все, кто работал у него в «Мемориале», молодые и не очень молодые люди, какие были, плакали вслед за ним. И, конечно, дело не в нем, просто день такой. Дожил этот человек почти до ста лет и умер в одночасье, находясь в здравом уме и памяти.

Кстати, он сделал докторскую диссертацию по истории, Литва имела к нему претензии, которые потом были сняты с него, по слухам. В партизанском отряде в Литве, где он провел бойцом пару лет, в возрасте от шестнадцати до семнадцати и где работал подрывником (тринадцать германских эшелонов с техникой и солдатами на его счету), имя у него в этом отряде отчаявшихся людей было Толик. Для удобства произношения и вообще.

— Да вы не подумайте ничего такого, у меня нет никаких задних мыслей, я выгляжу не совсем как пенсионер, возраст не подоспел, хе-хе, но уж поверьте мне. Просто приятно посидеть и поговорить с приличным человеком, это все, — признался Олег Анатольевич.

Светло-серые глаза его, которые можно было определить как белые узкие внимательные глазки, изучали старичка Гришу как потенциального подследственного. Так вдруг показалось Кафкану Грише.

Кафкан Григорий Соломонович вспомнил, что добавлял тот его приятель, встретившийся с людьми из «конторы» тогда, пятьдесят лет назад, и впечатлившийся ими с оговорками. «В чем дело, скажи, что тебя насторожило в них?» — спросил третий их собутыльник из своего угла тахты. Рассказчик насупился, подумал и потом сказал, преодолев некое внутреннее препятствие: «Они водку не пьют, а пригубляют. Глаза у них какие-то беловато-прозрачные, почти стеклянные, невозможные, трудные для понимания. Все остальное игра. Очень много плохого театра. Но главное, эти ополовиненные рюмки водки, это сводило меня с ума, блевать хотелось от этих умников»...

Он отлично расставил акценты в своем рассказе, больше пятидесяти лет назад, рослый парень с худым профилем молодого сицилианского бандита. Человек резкий, даже острый, но безопасный физически. Впрочем, это уже и не так важно сегодня. Разговор этот проходил на улице, кажется, Чайковского, теперь-то уж чего. Номер дома уже забыл, пересказываю то, что не забыто.

— Надо было блевануть там у них на стол, — сказал из угла их собутыльник.

— Да я очень хотел, протрезвел — так хотел, но смелости не хватило, я не боец, стол был богатый, — признался рассказчик.

Кафкан очень хотел вспомнить номер этого дома, где на квартире первого этажа проходил этот разговор. Помнил, что вход был из подворотни, и когда шел с Литейного, то слева оставался Большой дом, а чуть впереди на другой стороне был гастроном со всегда горячими батонами, кирпичами обдирного-ржаного хлеба и солеными огурцами на вес из бочки с мутным белесым рассолом, в котором поверху торчали желтого цвета стебли укропа.

Олег Анатольевич прищурился и высоким веселым голосом предложил: «А не выпить ли нам с вами, Григорий Соломонович, чилийского белого сухого бутылочку-другую, а?! Очень знатное винишко, скажу я вам».

Сын понял слово «бутылочка», заулыбался, и сказав: «Я выйду на крыльцо покурю, папа», — внимательно огляделся вокруг и медленно вышел, изящно лавируя между стульями, столами и людьми. Местный сиамский король, которого здесь слушались все как божества, без приказа, а по воле души, несколько недель назад на раз отменил запрет на продажу конопли. Теперь дурью официально торговали во многих местах на радость молодежи и других людей. Кафкана это курево не брало, и он относился к нему почти равнодушно. Почти равнодушно, потому что у него было давнее уважение к слову «дурь», о которой на его прежней старой родине говорили с почтением, а некоторые отдельные люди с любовью.

— Очень хорошая идея, только чур вы одну, и я одну, в смысле платы, — торопливо сказал Кафкан, — чтобы было чин по чину.

Хотя какие уж там чины, что ты несешь, Гриша, что ты, вообще, говоришь?! На какую тему высказываешься?

— О чем речь, уважаемый, — Олег Анатольевич усмехнулся, приподнял руку над плечом, и к нему, чуть сгорбившись, поправляя ворот футболки, подошел на полусогнутых ногах один из двух его охранников. — Принеси нам, Коля, вина, того вчерашнего, белого, и фруктов тоже.

Коля кивнул, что все понял, и мягким шагом пошел к стойке, глядя перед собой непонятными глазами северянина, не то смирного послушника, не то голодного матерого волка на охоте.

Каждое утро Гриша Кафкан приходил в кафе возле восемнадцатиметрового бассейна. Изящный юноша, беженец из Бирмы — все работники были здесь беженцами из Бирмы, некоторые по двадцать семь лет жили, по их словам, и работали на острове, — приносил ему кипяток в стакане на блюдце. В стакане были смешаны ломтики лимона, имбиря и ложечка куркумы. Гриша медленно выпивал все, оставляя гущу на потом, и шел плавать. Вода была очень холодная, градусов 18-20, потому что ночью шел дождь, задувал ветер с залива — и все вокруг остывало после дневной жары в 30-32 градуса.

После этого Гриша шел в бассейн плавать брассом, иначе он не умел, другого стиля он не знал, это было для него проще всего. Вода была градусов 18-19, не больше, она остывала за ночь под дождем. Он проплывал без передышки примерно 28-30 бассейнов, потом выбирался наружу, принимал душ и садился к столу, накрывшись полотенцем. Он пил свой напиток желтого цвета, очищая свой пищевод и желудок для будущей еды. Слева от него было сиреневого цвета море, метрах в тридцати от террасы кафе. Гриша сидел за столом, здоровался с новыми посетителями и ждал у моря погоды. Съедал зеленый салат, овощной суп, все было вкусно, необычно и остро. Многолетние беженцы из Бирмы, которые работали в кафе на всех должностях, от поваров до уборщиц и официантов, удивлялись просьбам Кафкана. Тот просил нарезанного перца чили ядовито-красного цвета к овощному супу и рисовой вермишели. Официант по имени Чай бережно приносил ему из кухни плошку со страшной приправой, качая круглой головой не то в знак осуждения, не то в знак восхищения. «Я этого не люблю и не понимаю», — как-то сказал он Кафкану, который понял его очень хорошо. Чего здесь любить? Из полукруглого окна кухни на вкушающего завтрак Кафкана смотрели удивленные и восхищенные девушки, тоже из Бирмы, все из Бирмы, кроме шеф-повара, не веря своим милым сиреневым азиатским глазам.

Он конечно бы курнул сигаретку с травой для отдыха тела и души. Но сам он не крутил цигарки, не покупал травы, да и не брала его конопля. «Значит не судьба», — констатировал Гриша. Ему иногда очень не хватало для здоровья стакана-другого портвейна с утра, хотя он уже был старичок уже, да и не совсем здоровый, но вот. Суровый сын и суровые ограничения сдерживали его. Официантов он умел задабривать, передавая чаевые по здешним меркам хорошие и регулярно. Они его ценили за сцепленные с утра скулы и сурово поджатые губы.

Однажды, а на самом деле, впервые, потом это, правда, повторялось пару раз еще, Гриша сорвался. Он вылез из бассейна под сильным ветром и дождем, принял душ, вытерся полотенцем и посмотрел на буфетчика, которого звали Чарли. Его звали Чарли в округе, Гриша же называл его Чарльзом и изредка сэром. «Виски у вас настоящее?» — спросил он. Воздух был синеватый от дождя, было просто холодно ему, что странно при 29 градусах тепла, но правда холодно. «Думаю, что настоящее, никто не жаловался», — сказал Чарли имея в виду англичан, дружно выпивавших по вечерам виски с двух рук на зависть Кафкану. Сейчас их не было, к счастью, он не соревновался ни с кем в этом вопросе, а уж с англичанами?!

— Налейте мне, дорогой Чарльз, два *дабла* в один стакан, — попросил Гриша и показал два пальца и потом еще один для убедительности. Чарли все понял и без его пальцев, бровью не повел, только поглядел на него более длительно, чем всегда. Дождь барабанил по плотному прозрачному пластику очень резво, пугающе резво. Чарли поколдовал у себя и бегом принес Грише тяжелый стакан, наполненный виски. Янтарный цвет, сытный запах зерна, толстый ломоть лимона на блюдце. Он отходил спиной вперед и потому смог увидеть и запомнить, как Гриша по рабоче-крестьянски опрокинул в себя одним движением содержимое стакана. Сто восемьдесят грамм, между прочим, не пьющий регулярно старый человек и не самый здоровый. Он хмыкнул, пожевал лимон, вдохнул со счастьем сильный насыщенный морской воздух, прикрыл глаза и показал буфетчику рукой, «давай, брат Чарльз, еще раз повтори». Чарли споро пошуровал за стойкой, постучав стеклом тарелок и блюдец о ножи и вилки, и бегом-бегом принес Грише на подносе еще стакан виски, поджаренного в тостере хлеба, порезанных вдоль огурцов и стеблей сельдерея, а также добавил вкуснейшего сливочного масла в пластиковых закрытых коробочках с напечатанным поверху австралийским флагом. Хорошо учили географию в Ленинграде, и Гриша ее очень любил сам по себе.

От себя, чтобы завершить картину, Чарльз добавил крошеного перца чили ярчайшего алого цвета. А виски у него, между прочим, был марки «Джек Даниелс» из многолитровой граненой бутыли, настоящий, прекрасный, хотя, если честно, Грише было на этом этапе погони за счастливым опьянением уже все равно. Он повторил заказ еще три раза, выпил все до капли, аппетитно закусил, намазав хлеба́ маслом, посыпав их кусками перца чили и огурцом, съел все до последней крошки, вытер рот салфеткой и подремал на ветерке минут двадцать.

Старший официант Чай осторожно прикрыл папа́, как они все, и бирманцы, и тайцы, и не редкие здесь филиппинцы, не сговариваясь его называли, полотенцем от солнца и подпер стареющее тело столом, чтобы он не упал не дай Б-г и не разбил лицо и локти. Но он и не думал падать, этот старый Кафкан, зачем падать, когда можно сидеть и сладко спать. Безобразие, конечно, весь этот разврат без тормозов без конца и без края. Но из песни слова не выкинешь.

Олег Анатольевич оказался хорошим собеседником и прогрессивным человеком. Кафкан не напрягался вовсе от его некоторых повадок и отдельных фраз. Например, он убежденно сказал, выпив бокал чилийского сухого и прекрасного сухого, что, «надо признать, нашу с вами родину, Григорий Соломонович, может спасти только известная организация, которую вы по привычке называете конторой, разве нет? Да и весь мир тоже, только контора».

Кафкан не ругал себя. Он долго не отвечал, считая, что это пробный камень и что он уже отвык от таких речей за пятьдесят лет израильской жизни. «У вас крошки на подбородке, Олег Анатольевич, я ничего не знаю про спасение моей бывшей родины, я не гражданин ее, я иностранец, и к тому же еврей, кому интересно мое мнение. Но я считаю, что ваши заявления опрометчивы, не точны, не верны», — наконец сказал Кафкан. Он никого не боялся и не ругал себя. «За что ругать-то, я любопытен, как кот, еще там, в Питере был любопытен. Сам напросился». Гриша Кафкан совершенно не переживал, не волновался. «С чего это вдруг волноваться? Что он еще скажет? Что может сказать? Скромный, почти бедный человек, вон часы какие старенькие и облупленные, наверное, сентиментальное воспоминание, память об отце, что еще… Не прет как танк, не наглый, может, все еще не так безнадежно, а? Не прост, конечно, а кто прост?» Кафкан привычно себя успокаивал и утешал. «А ведь дурак дураком вы, Григорий Соломонович, выглядите, вперед смотреть не можете на шаг вперед, просто слепой пожилой щенок. Здесь поделать ничего нельзя, это данность, с этим надо жить как-то».

Олег Анатольевич поделился увиденным: «Удивляюсь на местных. Вроде примитивные и убогие. А идет навстречу вам с такой мордой, что хоть караул кричи, просто зэка уголовное, бандюган… А он заранее улыбается как родному, кланяется и ручки на груди складывает, как это объяснить? Такую смиренность. И ведь они не божьи одуванчики совсем, воины, мужики, а вот поди ж ты. Не понимаю».

— Меня это тоже восхищает, все эти удивительные и необъяснимые несоответствия, — кивнул головой Кафкан.

На улице шумно и мощно пошел дождь, ветер загудел в лесу напротив помещения кафе, вернулся в зал сын Кафкана, смущенно улыбаясь ему от входных дверей. Была в нем эта неловкость за себя и причиненные неудобства, которых на самом деле и не было, могло не быть, просто он был так устроен, стеснялся себя. Хотя казалось, все было при нем, и даже с избытком. Но вот душа у него была именно такая, и слава Б-гу, что так.

В динамиках кафе негромко зазвучала томительная мелодия Гершвина, вступила Элла. Души Гриши и, кажется, Олега Анатольевича тоже, тут же успокоились, разнежились и запели в унисон. Они дружно выпили вина и отставили неподалеку от себя бокалы, чтобы были под рукой. Ситуация вокруг них под ритмичный звук большого дождя и ветра как-то смягчилась и стала почти домашней, уютной.

У Олега Анатольевича был круглый грубоватый шрам на левой выпуклой ключице. Кафкан ненавязчиво поинтересовался, мол, откуда красивый шрам и травма. «Ошибки молодости и производственные издержки», — отозвался его собеседник и опять взялся за бутылку чилийского сухого. Кажется, это была вторая уже за последние полчаса, но Кафкан не настаивал на этой цифре. Он просто положил на стол тысячебатовую купюру с изображением короля Рама Десятого, немолодого летчика и человека со сложной биографией. Олег Анатольевич сделал вид, что ничего не заметил, и денег Кафкана не коснулся. Он разлил еще по бокалу и сказал: «Давайте выпьем, Григорий Соломонович, за вас». Он посмотрел на Кафкана поверх бокалов и опрокинул в себя искрящееся вино, действительно превосходное. Гриша выпил вслед за ним, одобрительно кивая вкусу напитка.

— Признаюсь, Григорий Соломонович, меня тревожит ситуация. Не знаю, на сердце неспокойно, волнуюсь. Хотя вот и проживаю в свое удовольствие в прекрасном месте. Есть кому это сказать, и сказать по-русски, что радует несказанно, но вот на сердце тяжесть, — он достал пачку сигарет, зажигалку из прозрачного пластика, и выложил все перед собой на стол.

Кафкан не мог поддержать этой темы разговора, потому что, выпив, он переставал тревожиться и волноваться. В окне он увидел, как пестрые красивые несушки попрятались от непогоды под навесом, сооруженным из тяжелых листьев, поклевывая с земли и тряся головами, а петушок их, худенький, нервный, ходил кругами вокруг и наблюдал с тревогой и опаской текущие из леса обильные мутные ручьи, что там они еще принесут, какую напасть, из неведомой чащи.

Кафкан не говорил про ситуацию намеренно. У этого человека свои неизвестные заботы, о которых можно только догадываться. А у него, Гриши, другое, совсем другое все.

— Я говорю о войнах и сражениях, о трудно объяснимых поступках правителей, думаю, что вы все понимаете, Григорий Соломонович, — Олег Анатольевич подвинул к себе тарелку с сырами и наколол на вилку мягкий ломтик. Тщательно прожевал его и обратил свой взор на Кафкана — он ожидал ответа. А какой тут может быть ответ? «Я тоже против войн и сражений. Категорически, но я, как вы правильно заметили, иностранец, и к тому же еврей. Какие у меня права на то, чтобы иметь мнение и судить? Славянские отношения, я мало чего знаю обо всем этом, у меня нет информации никакой, а публицистам и журналистам я верю напополам». Так сказал Кафкан, он был искренен, насколько можно быть искренним с таким собеседником, как Олег Анатольевич. «Я только скажу, что категорически против того, чтобы кто-либо убивал детей, я протестую и ненавижу это, Олег Анатольевич», — Кафкан добавил это таким тоном, как будто что-то вспомнил важное. А это и было очень важное, самое важное, что там еще говорить.

Олег Анатольевич не обратил внимания на его слова, во всяком случае, такое он производил впечатление. Погружен в себя человек, в свои смутные тревожные мысли.

— Неужели ничего не радует вас, ни прекрасные креолки, ни добрые напитки, как писали авторы в книгах во времена моей молодости, Олег Анатольевич? — Кафкан был максимально любезен и искренен. Вино действовало на него безотказно, в любых количествах. «Это связано с твоим алкоголизмом, Гришка, берегись», — объясняла ему озабоченно родственница, врач с большим опытом. Это было совсем недавно, лет семнадцать назад. «О чем ты говоришь, ты паникерша, тебя развратила профессия, я могу выпить полтора литра водки, ты это знаешь?!» — отмахивался Кафкан. «Выпить полтора литра водки и не умереть — это и есть алкоголизм», — ставила точку родственница, она была грустна. «Ты алкаш, Гришка», — она была очень серьезна и грустна.

Все это происходило летом, не помню какого года, в кабинете врача на фоне огромного лесного пожара в районе Шореша и Мевасерет Циона, несло гарью и дымом от горящих кустов и деревьев, астматики в городе задыхались, низко летали пожарные самолетики, выпуская красного цвета облака воды. Все это выглядело, как картина какого-нибудь малопопулярного и почти забытого талантливого художника экспрессиониста. Разве можно забыть талантливого художника, и еще экспрессиониста? Оказывается, можно. Еще как можно.

— Не обижайся Гришка, но подумай. Хотя у тебя неплохая наследственность, так что шанс есть, если за ум возьмешься, — добавила она, смягчившись и немного подумав. Испугалась за его психику.

И где она теперь, эта чудесная добрая женщина, врач-педиатр, диагност милостью божьей? И где наш законченный алкоголик Гриша Кафкан? Скажите. Просто он теперь, будучи в возрасте, съезжал после двух бокалов сухого, а не как это было прежде. Не объяснение, но все-таки возраст, болезни, и вообще… А места эти, леса и леса, в районе столицы горят, как известно, почти каждый год, и ничего, все быстро за осень и зиму зарастает зеленью вновь. Кто-то зажигает, а кто-то отращивает, круговорот новой жизни в Иерусалиме. И не только в Иерусалиме, а и в других местах тоже, и на севере, и слава Б-гу. Б-гу слава!

Вместе с сыном Кафкана в помещение неторопливо зашла собака ретривер, доброжелательное воспитанное животное золотистой масти. На ней был потертый ржавый ошейник, собака была промокшей от дождя с грязными лапами, искала чего-то. Сын протянул псу на ладони кусок пирожного и веганский хлебец. Животное осторожно взяло еду, глядя на парня, как смотрят на божество.

— Видите, никто его не прогоняет, на шоссе валяются, хозяева жизни, надо сигналить и объезжать, чтобы уступили дорогу, никому не мешают, а! Только поглядите на них, — сказал Олег Анатольевич не без возмущения. Несколько искусственного.

— Знакомая собачка? — спросил сына издали Кафкан.

— Мы знакомы, это пес моего друга Хези, он куда-то отошел, а Вилли ищет общения, он всегда голоден, но аккуратен и хорошо воспитан, — сказал сын. Разговор шел на иврите. Олег Анатольевич внимательно прислушивался к чужой речи, ничего не понимая.

— Я услышал имя Хези, это так? Мне не показалось? Это сокращение, да? — спросил он.

— Это от имени Иехезкель, в Израиле любят сокращать имена, все упрощают и сокращают.

— У меня был компаньон, сейчас он живет в Израиле, в городе Реховот, знаете такой? Но зато когда-то, некогда, мы крутили в Питере общий бизнес. Разошлись на высоких тонах, он был неправ, неважно. Так вот, его имя было Моисей, Моисей Исаакович, а все звали Моней, Моня Игоревич и так далее. Он меня вульгарно надул, если по-простому, этот Моня, вы не обижаетесь на меня, Григорий Соломонович за этот рассказ с подробностями?

«Где подробности-то?» — подумал Гриша.

— Я иногда с ним встречаюсь по старой дружбе, многое вместе пережили. Это я ему сказал, чтобы он уезжал в Израиль, домой. От греха подальше. Он ко мне прислушивался всегда, Моня мой грешный, я был его советником по жизни и остался таким, — глаза у Олега Анатольевича затуманились от мыслей о Моне из Реховота, о чем же еще.

Раскрылась входная дверь и под барабанную дробь дождя, под треск и мокрое шуршание мотороллеров на шоссе, под заполошный вопль все того же отчаянного красно- и синеперого безумного петушка, в зал навстречу подозрительным и мрачным взглядам Коли и Толи зашла молодая женщина, возраст ее было не определить так сразу. Она была хороша собой, стройна, совершенна, глаза опущены к долу, нежные скулы. Высока ростом, королевская стать, лицо гладкое, чуть плоское. Ни на кого глаз не косит. Впечатление подавленного испуга. Волосы собраны назад, большие очки с дымчатыми стеклами, идет легко и не вызывающе. Скромна, как большинство здешних женщин. Много повидала, преданна своему мужчине, так описал ее для себя Кафкан, который людей оценивал интуитивно и редко ошибался, как ни странно.

— А это моя Сай, знакомьтесь, моя королева, Григорий Соломонович, — Олег поднялся и встретил женщину широким объятием и жарким поцелуем, смутив ее. Небольшие сильные руки его лежали на талии женщины и ниже талии. Гриша пожал ее холодную ладонь с интересом и удовольствием. Она бесспорно украсила их стол своим присутствием.

— Приглядитесь к Сай, господин Кафкан. Она того стоит. Она медсестра в больнице, так что у нас есть необходимый блат, к тому же Сай восхитительная портниха, может сшить костюм без примерки, и ко всему она великая женщина, — он положил ладонь на ее выпуклую ляжку и демонстративно потрепал плоть. Сай покраснела, матерински погладила его по плечу: «хватит, дорогой, все всё уже поняли». Олег не унимался. Казалось, он выдает эту женщину замуж, предлагая новому знакомому отменную невесту. А может быть, так оно и было.

Поглядев на женщину и сообразив кое-как, что к чему, Кафкан сказал этому человеку, внезапно ставшему суетливым и разговорчивым:

— Не переживайте, Олег Анатольевич, я ее не сглажу. И вас я тоже не сглажу.

Надо сказать, что небезызвестный скептик Олег, улыбнувшись, дал понять, что, «конечно, не сглазите, я в вас уверен».

Толя и Коля, все время косившие свои взгляды на вход в помещение, синхронно отпили воды из высоких стаканов. Они почему-то были напряжены, хотя причин для беспокойства в этом месте у них как будто и не было. Привычка — вторая натура. Толя, ничего не спрашивая, по знаку хозяина принес Сай тарелку с пирожными, начиненными заварным кремом и кислым вареньем. И следом кофе капучино. Нет нужды повторять, что все было приготовлено по веганским рецептам, все было вкусно и внешне безупречно привлекательно на самый придирчивый взгляд.

«Вот ведь какие умельцы, молодцы какие», — с гордостью подумал Кафкан. Сын принес и ему пирожные, которые были «также восхитительны, как у мамы лет шестьдесят назад». Песочное тесто, ореховая крошка, сливочный крем и бессмертное варенье из черной смородины, есть и плакать от счастья воспоминаний. Откуда здесь черная смородина, все-таки не ясно. Ах, да, без вопросов.

— На севере здесь самые красивые женщины, Сай из них, моя чиангрworld кроткая тайская радость, — признался Олег. — Чианграй — это место, где она раньше жила.

Сай как будто поняла, о чем речь и кивнула, что, мол, «да, я там жила пока не встретила Олега», и улыбнулась, став еще краше.

— Так вот, — держа ее руку в своей, мягко сказал Олег, — что я хотел вам сказать, Григорий Соломонович.

— Весь внимание, уважаемый, — Кафкан увидел, что Коля скармливает Вилли большой кусок пиццы, что-то нашептывая псу нежное и успокоительное. Кафкан именно такого поступка ждал от него и его не менее собранного и сурового коллеги Толи. Забьет ногами до полусмерти и отдаст последнее нищему, нет? Такой давний ленинградский стереотип, распространяющийся, конечно, не на всех. Но вот на ребят Олега Анатольевича, он подумал, почему-то именно так. Почему? Потому что так решил Кафкан Гриша, склонный к неуправляемому самодурству человек. «Вот так я решил и так и есть, и так и будет, ясно?!»

Многие его решения были ошибочными, но никто не тыкал ему в нос его ошибки. Зачем? Для чего? Близкие молчали, потому что только себе дороже.

Сын сидел за столиком неподалеку и, кажется, изнывал от скуки под звучавшую из репродукторов душевную музыку в стиле соул в исполнении великой вокалистки Ареты Франклин. Заряд внимания сына уже закончился, или заканчивался. Только талант Ареты спасал ситуацию. Гриша показал ему рукой, что вот-вот пойдем, потерпи, мой мальчик, скоро. Тот кивнул в ответ из последних сил: «терплю уж, чего там».

— Не знаю, на месяц или на два, или на век, с любовью ничего нельзя знать наверняка, дорогой Григорий Соломонович, ничего неизвестно. Но пока платишь ей, она твоя, правда Сай? — спросил Олег озабоченно. «Наверное, ему нельзя было пить», — предположил Гриша, но это было не его дело, он вообще в жизни не любил ни во что вмешиваться. Его неписаный принцип существования, сформулированный очень давно еще в Ленинграде, был таков: кто я такой, чтобы влиять на что-либо? Я никто и ни на что не влияю, не могу влиять, не имею на это никакого права. Мне этого права никто не выдавал и не вручал. Никто.

— Я же учился и закончил с отличием ВДА. Вы, наверное, не знаете, что такое ВДА, Григорий Соломонович? — поинтересовался Олег.

Возле Вилли появилась черная с рыжим знаком на холке остроухая кошка. Животные не мешали друг другу, вполне уживаясь. Кошку кормил Коля, коллега Толи. Тоже очень аккуратно и осторожно. Кошка была безымянная, ела крошки с его руки, Коля нежно поглаживал ее по худой спинке, которая подрагивала и подергивалась не то от процесса еды, не то от ласки.

— Весь Таиланд в этой картине, Григорий Соломонович, собаки и кошки мирно уживаются друг с другом, можно сказать, живут душа в душу, никто их не гоняет, не отлавливает и не уничтожает, всем есть место, даже зависть берет, нет? Животные — безоговорочные властители этой страны, — он был очень ожидаем и предсказуем, этот человек. Поначалу показался другим.

Кафкан согласился с Олегом и кивнул ему, что «да, зависть берет», хотя в Израиле кошек и собак тоже не травили, а поили и кормили повсюду. Ну, не рассказывать же ему про собак и кошек в Израиле. Гриша соглашался с ним по инерции. Что такое ВДА, он не знал.

— Думаю, что ВДА — это какое-то производное от ВДВ*, нет? — рассеянно сказал он, глядя на сына, который отвернулся ото всех и смотрел в окно, как будто надеялся там увидеть некий буддийский знак. На улице не утихая грохотал дождь, и от стоянки по мягкой земле бежал к крыльцу кафетерия от своего такси полнолицый местный житель, задыхаясь и смеясь над собой. Над кем же еще можно смеяться в такую погоду таксисту-буддисту?

В кафе завели новую музыку. На этот раз исполняли томительное танго на языке идиш. Олег Анатольевич спросил Гришу: «Вы

* ВДВ — воздушно-десантные войска.

слышите, для вас поставили, уважают, значит». Кафкан, с глазами полными необъяснимых слез, кивнул ему: «да, уважают». Мама его очень любила это танго и часто напевала. «*Их хоб дих цу фил либ*». Гладила белье и напевала, слуха у нее не было, просто любила петь такие песни. Олег Анатольевич, понятливый и тактичный человек, налил ему еще нескончаемого вина из третьей уже бутылки. Никто эти бутылки не считал, в Ленинграде бутылки не считают, разве вы не знали? Нет привычки.

— Вы не знаете слов, Григорий Соломонович? Переведите, если сможете. Пожалуйста. Тоже хочу всплакнуть.

Коля оторвался от насытившегося кота, отряхнул руки и сделав два шага пригласил Сай танцевать. Женщина посмотрела на Олега Анатольевича, тот кивнул не глядя, она легко поднялась, и они начали с Колей танцевать между столиками. Никто не удивлялся этому. Толя, в свою очередь, тоже смотрел исподлобья на эту пару. Без зависти.

— Я жду вашего перевода, я когда-то учил ваш язык, в академии, но это был другой язык, пожалуйста, Григорий Соломонович.

Олег расслабился тоже. Гриша собрал лицо в единое целое и, не отвлекаясь от песни, сказал Олегу с некоторым раздражением:

— Слова такие. «Я слишком сильно тебя люблю, чтобы злиться на тебя...» И так далее.

У него не было сил углубляться в перевод дальше. Тем более, что дальше слов он не расслышал и не знал никогда. Идиш он знал неплохо еще из дома.

— Наши написали, чувствуется рука нашего человека, — сказал Олег. Он был задумчив и расслаблен.

— Конечно, наши, кто же еще, — согласился Кафкан. Олег откинулся на спинку стула и под звуки танго, которое исполняла роскошная московская певица, удивил неожиданным рассказом. Он решил, что все можно ему.

— Я совершенно не завистливый человек, Григорий Соломонович. Не обижаться, никому и ничему не завидовать, таков мой девиз в жизни, я горжусь этим. У меня это с детства, не завидовать, не обижаться и не просить ничего. Во дворе в Ленинграде меня этому научили, потому что обиженных, и это все знают, *бубут*, вы согласны с моей позицией по этому вопросу, господин Кафкан? — спросил Олег настойчиво и не слишком обязательно.

— Что вы, конечно. Я сам так живу уже много лет, не завидую и не обижаюсь ни на кого, не обижаюсь из принципа, — сказал чистую правду на данный отрезок времени Г.С. Кафкан. Дело в том, что он был очень обидчив, болезненно реагировал на всякую ерунду, и близкие, зная это, всегда осторожничали, разговаривая с ним, чтобы не дай бог не обидеть ненароком и не сказать чего-либо не то и не так. Но вот сейчас Гриша, который ничего и никогда не забывал, считал, что он совершенно не обидчив, и вообще, все давным-давно забыл.

Лет за двадцать до этого дня, в другие, явно лучшие во всех смыслах времена, Кафкану предлагали в Петербурге, куда он приехал в гости, подать прошение на возвращение русского (российского) гражданства. «Не будет никаких препятствий, все оформят мгновенно», — сказал ему посредник, давний знакомый, которому можно было доверять. И мирный, даже кроткий Кафкан мгновенно завелся и сказал излишне резко, все-таки человек, с которым он разговаривал, был, по всей вероятности, своим и честным: «А кто мне вернет семьсот рублей, которые с меня содрали за отказ от советского гражданства, а? И привязанные к индексу за эти более чем тридцать лет? Эта власть скаредная и вредная, так я считаю». Не все было ясно в его словах, но смысл лежал на поверхности. Больше ему никто ничего никогда не предлагал, и слава Б-гу. Посредник тоже сделал вид, что все позабыл и не обиделся.

— Так вот, я вам, Гриша, к случаю расскажу историю из жизни. Не совсем своей. Я когда-то учился в дипломатической академии, специализировался на ближневосточном направлении. Одним из наставников был выдающийся специалист генерал Поляков. Много мне дал в смысле знаний, профессионализма. Позже он вышел на пенсию по возрасту. Кто-то, известно кто, его сдал в Штатах, его задержали, и он сразу во всем признался, улики были неопровержимыми. Выяснилось, что больше двадцати лет этот человек работал на ЦРУ, выдал многих наших. Очень много. Говорят, что сотни агентов по всему миру. Денег от американцев он не получал, какие-то сущие копейки, работал за идею. Отказывался бежать под предлогом того, что «я русский и могу жить только в России, я был против этого Хрущева, вызывавшего у меня бешенство поведением, идиотизмом, лексикой и прочим». Но история с генералом была совсем не так проста. Оказывается, в самом начале связи с ЦРУ, в шестидесятом году, он работал в Штатах, в нашей делегации в ЮНЕСКО, что ли, я уже и не помню. Очень успешно работал, был на прекрасном счету в Москве. Его пятилетний сын тяжело заболел. В Союзе его лечить не могли. В Штатах это лечение стоило что-то около четырехсот или пятисот долларов. Большие тогда деньги, у него их не было. Он подал просьбу на единовременную помощь на эту сумму. В Москве посовещались и отказали ему в просьбе. Ребенок умер.

Он пошел к американцам и предложил передавать им секретную информацию. Его проверяли на предмет двойной игры, ему не верили, потому что это все было необъяснимо и непонятно. Он начал сотрудничать с ЦРУ. Говорят, что передал им за все годы двадцать пять ящиков секретной информации, имена сотен агентов по всему миру и прочее. Когда его взяли, он уже был пенсионером. Его приговорили к расстрелу и на другой день расстреляли. Президент Рейган предложил Горбачеву — уже была перестройка, и Михаил Сергеевич рулил в Москве — обмен на каких-нибудь русских шпионов на любых условиях. Но Поляков был уже расстрелян. Это я к вопросу об обидах.

Конечно, обдумывать такие рассказы нужно на свежую голову. Но Кафкан был почти свеж, все понимал.

— У меня есть вопросы ко всей этой истории, если честно. Но они потом. Чудовищные и интереснейшие истории вы рассказываете, Олег Анатольевич. Несчастный Поляков, все это ужасно, — сказал Гриша трезвым голосом.

— Да, уж куда уж, — вздохнул Олег и внимательно поглядел на Кафкана через стол. Гриша в гляделки с ним не играл и не намеревался играть. Кто вы такой, Олег Анатольевич? Сорок девять лет прошло, я вас в упор не вижу, да…

Танго закончилось, душа Кафкана вернулась не без труда в прежнее состояние. Сай сделала несколько мягких бархатных шагов, обошла два столика, как байдарка после важной победы, прогибаясь, но не склоняясь, и пришла к своему стулу возле Олега, негромко хлопавшего ей в ладоши навстречу. Коля тоже сел на прежнее место с независимым солдатским лицом, выражающим довольство, проделанной работой. Танцы закончились. Танго, как и вообще, любой танец, но танго особенно, имеет свойство заканчиваться в самый неподходящий момент для участников. Это данность и с этим ничего нельзя поделать, жизнь ведь сильнее нас и наших танцев, правда?!

— Видите, наша девушка из города Златоуст Челябинской области, там в углу, окучивает швейцарского светлоглазого гражданина из деревни возле Давоса. Ее звать Оля, она очень старается, хороша собой, но уже есть предвзятое мнение о наших красавицах, у нее нет шансов. Надо подсказать дурочке, чтобы не тратила зря силы и искала кого-нибудь другого для своих чар и чресел. Но я не вмешиваюсь в чужую жизнь, дорогой Григорий Соломонович, я скромный предприниматель из города на Неве, давайте еще по одной, — Олега вело куда-то в неизвестную туманную даль его скромное опьянение, сегодняшнее, наложилось на вчерашнее или даже позавчерашнее. Результат всего этого был налицо. Он был человеком со странностями, потому что какой русский эмигрант средних лет с предвзятым мнением о мире, а он был именно таковым, русским эмигрантом средних лет с предвзятым мнением о мире, других не бывает в этой категории людей, настолько бы сблизился с посторонним иудеем из Иерусалима.

— Не думайте, я все про всех знаю, никогда знаниями этими не пользуюсь, знаете, это знаменитое русское разгильдяйство… хе-хе. Никому не наношу вреда, хе-хе. Вы не думайте, Григорий, позвольте мне вас так называть, по-простому, по-нашему, по-питерски, у меня нет предрассудков. Никаких. Я вашу маленькую солнечную страну очень люблю, она потрясающая, Коля, сходи еще за одной… очень люблю. И не думайте причислять меня к сонму, бесконечному, надо сказать, ваших недругов, или еще хуже, врагов, люблю и обожаю. Мой бывший компаньон живет у вас, мы видимся, он мне выплачивает свой грех… ха-ха. Моня мой называет меня, вы представляете, наместником зла, преувеличивает, конечно, как вы все любите, но ценит и платит исправно… У меня есть к вам просьба, Григорий, вы слушаете меня?! — Олег как-то незаметно и быстро сдал, и это было досадно, потому что Гриша Кафкан всего этого пьяного откровения не выносил. Сай явно скучала, заглядывая в свой телефон и пытаясь сосредоточиться на чтении. Рука Олега под тесным платьем ей мешала и досаждала, если судить по выражению ее лица. Она была его раба, если Гриша все правильно понимал в этой жизни. «Я поклонник ее шелковой промежности, вы меня понимаете, Григорий Соломонович?» — спросил Олег.

Послать его к черту Кафкан не хотел. Сам Гриша был виноват. Выпил человек, его полное право, как говорил когда-то их питерский сосед Аркаша Кудрявцев. Но не о нем здесь речь.

— Признаюсь, всегда думал, с самого детства, что у азиаток поперек, а вот выяснил что нет, все как у всех, вдоль… думал, сверхзадача, секрет, а получилось обыденно, хотя даже прекрасно, простите… м-да… а вот к слову, а вы обратили внимание, Григорий Соломонович, на наш олигархат, на его состав, на наше высшее руководство? Это же черт знает что. Вот поэтому все и неспокойно, потому что богатые люди знают, что выгодно, а что выгодно очень. Понимаете меня?

— Надо уходить, — решил Гриша, и улыбаясь тому, что услышал, что дождался откровений, поднялся, опираясь на стол. Иначе он не мог распрямиться из положения сидя в положение стоя.

— Еще есть двенадцать апостолов, — добавил Кафкан нейтрально, — вы не забыли их, Олег Анатольевич?

— Погодите, пожалуйста, Григорий, не надо обижаться, у меня самые лучшие намерения, я вообще философ, если хотите, — Олег съел кусок сыра, хлебнул кофе и стал как новый. — Меня, мой учитель генерал Поляков называл *Кетиа бар Шалом*, по имени защитника евреев, римского сенатора и советника тогдашнего императора Домициана. Почитайте о нем на досуге. Император этот был жестокий болван, потом казнил его, принявшего перед смертью иудаизм. А вы как думали? Две тысячи лет назад было дело. Полякова нашего я уважаю, но героем не считаю. Максимум он мученик. А я борец за новую свободную Россию, свободную от прошлого, наносного и кошмарного.

«Он похож на бандита, договорившегося о явке с повинной», — подумал Кафкан, к счастью, не произнеся вслух этого. За спиной Олега на стене висел ужасно написанный сине-зеленый яркий пейзаж с высокими деревьями и колючими кустами, среди которых протекал юркий ручей под высоким небом. Завершала все это творение неразборчивая безнадежная подпись автора внизу. «Ужасно, конечно, но похоже. На что похоже? Да вот на вид из залитого дождем окошка справа», — невпопад подумал Кафкан. Все было похоже на творения живописца, работающего в клеточном режиме, иначе говоря, по клеткам фотографии.

— У меня к вам просьба, Григорий Соломонович, серьезная просьба. Дайте мне ваш номер телефона или адрес почты, я перешлю вам важный текст. Воплощение вековой надежды и материализация идеи. Вашей надежды, вашей идеи, Григорий Соломонович. Вы прочтете текст, поймете мою мысль и надежду и согласитесь с нею, возможно, это повлияет на что-то, — торопливо сказал Олег. «Как все возвращается ко мне», — Кафкан тяготился его красноречием и, желая все завершить поскорее, продиктовал ему номер телефона.

Невообразимо прекрасная мраморная сиамская царица Сай, глядя мимо него на стену и пейзаж, как показалось Грише, внимательно слушала произносимые им цифры, как будто она их запоминала. Мало ли что старому, не всегда здоровому еврейскому псу, с переломанными костями лица и тела и непонятно откуда взявшимся у него взглядом служителя культа, может показаться после нескольких бокалов сухого и дешевого чилийского. Ведь Кафкан практически завязал и уже давно с этими бокалами и рюмками, и вот на тебе, опять двадцать пять. Сорвался как мальчишка, невозможно просто. Сын стоял рядом с ним, готовясь поддержать, без его помощи после долгого сидения идти Грише было еще тяжело, ноги и спина держали плохо.

— Вы только прочтите, обязательно прочтите их, это вещие слова большого человека, я хочу, чтобы все их знали, потому что вам верят, Григорий Соломонович, вы объективны, — сказал напоследок Олег. Не все было понятно с ним, кто верит, Кафкан не хотел понимать и задумываться над этим. Выпил лишку человек.

— Конечно, прочту. Я политикой не занимаюсь, в прошлом тоже старался не заниматься, Олег Анатольевич, только у меня не всегда получалось. Счастливо, уважаемый.

Кафкан пожал ему руку, поклонился Сай, покивал Коле и Толе — и двинулся в путь к выходу на улицу между двух столиков с веганской едой и обедающими посетителями, надежно поддерживаемый сыном. Мужчина и женщина, совершенно незнакомые Кафкану, приветливо улыбнулись ему, как будто бы все происходило где-то в Иерусалиме, заполненном друзьями и родственниками его, а не в залитых дождем джунглях Сиама. Перед самой входной дверью Гриша сделал движение для того, чтобы освободиться на мгновение и крикнуть рыжеватому швейцарскому гражданину из деревни под Давосом, державшему за нежное предплечье Олю из Златоуста крепкими пальцами: «Держись, Дитрих, еще не все потеряно», — но сынок был цепким парнем и удержал отца от этого поступка. И правильно сделал. Нечего вмешиваться в чужую жизнь, Григорий Соломонович, думайте только о себе.

В прямоугольном зеркале, висевшем у двери, он увидел свое лицо с худыми щеками, с седой, отдающей синим цветом, растрепанной шевелюрой, горбатым сломанным носом, веселыми дерзкими глазами непонятного возраста, и остался недоволен увиденным. «Вот наградил же Господь, да ничего поделать нельзя с этим, уже поздно и не надо менять, пусть будет как есть», — решил Гриша потерянно. Кафканы, отец и сын, покинули это богатое чистое место осторожными движениями тел двух опытных семитов, уставших от жизни. Они вышли навстречу могучему и почему-то не страшному ливню и истошному крику петушка, бродившего на другой стороне дороги. Все время он орал, невзирая на время и погоду, ему это нравилось, как видно.

В машине, сидя слева от сына за рулем, глядя в ветровое стекло в бешеных потоках дождя, Кафкан подумал, что обиды обидой, характер характером, бешенство бешенством, но Поляков этот все равно предал своих, кем бы они ни были, какой бы власть, их создавшая, злодейской не была. Оправдаться тут нечем. Наверное, этот Поляков и не оправдывался на допросах, просто никто и не знает этого, и не узнает теперь никогда. Но лучше мне не судить, это занятие не мое и не для меня, ну его к чертовой матери. Я не судья и никогда им не был и не буду. Есть судьи на этом свете, и судьи эти живут в Иерусалиме, как говорил незабвенный Менахем Вольфович. Это все знают, даже Олег Анатольевич. Мысли Гриши были судорожны, они перескакивали с темы на тему, потому что интересы Г.С. Кафкана были разнообразны. И он был не собран. Стихов он не писал никогда, ему не хватало собранности, организации и поэтического дарования. Он это знал за собой.

По грунтовой дороге доехали до мостика через бурлящую пенистую реку, которая еще два часа назад была скромным ручьем, и доехали до въезда в оздоровительный центр, с сидящими на коврах по-турецки послушниками, которые быстро съедали веганский обед, необычайно вкусный. Все брали себе по многу раз добавки и наслаждались разносолами, которые готовила чернокожая веселая женщина, откликавшаяся на имя Найс. Раздатчицы все время подвозили на тележках из кухни дополнительные порции салатов, супов, макарон и овощей на пару. Никогда ничего не оставалось после завершения каждой трапезы, подъедали все начисто, не стесняясь аппетита, который у всех был просто неутолимый, зверский. Это все после занятий йогой, медитацией и другими подобными вещами. Молодежь, нет? Хотя попадались и бодрые старички.

Только один Гриша ничем не занимался, читал две нескончаемые прекрасные книги одновременно, лениво плавал по диагонали до завтрака в холодной с ночи короткой воде квадратного бассейна, часто под секущим теплым дождем, и складывал новости из интернета в только ему понятный пасьянс, прогноз на свое туманное и совершенно непонятное будущее.

После встречи и разговора с Олегом Анатольевичем, чью фамилию он так и не узнал, да и не хотел узнавать, а тот знал про него все, Гриша пришел в номер, куда был осторожно сопровожден с автостоянки сынком, повалился на кровать и тут же заснул. Через час примерно он проснулся со страшным истерическим криком и уселся в постели с выпученными от страха глазами. Он не понимал, где он и что с ним и где та некрашеная каменная стена со следами ударов. Ему вдруг неожиданно(?) приснилось, что он лежит на голой пружинной кровати в полутьме и сердце его ждет чего-то непоправимого. В дверях большой комнаты стоял крупный мужчина в глухом клеенчатом фартуке и мотоциклетных кожаных крагах по локоть. «Ну, что, Кафкан, ты готов, нерусский человек, принять смерть?» — спросил он громко и ничего не стесняясь. «Кто вы такой? Что вам от меня надо?» — ужаснулся Гриша Кафкан. Он оперся о холодную каменную стену с многими следами от непонятных ударов по ней. Стена царапала его спину даже через рубаху. «Сейчас все узнаешь, гражданин хороший. Потому что нельзя родину предавать, ты должен умереть», — сказал человек, сделал большой шаг и протянул руку, в которой Кафкан разглядел пистолет, даже не пистолет, а его пугающий хищный контур. С его плеч и рук посыпались судорожно визжащие бородатые и косматые существа, по виду чертенята, похожие на летучих мышей с запущенными лицами одиноких людей.

«Это ошибка, вы что?!» — Кафкан дрожал, он ничего не понимал. «Это не ошибка, это твоя смерть», — глаза человека дьявольски сверкнули и пистолет выплюнул с громким звуком желтый огонь с голубыми искрами. Гриша немедленно проснулся. Он сел на кровати, свесив ногу, растрепанная голова его бешено кружилась, хотелось пить. Майя проснулась тоже и смотрела на него во все свои зеленые глаза. Он взял открытую бутылку воды с тумбочки возле кровати и жадно выпил из нее три четверти содержимого. «Что это было? Что со мной?» — спрашивал он себя. «Это все плата за то, что ты слушал рассказы Олега Анатольевича, ты наивный человек без принципов и «границ священных участков»», — сказал он себе вслух внятно. «Как он еще говорил, этот молодцеватый питерский бизнесмен средней руки: «Запомните, Григорий Соломонович, я за вас и за вашу идею, всегда был и всегда буду»… Б-же мой, что за идея у меня? Где мой ум и мое провидение, где?». Иногда Кафкан переоценивал себя и дорого, и обреченно за это платил.

Майя принесла мокрое полотенце и отерла им его лицо и шею. «Я тебе дам снотворное, хорошо?» — спросила она. Гриша мотнул головой, что не надо, обойдусь так. На полу возле кровати что-то шевелилось и пищало. Преодолевая яростную боль в висках, Гриша нащупал мобильный телефон и включил фонарь. В углу у плинтуса попрыгивали и тонко визжали его старые дружки-бородачи, переместившиеся с рукавов и головы Кафкана на пол. Гриша вздохнул, нагнулся с зелеными огнями в глазах, и при помощи ванного полотенца собрал их, горячих, нервных, громких в кучу и осторожно вытряхнул на улице возле кустов под возмущенные визги и вскрики. «Хватит, погуляли и хватит, надоели мне, пообщайтесь с лягушатами, без обид», — и вернулся обратно не оглядываясь, забросив полотенце себе на плечо, не побрезговав после косматых бородачей.

Через десять минут он опять вышел на улицу, испуганным шагом перешел узкую асфальтированную дорожку, стараясь не наступить на весело подпрыгивающих лягушат и их бородатых орущих дружков, продрался сквозь густые кусты, утопая по щиколотку в вязком газоне — и не жмуря глаз прыгнул в бассейн с горящими желтыми лампами в стенах. Никого не было кроме него в воде, из гулкого зала за рядом деревьев, в котором занимались йогой, слышался глухой шум. Было четыре часа утра.

Кафкан поплавал в одиночестве неумелым брассом, приобретенным им в мелкой воде Финского залива, окуная лицо в воду. Здесь же пошел дождь, набирая силу и стуча по листве и воде в бассейне. Давно у нас не было дождя, нет? Грише сразу стало легче и лучше дышать и жить, и смотреть на низкое облачное небо без особой цели. Он позабыл свой сон, кажется, все-таки временно. Такие сны живут с нами, не объясняя своей прилипчивости к памяти. От таких снов нельзя отделаться так просто. «Есть люди, к которым нельзя приближаться и говорить с ними, ты должен это знать твердо, Гриша», — говорил ему отец очень давно. Гриша это запомнил, но часто отступал от этого наказа. И зря, конечно. «Только говорить с ними по необходимости, если невозможно этого избежать. Не слушать, не спорить, сказать, что надо, а лучше просто уйти и все».

Он вообще был волевым человеком, папа Гриши, Соломон. Упрямец, прагматик, со своим пониманием того, что называется жизненным процессом. Мог настоять на своем и делал это. Например, он не пускал Гришу по субботам в школу. Не пускал и все. Сиди дома и читай книги, говорил. Когда же в школе, в четвертом классе, руководители учебного процесса стали этим интересоваться, они взялись пугать мать родительскими правами. «Вы что, товарищи Кафканы, боюсь произнести это слово, сектанты? Если да, так с этим у нас разбираются быстро», — рокочущим голосом говорила матери Гриши завуч школы Александра Васильевна, полная и сильная женщина, одетая в темный пиджак, юбку и белую блузку с воротником. На лацкане пиджака красовался алый значок, а вокруг головы сиял заплетенный венчик каштановых волос. Что говорить, красавица из не забытого до сего дня цветного фильма режиссера Ивана Пырьева. Завуч произносила все на фоне окна в своем кабинете. В окно была видна динамичная статуя ленинградского партийного лидера С.М. Кирова, в сапогах и в распахнутой шинели, на одноименной площади возле конструктивного гранитного здания Кировского райсовета. Кажется, Александра Васильевна была членом районного совета трудящихся, а может быть, и самого обкома*. В общем, эта женщина от власти запугала бедную мать до смерти.

Завуч очень нравилась Грише во всех смыслах и тогда, в те годы, и потом, и как сексуальная женщина, и как знающий опытный педагог с огромным опытом. Александра Васильевна снилась Грише молодому через три-четыре года после этого в голом виде и мраморном образе, и вытворяла удивительные вещи и с ним, и сама с собой. Только венчик, заплетенный на голове, трясся и попрыгивал в такт ее большим успехам в этой сфере. «И скажите мне, почему у вашего мальчика подкладка портфеля зашита белыми нитками, видите, так почему, вы не ответили, я все знаю, держу руку на пульсе, имейте в виду», — выкладывала завуч предпоследний козырь. Не будем обозначать ее последний козырь, оставим это на другое время и другим исследователям истории жизни совсем недавнего прошлого.

Испуганная мать поговорила дома с Соломоном на диалекте. Гриша все слышал и понимал. Отец пил чай и на жену не смотрел. «Ты что, Шлейме, с ума сошел? Они отнимут ребенка, не понимаешь? Орала как бешеная, эта начальница. Сам говорил, что с ними не шутят, что шутить с ними нельзя, очень опасно, нет?!» Мать немного преувеличивала, но совсем немного. Уже усатый главный ушел, и

* Обком — областной комитет партии.

новый казался не таким пугающим бандитом, как его предшественник. Но поди знай, с большевиками ничего знать заранее нельзя.

После этого разговора с женой Соломон мрачным голосом сказал, что пусть парень идет в субботу в школу. Гриша пошел в субботу, и ребята его встретили, как после долгой и тяжелой болезни. К нему хорошо относились в классе, несмотря на пятерки из непонятно откуда появившихся у него знаний, скорее, из-за любимого футбола на мокром гравии во дворе и старшего на семь лет брата, человека авторитетного и взрывного. Открыв пенал, Гриша выяснил, что отец отломал перо у его ручки, тогда были такие деревянные ручки со вставными перьями. Отец в школу никогда не ходил за все годы. В общественной жизни не участвовал, многого не знал.

Это была личная борьба Соломона за чистоту и святость субботы, за его жизнь, как он ее, эту жизнь, понимал. Он ее проиграл, в конце концов, но боролся изо всех сил. Заметим, что Гриша тоже проиграл в этом сражении. Все проиграли. А всю эту судьбоносную битву выиграла Александра Васильевна, она была из породы тех людей, которые всегда, везде и всюду выигрывают. Поделом, как говорится.

Уместно спросить, а почему просто не объяснить педагогу, что мы, Кафканы, имеем еврейские корни, как теперь выражаются отдельные многие, соблюдаем традиции и просим нас понять и даже, по возможности, уважать. И сразу после этого вопроса станет понятно, что вы там и тогда не жили, что вы человек из другого мира и из другой судьбы. И, возможно, это и хорошо, и делает вас, как человека, лучше других, а, возможно, и нет. Никто не знает. В любом случае, подчеркну, что Александру Васильевну эту стоило хотя бы просто увидеть и удивиться ее облику, запасу ее слов и внешнему виду. А того, кто не видел ее и не слышал, хотя это и трудно себе представить, такого человека, то того можно уверенно считать человеком с серьезным пробелом в его эстетическом образовании. «Поэтика будет хромать», — как говорил когда-то друг Гриши, похожий на кудрявого фавна, из района Автово в Ленинграде.

К слову, о женщинах. Женой Сиамского короля Рама Шестого (жил в начале двадцатого века) была русская девушка дворянского происхождения Катя Десницкая из города Луцк Волынской губернии. Куда же без русских девушек, скажите. Она была медсестрой и героиней русско-японской войны. Георгиевский крест, медали и ордена украсили ее нежный и прекрасный облик. С принцем

Чакрабоном, который учился в Санкт-Петербурге в Пажеском корпусе, Екатерина Ивановна познакомилась там же. И влюбилась в него там же. Большая любовь, большие чувства. Русская красавица была счастлива с ним. Она писала в письмах родственнице, что «… так люблю его, как даже и не думала, что возможно». Потом они расстались, потому что Чакрабон (имя короля при рождении) захотел завести себе вторую жену. Катерина боролась за мужа, но силы их были неравны. Она уехала одна в город Шанхай, вышла там замуж за американца. С американцем они переехали в Париж, где Екатерина Ивановна прожила почти сорок лет и мирно скончалась в 1960 году в возрасте семидесяти четырех лет. Кажется, она любила своего принца-короля до конца дней своих, как рассказывают романтически настроенные журналистки о жизни и судьбе своих трогательных героинь. Но подробнее об этом ничего не известно.

Рассказом о смертной казни генерала Олег Анатольевич наступил Грише на ноющую старую рану. Ему несколько раз за последние годы присылали по электронной почте (откуда адрес, господа?) неизвестные организации или незнакомые частные люди вопрос о том, «как вы, г-н Кафкан, относитесь к введению смертной казни в Израиле, да или нет?». Гриша всегда сразу отвечал, что он категорически против. Добавляя, что его мнение не значит ничего и он просит больше подобных вопросов ему не задавать. Все равно, конечно, присылали, несмотря на просьбы.

В молодости он пережил приговор к расстрелу и собственно расстрел своего приятеля Юры Т. Они выросли вместе в смежных дворах, учились в одной школе, потом Юра уехал куда-то в экспедицию зарабатывать деньги, он жил один с матерью. Потом он вернулся, и на День Победы с приятелем из соседней парадной, выпив подкрашенного клюквенным морсом спирта, как у геологов принято, по его разумению, они наняли девушку легкого поведения по имени Таня, семнадцати лет от роду. Такая крепкотелая замухрышка, молочница, как ее называли парни постарше. Все вместе пошли в бомбоубежище, позвав с собой еще ребят. Таня не возражала, была весело настроена, попросив добавить еще денег. «Боюсь надорваться, вон вы какие», — сказала она и подмигнула. Празднично одетый в новый костюм Юра сразу выдал ей еще ассигнаций и монет, которых у него было много после возвращения из Сибири. Получились две десятки и одна мятая треха, всего двадцать три рубля, и еще мелочью два рубля с чем-то, немало для простой лукавой девушки-лимитчицы из деревни под Горьким, пять месяцев в Ленинграде.

Спустились по лестнице вниз, стуча подошвами и каблуками по железным ступеням, один за другим. Таня приготовила себя к физической любви за одну минуту, не больше. Ребята, некоторые из них были трезвыми, жались в стороне, не зная куда себя девать.

И тут в бомбоубежище ворвались два милиционера и вызвавшая их свистками дворничиха Тося, вредная, всеми ненавидимая баба. Всех позабирали, всего одиннадцать человек, никто ничего совершить с Танькой не успел. Она была совершенно голой, только в кулаке сжимала деньги, мало ли что. Проблема была в том, что Юра и его приятель были старше восемнадцати лет. Танька заявила, что она честная девушка и ее силой заволокли в бомбоубежище. Наличие у нее в кулаке денег ни о чем не говорило, так как в Советском Союзе проституции в среде молодежи нет и быть не может. Мать Юрки наняла хорошего адвоката, но и он, аргументировав все верно, не помог, так как все было заранее известно. Никто до Таньки не дотронулся. «Но ведь думали и хотели, верно?!» Никто не возражал этому неопровержимому доказательству.

Гриша был на второй день суда в зале, сидел за спиной Юрки, видел его белесый затылок. Он был острижен наголо, как и его подельник. Прокурор требовал четырнадцать лет заключения взрослым и опасным преступникам. Через два часа суд приговорил Юру и приятеля его к смертной казни, которые «в святой для всего народа день великой Победы надругались над тем, что так бережно помнит и чтит советский народ», — объявила судья, которая вообще не моргала, дрожащим от священного восторга голосом. Юрку и подельника тут же увели, он, ведомый под руки милиционерами, и не оглянулся, и не простился ни с кем. На следующий день в «Ленинградской правде» на четвертой полосе в нижнем углу было коротко жирным шрифтом напечатано сообщение о том, что приговор райсуда приведен в исполнение.

На работу Гришу Кафкана с коллегами много лет возил из Иерусалима немолодой крепкий мужичок. Он собирал людей в японском минибусе по всему городу, а потом вез в Тель-Авив по главному шоссе и сворачивал на Ля Гардии налево, а там дальше направо в рабочую зону — и на месте. Таксист их был такой работящий, не устающий никогда покладистый дядька, который мог и умел выручить в самой сложной ситуации. На него можно было положиться. Как-то поздно вечером, ожидая отъезда из Тель-Авива, кто-то опаздывал вернуться с интервью, он рассказал почему-то Грише о том, как они с братом спаслись в сентябре сорок четвертого года.

«Есть такой город, Будапешт. Так я оттуда. Мы с братом уже были сиротами и знали об этом. Брат был старшим, но все держалось на мне, так получилось. Было очень холодно в городе. Всю толпу повели к Дунаю расстреливать. Поезда, отправлявшиеся в Освенцим, уже не справлялись с огромным количеством иудеев, и нацисты закрывали глаза на нарушение установленного порядка. Мне было одиннадцать лет, а моему брату четырнадцать. Я понял, что если не сейчас, то уже потом будет не спастись. Мы взялись за руки и прыгнули в кусты голого тростника. Оттуда перешли в черную от холода дунайскую воду и там нырнули. Было не так глубоко, мы лежали на спине на дне. Дышали мы через тростинки, которые я сорвал на берегу. Кода перестали стрелять, мы вылезли из воды и ушли. Не простудились и не замерзли, с тех пор у брата очень слабые легкие, но он живой, курит и сейчас в Иерусалиме. Ничего не помнит, так говорит. А я помню за двоих.

Прятались мы на чердаке большого дома на набережной Пешта, питались кусками хлеба, который собирали по ночам на крыльце костела. Еще одна одинокая старуха из соседнего дома иногда приносила нам по-тихому чего-нибудь. Прибегала к нам по стенкам, чтобы никто не увидел и не донес. Было весело тогда в Будапеште, что говорить. Три с половиной месяца мы продержались. Как? Не знаю. Наверное, это можно назвать ненавистью, наверное. У ненависти много энергии и силы. 18 января, как сейчас помню этот день, четверг, мороз, русские вошли в Пешт. Мы с братом вышли им навстречу, шли с трудом, но шли, взрослые уже мальчики. Холода не чувствовали. Один танк стоял на обочине. Нам дали поесть, дали с собой в мешке хлеба и консервов, еще принесли какие-то вещи, телогрейку, помню… Мы вернулись на свой чердак. Счастливые. Ты не думай, Гриша, что я жалуюсь на судьбу, я всем очень доволен. Никогда никого ни в чем не виню, привык винить только себя. Сейчас я просто устал немного, расслабился, все-таки возраст уже, понимаешь, поздний час, ха-ха?!»

Он откинулся на спинку сиденья, положил руки на руль, прикрыл глаза. Действительно, пожилой усталый дядька.

«Да, я не думаю, вы что, Шломо, ни секунды в вас не сомневаюсь», — сказал ему Гриша Кафкан. Он знал, что скромный этот человек, таксист, водила, соображала, в армии здесь служил в десанте, и должность его была магистр. Все знают, что это такое? Это ручной пулемет калибра 7.62, весом килограмм восемнадцать, который несет на личных руках обычно самый выносливый и терпеливый боец подразделения. Так вот, Шломик наш и был таковым магистром.

Утром, которое Гриша назвал утром после боя, едва он открыл глаза, как позвонил Олег Анатольевич, который сказал:

— Здравствуйте Григорий, давно не говорили. Как-будто и не расставались. Послал вам то, что хотел послать. Там немного слов, но они очень важные. Есть пояснения, прочтите и придумайте, что дальше. Вам Сай не звонила? Что-то она мне не отвечает, не знаете почему? Она вот и кроткая, и тихая, и ласковая, а черти в ней играют, я это хорошо знаю и потому спрашиваю, я очень ревнив, господин Кафкан, женщины и их поступки для меня всегда загадка. Извините меня. Если Сай будет вам звонить, мало ли что, сразу же отсылайте ее ко мне. Обязательно прочтите то, что я вам послал, это крайне важно для всех, — допотопный «наместник зла» не унимался. Он был неудержим.

Гриша закашлялся от неожиданности. Ему, конечно, не хватало для счастья еще одного безумного русского со сложным душевным миром, но не с утра. Это все было лишним.

— Мне никто не звонил, Олег Анатольевич. Я вас не понимаю. Компьютер еще не открывал, — он отключил телефон на этой холодной и неверной ноте, оставив собеседника с новыми незаданными вопросами.

Гриша пошел в душ и стоял под холодной водой минут пять-шесть. Потом он выскочил наружу, потому что долго звонил телефон, Майя куда-то вышла. Он ответил на звонок, это была Сай. Это не стало неожиданностью почему-то для него. Гриша не удивился, Олег Анатольевич подготовил его к этому событию. «Звоню так просто, хочу спросить, может быть, мы выпьем кофе вместе, дорогой господин Григорий?» — несколько нарочито бодро сказала женщина на своем быстро звучащем английском. «Вас разыскивает Олег, вы знаете об этом?» — «Так мы выпьем кофе с вами?», — женщина имела право пропустить отдельные фразы, ее полное право. Вспомним, что Сай имела отношение к медицине, и повадка у нее оказалась решительная, ее можно было бы назвать хирургической. Кафкан не удивлялся ничему, хотя ее настойчивость была непонятна ему.

«С удовольствием, моя дорогая, давайте часа в два, хорошо?» — «Там же, где мы виделись вчера, в три, буду вас ждать очень», — и она торопливо выключила телефон и заодно свой неожиданно звучащий голос, который можно было с уверенностью определить как очень низкое контральто. Вместе с тем это был очевидно женский прекрасный голос, не приближавшийся к мужскому ничуть.

До встречи оставалось еще два с половиной часа. Время Кафкан узнавал по мобильнику, включая свет на экране. Он поглядел в компьютере новости, рассеянно заедая их кусками фигурно нарезанного арбуза, выпил кипятка с ломтиками лайма и имбиря, банки с ними стояли при входе в столовую, бери не хочу, лечи душу и тело. Потом он посидел у входа в свою комнату на куске огромного дерева из породы вечных растений, вырезанного под сиденье, разглядывая кусты с гроздьями черно-желтых колибри, и небо, и проходящих мимо на йогу и медитацию дам, в основном, молодых и неотразимых. Он со всеми здоровался, складывал руки на груди и кланялся. Дамы улыбались в ответ, ему казалось, что благосклонно. Он был очень наивен, конечно. Два рослых голых до пояса британца, остриженные почти наголо, неожиданно ответили ему тоже и даже изобразили подобие улыбки — «бери, черт с тобой, выпросил». Вчера утром они его просто не заметили, а Гриша взял и опять с ними поздоровался. Вот я какой, обид не замечаю, потому что жизнь одна.

Потом он вернулся к компьютеру и прочитал то, что прислал ему Олег. Этот Олег, закончивший с красным дипломом ВДА, мог удивить. Он и удивил Кафкана необычайно. Гриша поразился этим чужим строчкам, почему вдруг, откуда они взялись у Олега, зачем? Неужели это вот все в сфере его интересов? А ведь и не узнать ничего. Вот что прислал Кафкану Олег.

«…уже больше трех лет я уговариваю вас… я непрерывно предупреждаю: надвигается страшное несчастье… Эти годы добавили седины в моих волосах, они состарили меня и мое сердце, полное боли за вас, дорогие братья и сестры, но вы… Вы все никак не разглядите вулкана, который вот-вот начнет изрыгать смертоносную лаву. Я вижу ужасающую картину близкого будущего. Время, оставшееся для спасения, иссякает с каждым безвозвратно ушедшим часом. Я знаю, что вы не видите этого из-за ширмы повседневных хлопот, которые тяготят и смущают вас… Но прислушайтесь к моим словам, сказанным на исходе двенадцатого часа: пусть каждый из вас спасается, пока еще есть такая возможность, пока не истекла последняя минута. Именем Б-га, пусть хоть кто-нибудь из вас спасется, пока еще есть время! А времени осталось очень мало». Владимир Жаботинский, писатель и политический деятель. Июль, 1938 год. Народный дом. Варшава. Выступление перед еврейскими жителями польской столицы.

За полтора месяца до начала Второй мировой войны он это сказал. Говорил и раньше. Удивил Олег Анатольевич Кафкана, удивил, ничего не скажешь. Или это он так издалека подъезжал к сентиментальному сердцу Гриши. Даже если и так, то это выглядело все равно странно. «Запомни, Гриша, эти парни любят не просто удивлять, они обожают ошарашивать, это их главный козырь», — как говорил когда-то в Ленинграде его приятель, уже повидавший многое, во всяком случае, много больше, чем юный Кафкан. Ошарашил Олег Гришу. «Глазом не успеешь моргнуть, и они уже тебя, как говорится, «ведут», запомни, Гриша», — без нажима объяснял все тот же приятель Кафкана. Гриша все это наставление хорошо помнил и сейчас, спустя пятьдесят лет.

Но не все было так однозначно. У Гриши были некоторые сомнения и другие версии в этой непонятной истории. Подчеркнем только, что изложенная выше была доминирующей.

Поехали с сыном в город на центральную улицу продлевать визу. «Везу вас на всякий случай, вдруг понадобитесь, чтобы не гонять еще раз туда-сюда», — объяснил сын, озабоченно глядя на узкую дорогу с бесконечными мотороллерами и мопедами. Но никто не наглел, не рвал очередность и не пытался быть самым умным, уступали право встречным грузовичкам и съезжали на размытую обочину. Сын выскочил из машины, хлопнул дверью. Он зашел к адвокату прямо с улицы, перепрыгнув лужу и оставив маму и папу в машине. «Семь минут, не больше», — бросил он, оставив кондиционер и мотор включенными. На улице было 35 градусов, и это был явно не потолок жары. Часы в машине показывали 10 часов 22 минуты. Сын включил им кассету Арика*, худого красавца со скромными повадками, умершего совсем недавно на го́ре поклонникам и обычным людям. В семье Кафкан его почитали и любили, он был на первом месте в длинном ряду певческих талантов. «У меня есть Кинерет», — сказал Арик первую фразу, и старики Кафканы

---

* Арик Айнштейн — израильский эстрадный певец, актёр, автор песенных текстов.

заулыбались, закивали головами: «да, это то, что надо», — и, закрыв глаза, откинулись на сиденье. Что нужно для счастья? Знакомая мелодия, знакомый голос, кондиционер, покой, разве нет?

Скоро сын вернулся — Арик еще не допел про Кинерет — и сказал, что должен сфотографировать их для визы. «Ваши фотки недостаточно большие, сюда вставайте, к стене». — «Стена настраивает на необходимое настроение», — пробормотал Гриша. Стена была белая. Майя сфотографировалась первой. Пошел дождь как из ведра. Прохладнее не стало. Затем сын сфотографировал Гришу на свой мобильник и вернулся к адвокату. Через несколько минут, очень довольный, он вышел наружу, надел пластиковые шлепанцы, снятые, как здесь принято, у входа, и со словами «все в порядке, завтра получим на руки», сел в машину, хлопнул разболтанной дверью, и они уехали обратно.

Приехав обратно в центр, сын обнаружил, что потерял кошелек. Не потерял, а, возможно, забыл у кассира перед окошком или на полу возле. «Много денег было?», — спросил Гриша. Сын выглядел встревоженным, что случалось с ним редко. «Достаточно», — буркнул на ходу этот мальчик (тридцать шесть лет от роду, 190 см рост, жесткая щетина на скулах) мрачно и уехал обратно в город. «Очень неприятно, из-за нас все случается у ребенка», — прокомментировала Майя. «Прекрати, еще ничего неизвестно, все вернут, они честные здесь люди, и нечего стонать все время и посыпать голову пеплом», — Гриша говорил все это, не очень веря своим словам. «Там было тысяч двадцать пять бат, серьезные деньги», — подсчитала Майя, настаивавшая на своем. Гриша отвернулся от нее и осторожным шагом пошел к скамье у реки, посидеть под дождем и послушать шум бешено кипящей от сильного течения воды.

Слева от него был виден склон высоченной горы в зарослях густого леса. У основания горы десяток местных рабочих уже больше недели строили по 10-12 часов в день бетонную стену в метрах пяти от дороги. Стена уходила в землю на глубину в несколько метров и возвышалась над дорогой на три метра минимум. Сын объяснил Грише Кафкану, что стена эта должна оберегать дорогу от оползней, сходящих с горы после сильных ливней. И так как дожди шли здесь и сильные, и постоянные, то необходимость в стене была явной. «А что, только сейчас спохватились?» — поинтересовался Гриша. «Да здесь было пустынно вообще, сейчас вот народ подъехал, и начали строить. Лучше поздно, чем никогда, как ты сам говорил мне, нет?»

Сын пришел со стоянки и присел возле Гриши, который увидел его суровый резкий профиль в сетке дождя отчетливо. Ни слова Гриша у него не спросил. Так они посидели рядом, потом сын сказал ему с гримасой на лице, обозначавшей веселое настроение: «Пошли домой, папа, мне все вернули, с благодарностью и извинениями». — «Я не сомневался ни секунды, мать паниковала, а я был уверен. Все оказалось на месте?» — «Я бы не удивился, если бы там было больше денег, чем я оставлял, но я просто не помню малые цифры и числа, я запоминаю только шестизначные суммы», — сын не хвастал, говорил правду. Он был крутой парен и не слишком уверенный в себе, вот такое странное сочетание. Он дал руку Грише, и тот легко поднялся, опираясь на крепкую поддержку этого собранного веселого человека, который безоговорочно имел сильные гены самого Кафкана со всеми их противоречащими друг другу плюсами и минусами. Здесь уже ничего не поделать, это, как говорится, данность.

Сын и подвез Гришу к кафе, ничего не спрашивая. Дождь уже кончился и выглянуло сиамское солнце, засветившее со всей своей пугающей нежной силой. Гриша, почти как здоровый человек, зашел мимо переполненной стоянки в уже хорошо знакомое место с той самой девушкой из Златоуста, продолжавшей свои, кажется, к сожалению, безнадежные попытки по привлечению Дитриха к своей богатой и многосторонней особе. Были и другие завсегдатаи, которых Гриша смутно помнил, их образы были несколько размыты и трудно различимы. «Эй, брат, да у тебя катаракта, небось», — подумал Гриша Кафкан о себе без удовольствия.

Сай пришла точно в три, как договорились. Она прошла к его столику быстрым шагом, не отвлекаясь на взгляды посетителей. Она по-прежнему выглядела сиамской королевой и скромницей с неизбывными страстями, которые украшали ее лучше бесценных бриллиантов и платиновых колье на безупречной шее. Но вопрос о том, откуда ценности, все равно оставался в силе. Она подняла глаза, приветливо улыбнулась Кафкану и легко села напротив него. Выглядела она очень молодо, лет на двадцать или даже еще моложе. «Вот таким девчонкам я только и нравлюсь, ничего другого не остается, но все без толку», — усмехнулся Кафкан-старший, глядя в ее ясные глаза.

У Сай была фарфорового оттенка кожа, и это делало ее похожей на статуэтку, изображавшую актрису на подмостках. Статуэтка стояла на бамбуковой тумбочке прямо при входе в это заведение, услаждая своим независимым видом и яркой красотой входящих сюда людей.

Опять хозяева включили музыку, опять все то же танго. «Пойдемте танцевать, господин Гриша, под эту музыку мы с вами познакомились, пойдемте», — сказала Сай и потянула его за руку. Она была ко всему и сентиментальна, как многие женщины, состоящие при дворе богатого хозяина. «Волчицы со слезами на глазах», — говорил умный старший друг Гриши в Ленинграде очень много лет назад. Он не был объективен, этот умный и образованный человек, ему катастрофически не везло с женщинами, не будем его судить строго.

— Это не для меня уже, я пожилой толстый семит, давайте просто посидим, Сай, чего уж, — женщина явно огорчилась, она явно все представляла себе иначе. Что все, кстати?

Кафкан, будучи человеком совсем не наивным, иногда даже местами умным и прозорливым, отлично понимал, что этот Олег Анатольевич весьма опасен. С бывшими и настоящими чекистами, а этот самый Олег Анатольевич, по мнению Гриши, был и бывшим, и настоящим работником мощной организации щита и меча, он явно занимал значительный пост в этом таинственном и хорошо организованном опасном лабиринте. Стоило только взглянуть на Толю и Колю и разгадать этот не самый сложный ребус. И все равно Олег сумел удивить Кафкана, который ожидал чего угодно всегда, но не послания такого содержания от него по электронной почте. И близко ничего не думал, хотя фантазия Гриши была значительна и, по словам некоторых знакомых, безгранична. Всю жизнь Гриша боялся конторы и ее людей, и вот теперь столкнулся с таким вот персонажем лицом к лицу. Сам виноват, конечно.

Более полувека назад в доме Кафканов в Ленинграде остановилась семья из Вильнюса, четыре человека, родители и двое детей. Отец привел этих людей из синагоги, сказав матери, что «надо приютить на пару дней».

Дети производили непонятное впечатление. Девочка была очень красива, взрослого странного вида болезненный большеголовый подросток был молчалив и казался букой. Еще бы. От его вида можно было испугаться. Родители приехали с ними в Ленинград во время весенних каникул с благой целью показать сына известному врачу, светиле советской медицины, и спросить у него, что и как им делать, как поступать дальше. Но дело не в их тревогах, не о них речь. Этот подросток, назовем его так, со следами болезни и тревоги на лице, каковые мешали ему жить и общаться со сверстниками, оказался человеком развитым, тактичным и осведомленным.

На второй день их жизни у Кафканов он отозвал вечером Гришу на лестницу, где на четвертом этаже было окно на последнем повороте к последнему этажу и, закурив сигарету из красной смятой пачки с надписью «Прима», сказал: «Я вижу, что ты парень начитанный и знающий, хочу тебе дать книгу одного одесского уроженца. Он, человек блистательный и болеющий за еврейскую идею, писал статьи и фельетоны на еврейскую тему. У него есть и романы, и повести, но я даю тебе на одну ночь, послезавтра мы уезжаем, только статьи. Ознакомься». Этот парень с болезненной внешностью и яркими глазами передал Грише сверток. Книга без обложки была аккуратно завернута в популярную тогда в СССР газету «Комсомольская правда». На титульном листе было написано простым русским шрифтом: «Владимир Жаботинский. Статьи». «Ты будь осторожнее с книгой, можно вполне получить до пяти лет, если ее найдут у тебя», — сказал этот парень не испуганно. Он смотрел на Гришу внимательно во все глаза. «Прочту и завтра вечером отдам тебе ее, — сказал Гриша, — никто не узнает, не волнуйся». На пролет ниже у дверей Капустиных появился сутулый высокий человек, отец семейства, вернувшийся из колымского лагеря, в который попал после немецкого плена. Он глянул на парней, сразу отвернулся и не здороваясь зашел внутрь, закрыв за собой дверь, оббитую салатового цвета клеенкой. Соседка Нюра, сидя на лавочке возле парадной, говорила про него подругам, по досужим разговорам: «А ведь Костю Капустина не реабилитировали, это что значит, а, девушки? Не простили Костю, получается». Иногда Капустин приходил к Кафканам звонить, у него телефона не было. Разговаривал он всегда выпрямившись, по стойке смирно, отрывисто и звонко. Никогда не садился, хотя мать всегда просила садиться, «в ногах правды нет, товарищ Капустин». Вспомним прошлое с нежной и всепрощающей улыбкой, которая говорит о вашем характере больше, чем прощение, которого нет и быть не может.

На другой день гости уехали с Витебского вокзала домой, Гриша проводил их до вагона, все остальные люди в их семье были заняты. Кафкан их никогда больше не видел. Книгу, прочитанную за вечер, и ее автора он запомнил. Сестра больного подростка стояла у окна в проходе и пристально, как показалось Кафкану, смотрела на него. Все остальные устраивались в купе, им было не до него. Подросток с не самым оптимистическим диагнозом нервного, дорогостоящего профессора, сидел в углу купе и без интереса читал какой-то журнал. Кажется, это был «Огонек», но может быть, и «Физкультура и спорт». Их было много тогда в те годы. Отец его, напрягая спину под шерстяным пиджаком, запихивал чемодан на самую верхнюю багажную полку. В 18:44 поезд тронулся и отправился в свой пятнадцатичасовой путь в столицу Советской Литвы, стуча колесами по металлу и натужно скрипя автосцепкой вагонов. Имен гостей Гриша сейчас не помнил никак, хотя очень старался их вспомнить, а спросить уже было не у кого. Какие там имена гостей из Вильнюса? Он свое-то имя помнил не всегда. Да-да.

Словосочетание «одесский уроженец» в характеристике автора несколько напрягло Гришу. Он был в плену предвзятых мнений и суждений. Тогда в Ленинграде, считавшемся в определенных столичных кругах более провинциальным, более суровым, но прогрессивным и развитым по сравнению с той же подвижной, жовиальной и просто суетливой Москвой, читали, почитали и подражали Платонову. Этот гениальный писатель с несчастной русской судьбой был абсолютным властителем дум, литературного вкуса и общего настроения в этом вредном и даже пагубном для здоровья месте. И справедливо, конечно. Болотные места, на которые богата эта земля, располагают к мистическим раздумьям и литературным изыскам.

Было все это очень давно и, кажется, не изменилось с тех давних пор. Хотя и некоторые отдельные жалуются, что народ перестал читать книги. Но вкусы у всех подряд не поменялись в городе. Это личная моя надежда. Хотя ни в чем нельзя быть уверенным, как известно, в сфере вкусов, и вкусов литературных особенно.

Впечатление же та книга без обложки, неизвестного писателя из города Одесса, прочитанная за несколько часов без перерыва, произвела на Кафтана огромное. После выезда из СССР на своей исторической родине в Иерусалиме, Кафкан прочел еще несколько книг этого автора. Все они оставили у него чувства, которые невозможно определить. Например, уважение к прожитой другим человеком жизни, удивление и даже восторг от его взглядов, и главное, известное только ему, Грише Кафкану, ощущение того, что «я и сам хотел бы думать и выражать свое мнение так, как это делал он,

В.Е.Ж., известный также под псевдонимом Альталена». Как сказал о нем его современник и не поклонник, но ценитель русского слова, «некрасивый, невероятно обаятельный человек, кое-что знающий про себя и не слишком уверенный в себе одновременно». Как и полагается быть, по нашему мнению, богато одаренному мужчине, продуктивно и не без основания занимающемуся литературой, заметим на полях.

С первой получки в Израиле в сентябре семьдесят третьего года Гриша пошел и купил себе сначала пиджак в Машбире. За неполный месяц ему дали семьсот тридцать лир, большие деньги для него, который больше ста лир после приезда в руках не держал.

Так вот, он купил себе пиджак из выделанной буйволиной кожи за серьезную сумму в двести девяносто лир. «Распродажа, берите скорее, пока не разобрали», — поощрительно подсказал ему продавец по-русски. Потом Гриша перешел ул. Кинг Джордж по диагонали, и пройдя перекресток со знаменитым кафе «Таамон» справа, спустился вниз по Гилель. Возле пассажа он повернул влево, поглядев на красочную афишу фильма «Последнее танго в Париже», и дальше на углу увидел русский книжный магазин, который держал бородатый парень его лет. Он был весь в веснушках, борода курчавая, смотрел заторможенно и изучающе вокруг себя, все видел и замечал. «Снайпер», — с восторгом подумал о нем Гриша. Хозяин, учившийся на биолога в университете пятый год, ловко складывал книги в стопки, которые громоздились повсюду. Ничего не обрушивалось с грохотом, непонятно как удерживаясь в этих башнях прозы и поэзии.

Хозяин, которого звали Михаил, безошибочно находил именно ту книгу, которую разыскивал покупатель. Людей было полно, все были с книгами в руках, запах был типографский, свежая краска, новые книги, восхищенные взгляды людей, не веривших своим глазам. Осень семьдесят третьего года, можно понять людей.

«Вот, сегодня получили, погляди, Гриша», — сказал он Кафкану по-простецки и протянул ему книгу в мягком переплете. Это был третий том Мандельштама, вышедший в нью-йоркском издательстве. Всего томов должно было быть четыре. Гриша раскрыл книгу и перелистал страницы. «Сколько стоит?» — спросил он озабоченно. «Сто двадцать пять лир», — ответил Михаил, отвернувшись к какой-то немолодой даме с прямыми волосами и накрашенными губами и щеками. Дама просила «Гамлета» на иврите: «Я уверена, что у вас, конечно, этого нет». — «Конечно, есть, у нас все есть», — отозвался Михаил.

Гриша в это время пошевелил губами, подсчитывая убытки, он еще хотел купить подарки отцу и матери, потом сигарет, бутылку коньячного напитка и чего-то еще, что исчезло напрочь из памяти. Твердым голосом он сказал: «Беру». Михаил одобрительно кивнул ему: «У вас от меня личная скидка, как у нового репатрианта, десять процентов». — «Я еще хотел Жаботинского по́вести, есть у вас, Миша?» — поинтересовался Кафкан. «У нас все есть, вот, берите, спрос не шибко какой, но это не распродажа, двадцать лир», — и он протянул Грише еще одну книгу в мягком переплете. Накрашенная дама осуждающе покачала головой и отвернулась в знак протеста. Что-то ее не устраивало в Гришиной покупке, но она не сказала, что, а сам Гриша не спросил ее. Он с такими надменными женщинами не разговаривал, боялся и испытывал неприязнь, если честно. «Хочу подарить вам одну книгу замечательного, недооцененного здесь писателя, звать его Юлий Марголин, он умер в прошлом году. Судьба невероятная, книга сокрушительная, не покупают, вот, берите, Гриша, он первый все сказал, опередил время», — он протянул Кафкану книгу в мягком, конечно, переплете. «Путешествие в страну зэка» называлась она. «Спасибо большое, я хочу купить ее, тем более, деньги у меня есть», — сказал он Михаилу. «Нет, не обсуждаем, это мой подарок вам».

С книгами в пакете Гриша вышел на улицу Шамай и посмотрел вниз в сторону площади Сион. Там гудела стройка, огороженная сплошным забором из серой жести. Стучали отбойные молотки, двигалась в небе стрела подъемного крана, там строили что-то высотное и железное. Иерусалим, застроенный вне стены, в основном, в 19 веке, сопротивлялся этому современному строительству вяло. Солнце медленно теряло силу, но было безжалостно по-прежнему, как будто еще продолжался полдень в Иерусалиме. Гриша Кафкан был доволен покупками, жизнью. Его состояние можно было обозначить словом счастье. «В следующем месяце получишь полную зарплату, запомни это», — сказала ему дама, выдавшая заработанные им деньги по скудным часам.

По улице Гистадрут он дошел до Кинг Джордж. На тротуаре возле ларька гослотереи стояла афишная тумба, с тем же аляповатым и цветным объявлением о фильме «Последнее танго в Париже». «Надо обязательно сходить», — подумал легко внушаемый Гриша. Билет в кино стоил четыре с половиной лиры. Роскошь, если честно, для новоприбывшего, но теперь Гриша был полноправным трудящимся гражданином, теперь-то чего. И думать нечего, теперь все.

Он пересек Кинг Джордж в запрещенном месте, лавируя между автобусами. На углу Агриппас он протиснулся в переполненную забегаловку без вывески и с двумя распахнутыми выходами. Там в пылающем углу крутился мясной вертел, стоявший на попа. Утомленная женщина в цветастом платье нарезала ему мяса движениями длинного острейшего блистающего ножа сверху вниз. Насыпала мяса в питу, добавила салата и соленого огурца и протянула Грише: «на, ешь, только не подавись».

И Гриша съел, ликуя, эту шаварму, показавшуюся ему пищей элитной и такой, про которую в Ленинграде-городе говорили достойные и бедные люди: «Я этого блюда недостоин». Потом он загулял, умеренно и с оговорками, встретив товарища по ульпану, где уже третий месяц с перерывами изучал иврит. Ульпан был в Народном доме на Бецалель прямо напротив рынка. Там судили и безоговорочно приговорили к повешению фашиста Эйхмана, и по делу уничтожили гада, так ему и надо. Но это было уже давно, до Гришиного приезда. Они обсудили с товарищем, стоя у входа на рынок возле фалафельной нервных непохожих ни на кого братьев, должна ли учительница Тирца сидеть на двух или на трех стульях со своими чреслами богини плодородия, и сошлись на том, что на трех. После этого они расстались.

Пьяненький и довольный, не глядя на девушек, все они были в цвету, соку и во всей сексуальной столичной привлекательности, Гриша смирно сел на углу сырой улицы Штраус и Навиим возле магазина «Ножи и ножницы» в переполненный автобус четвертого маршрута и покатил домой через площадь Субботы, через Бухарский квартал и через Шмуэль Анави, отложив подарки родителям на завтра. Это было правильное решение.

Рядом с магазином, в котором продавались ножи и ножницы, была парадная со стороны Навиим и в ней на шестом этаже без лифта за двойной железной дверью была контора процентщиков, которые давали в долг под жуткие проценты, жестко, безжалостно взымали долги, ездили на мерседесах и выглядели пугливыми козами. Но это так, к слову, припомнилось. Не вспомнить их имена никак, они выпали напрочь из памяти, но вот крови они испортили людям очень много. Возник из ниоткуда образ высокого пожилого человека с лиловыми губами и вкрадчивыми повадками, который говорил, глядя в глаза Кафкану: «Да вы не волнуйтесь так из-за просроченного долга вашего товарища, надо просто заплатить процент за отказ от вашей подписи, все совсем просто, господин хороший». Имя должника, которому он подписал заем, память тоже не предоставила. Они все остались безымянными, эти люди. Какой-то, кажется, запутавшийся сутуловатый коллега по работе. Или это была она, совершенно не помню… Дома уставший Гриша обнаружил, что в автобусе у него украли остаток денег, сколько там их было, он тоже не помнил. Вообще, плохой знак, все эти провалы памяти. «Пить надо меньше, а как?». Если честно, он и не пил уж так много, как все, да и трудно здесь пить по жаре-то. Он расстроился и заснул на старом ленинградском диване без снов. Жизнь не только радует вас, молодой человек, она может и огорчить вас, и сделать это жестоко. Какие там лиры?! Есть вещи пострашнее, но он этого еще не знал.

Уже невысокий элегантный король-летчик из соседнего королевства прилетел(?) или приехал на машине(?) инкогнито в Израиль и встретился с нашей Голдой, немолодой дамой-премьером, и сказал ей, что «дорогая моя, они начнут войну с двух сторон, совсем скоро, их не остановить, они хотят реванша, эти маньяки». Голда, всего лишь пожилая женщина, опытная и волевая, без так называемого величия, смотрела перед собой, она была полна тревог и сомнений. До начала войны оставалось еще три недели, время еще было. Для чего?!

— Давайте поедем ко мне, Григорий. Я живу на берегу у моря, вам понравится, честное слово, могу сделать вам массаж, я умею, многие хвалят и довольны, вот Олегу нравится, — сказала Сай. Кафкан ожидал чего-нибудь подобного, но все равно был смущен. Он даже крякнул от услышанного. Эта женщина его волновала, она была и необычна, и скромна, и очень хороша собой, и решительна сразу вместе — набор сокрушительный для любого мужчины.

— Большой комплимент вы мне сделали, дорогая. Я не теряюсь, я не растерян, я ждал чего-то подобного, но надо вздохнуть и сделать паузу. Конечно, поедем, обязательно поедем к вам домой, давайте попьем соку прежде, — на этих слова в такт им двери отворились и, как в английской пьесе, в кафе энергичным шагом под барабанную дробь начавшегося дождя зашел Олег Анатольевич.

Он сделал у дверей приветственный жест и, как ни в чем не бывало, проследовал к ним. Кафкан осекся, ему было не так мало лет, вспомним. По дороге Олег Анатольевич тепло поздоровался с небезызвестным уроженцем деревни возле Милана Карло Конте, которого все знали здесь на острове. Карло умудрился лет десять назад попасть в ужасную катастрофу, когда он ехал на мотороллере за фруктами для жены. Никто ему не уступил дороги, он тоже не уступил никому и ничего. В результате оба колена его полетели вдребезги, голова была пробита, и вся жизнь его пошла наперекос. Все-таки он выкарабкался со временем, носил пучок седых волос на темени и был похож известно на кого. На кого может быть похож пожилой итальянец, даже если он родился на севере этой чудесной страны. Конечно, на Дона Корлеоне, на кого еще. Но как-то наш Карло был поживее, так кажется со стороны. Корлеоне никто не знал лично, а Карло был живой, доброжелательный, громкий, настроенный пить, есть, жить, а что еще?! Известно, что, но он был больше по рыбной ловле и заплывам в заливе, а так, красавец, моложе своих лет. Он ходил с большим трудом, поправился килограмм на 25 или 35 за эти годы, да кто же считал эти килограммы гребаные, и гулко надеялся на лучшие времена. Обаяние его было безгранично. Он знал шесть языков. И, кажется, Олег их знал не меньше, но был скромен и уклончив. Олег звал Карло Конте по привычке «папа Карло», он ему был нужен зачем-то. Олег был профессиональным коллекционером людей и их биографий. Да, и еще. Италию папа Карло обожал, никого не ругал. Никогда. «Это душа моя и сердце», — говорил, прикладывая огромную руку к груди, украшенную искусно вытатуированной пятиконечной звездой синего цвета.

В руках у Олега был пластиковый двухлитровый контейнер, наполненный красным содержимым. «Вот принес вам сашими, я знал, что вы здесь. Я хорошо изучил Сай. Когда она положит на кого-нибудь глаз, пиши пропало, у нее большое и славное прошлое», — сообщил он без улыбки. Олег был не убедителен впервые за два дня знакомства с Григорием Кафканом.

— Послушайте, почему вы мне прислали эту речь Жаботинского, Олег Анатольевич? Что это?

— А что?

— Ну, странно это и необъяснимо. Я просто теряюсь в догадках. При чем здесь Жаботинский? Вы?

— А вы считайте меня просто филосемитом, и это ответит на все ваши вопросы и сомнения, попробуйте мое сашими, рыба эта плавала еще час назад, а вот теперь она в вашем полном распоряжении... Сай есть не будет, она после двух не ест категорически, пьет воду — и ей достаточно, и она смущена, конечно, — надо отдать ему должное, Олег Анатольевич был очень хорош в разъяснениях. Бесы играли с ним в свои игры по тоскливым дождливым островным вечерам.

Гриша подумал, что очень жаль, что отсюда ни с какого ракурса нельзя увидеть моря, как оно видится из оздоровительного центра — вертикальное серое пространство под ливневым дождем и облачным небом схожего цвета. Лицо Сай, джунгли в окне, гребень горы в зеленом цвете деревьев и неумелый яркий пейзаж на стене тоже, надо сказать, создавали знакомое пространство, любезное его сердцу. Но тайные необъяснимые переживания продолжали мучить Кафкана с регулярной частотой. Казалось, успокойся уже, смотри на море, пей сок манго с лаймом, плыви своим корявым брассом, учи внука русским словам («рука», «нога», «ухо», «сердце», «душа», «душа моя», «здравствуйте» — хорошо схватывает ребенок, а ему ведь только семь), но нет.

Изредка он подходил к бару после заплыва метров на 600-680 и показывал верному Чарли, которого звал сэр Чарльз, два пальца, что значило *дабл* и еще два пальца, что означало два *дабла*. Тот споро оформлял ему в восьмиугольном тяжелом стакане двойной виски и еще раз двойной виски, и еще раз двойной виски. Сэр Чарльз с восторгом смотрел, как Гриша выпивал все это роскошное шотландское добро тихим залпом, закусывал привычным огурцом или маслиной-другой и расслаблялся до любимого состояния тлеющей где-то тревоги и душевной гармонии. Он думал о жизни и смерти, которая настигала в последние месяцы некоторых (довольно многих, непривычно многих) его друзей и знакомых в разных частях света, слишком часто и безжалостно. Он думал, что не все еще сделано и не все завершено, что надо успеть доделать задуманное. И что там, на волшебной родине, вообще…

И он тихонько дремал на солнце под тентом, и сэр Чарльз бесшумно подходил к нему, как опытный охотник на крокодила, и осторожно набрасывал на него чистое гостиничное полотенце. Берег, значит, Гришу Кафкана беженец из Рангуна. Беженцев из Бирмы, где было уже много лет очень неспокойно, и все воевали друг с другом, было здесь очень много. Их приютили в Сиаме всех братья буддисты. Однажды Кафкан подумал, что если бы в году 39-м или 41-м прошлого века корабли с бегущими в никуда европейскими загнанными евреями не рвали в какую-то Америку или Голландию или еще куда, где их не ждали и выталкивали из жизни прочь, а если бы эти корабли с хорошо одетыми, сходящими с ума от ужаса людьми причаливали бы здесь, к берегам на островах Сиама, то может быть, все бы и сложилось иначе. Но изменить или повлиять на то, что было тогда, сегодня уже было невозможно. Да и вообще, чего зря фантазировать, верно?! Если бы, да кабы…

— Все-таки я настаиваю на объяснении, Олег Анатольевич. Только общий фон, только два слова о вашей идее, никаких подробностей, — Кафкан очень хотел понять и разобраться. Вспомним, что он был, по его признанию, безумно любопытен.

То, что принес Олег Анатольевич, и то, что он называл сашими, было разложено по тарелкам, было полито соусом, выглядело очень красиво и аппетитно. Никто из сидящих за столом к этому не притрагивался. Как-то было не до этого. Сай просто не ела после обеда ничего, Кафкан и Олег были выбиты из колеи жизни, каждый по своим причинам. Девушка за стойкой косилась на них неприязненно, но ничего не предпринимала. Появление рыбы в веганском месте было вызывающим нарушением уклада.

— У меня и нескольких моих товарищей с подобными моим взглядами появилась некая идея, которая может быть полезной и выгодной для всех сторон абсолютно. Я знаю кто вы, что вы, знаю, что у вас есть некоторый вес и влияние в обществе…

Олег Анатольевич был ладный мужчина, глаз его был синий, резкий, как бы эмалевый, выглядел почти как искусственный.

— Вы сильно ошибаетесь, какой вес, какое влияние, я всю жизнь судорожно сопротивляюсь всей этой суете, — попытался отбиться Кафкан, — и это все не так, как вы сказали.

— Тогда просто выслушайте меня, это интересно, поверьте, — махнув на все рукой, сказал Олег и придвинулся к Грише.

За соседним столиком две дамы средних лет обсуждали на иврите личную жизнь одной из них. Та, чью жизнь обсуждали, была хорошо сложена, с удлиненным лицом, на котором выступали сухожилия и желваки, казавшиеся лишними. Она выглядела бы совсем неплохо, если бы не это.

— Понимаешь, — говорила та, что с сухожилиями, — я просто не верю, что это произошло с нами за эти часы прошлой ночью.

Сначала мы долго пристраивали детей по друзьям, дочка удачно пошла к подруге на вечеринку с пижамами, а мальчик пошел к другу с ночевкой. У них там трамполина, и он любит попрыгать на ней всласть. Ребенок, что ты хочешь. А мы пошли, ты же знаешь, что я обожаю эту еду, в японский ресторан поесть суши, я обожаю суши, васаби и все такое. Наелись, выпили, вернулись, еще выпили, приняли душ вместе, он такой красавец у меня, все при нем, все как я люблю, так романтично…

— Погоди, а ты в Б-га веришь? — спросила вторая дама.

Первая осеклась на полуслове, раздраженно взглянула на подругу:

— А это при чем? Конечно, верю, я про другое. Только мы легли, зазвонил телефон. Это была мать мальчика с трамполиной: «Поговори с сыном». Ребенок плачет: «Забери меня, мама, домой, сейчас. И не жди, мне плохо, сейчас приезжай». Уговоры не помогли, и я сказала мужу: «Все, приехали, дорогой, надо ехать за сыном и забирать его, одевайся». Дождь как из ведра, час ночи. Поехали в полутьме. Забрали мальчика. Попрощались, поехали обратно. «У меня живот болит», — говорит, хнычет. Я чувствую, что сейчас прыгну на дорогу и лягу посередине в грязь. Его вырвало в машине. Доехали. Муж забрал его на руках в дом. Я прибралась в машине. Ребенка помыли, уложили спать. Его опять вырвало. Опять помыли, дали чаю, заснул. Выпили вина с мужем. «Ну, стоит пойти спать, какая любовь, милый», — говорю. «Это просто не наш день». — «Да уж». Два часа ночи. Он раздевается и выясняет, что пропал бумажник со всеми документами, кредитками и деньгами.

— Ты шутишь? — сказала подруга, спрашивавшая о вере.

— Нет, это правда. Все перерыли, обшарили машину, нигде нет. Съездили к людям с трамполиной. Под дождем обыскали стоянку, прихожую, нету бумажника. Съездили в японский ресторан. Там тоже не нашли. Вернулись расстроенные, все деньги, все документы, все исчезло. Что делать?! В общем, заснули с большим трудом. Утром муж опять все обыскал, просмотрел парковку, нету. Тю-тю, денежки. Надо отменять кредитки хотя бы, звонить в посольство. В Израиле ночь, банки закрыты. В посольстве нам сказали: «Не волнуйтесь, поговорим утром». Муж опять поехал в ресторан, еще не открыт. Просто отчаяние. Дождался открытия. Хозяин говорит: «Нет, никто ничего не находил». Муж еще раз все осмотрел, нету. Хоть плачь. Собрался уходить, и официантка вдруг говорит: «А вот под столиком что-то лежит, это не ваше?». Оказалось, он, бумажник. Все цело. Под ковриком лежал. Видно, выпал из кармана, и его муж запихнул ногой случайно. Не знаю, что и как, и знать не хочу. Муж дал официантке чаевые за красоту и трудовую доблесть, дал сотню хозяину и помчался обратно. Что скажешь, подруга? Ха-ха!

— Пошла и дала деньги на синагогу немедленно, за спасение, — вторая дама была решительна и убеждена в правоте.

— Думали об этом, да синагоги здесь нет, где ее здесь взять в джунглях, а?

— Синагоги есть везде, дорогая, пора уже это знать, — сказала ей просвещенная и богобоязненная подруга.

— О чем дамочка вещала, скажите, Григорий Соломонович? — поинтересовался Олег. У него был вид человека, который все понял, он был участлив, он просто поддерживал беседу.

— Рассказ о жизни, суровая правда, — нехотя сказал Кафкан.

— А вы, наверное, не так уж идеально уживались с этими людьми, сложно было приладить себя к ним, молодец! — диагноз Олега был суров и правдив.

— Не вступайте в чужие владения, вас же этому учили, Олег Анатольевич, — сразу отреагировал Кафкан. Он умел закрыться, нырнуть под удар и сразу выпрямившись, ответить. «Ударь поверх рук, делов-то», — говорил ему незабвенный наставник Илья Мотелевич Л-г.

— Нынешний ноябрь не так уж и дождлив, вот в прошлом году все было затоплено, не поверите, буквально все. Идея у нас такая, Григорий Соломонович. Вы распространяете это отчаянное послание господина Жаботинского среди иудеев у вас и у нас. Затем идет цепная реакция на слова его. Народ должен сдвинуться, обязан. Сейчас, слава Б-гу, не тридцать восьмой год, на все можно влиять, можно ездить туда-сюда, ну, вы меня поняли?! Просто нельзя и не надо, чтобы все это исходило от нас, — Олег все рассказал доходчиво, дураку даже было бы понятно. Даже Кафкану.

— От нас? — переспросил Гриша.

— Ну, от не иудеев, все так просто. Мы союзники с вами.

— Я пенсионер уже много лет. В эти игры ни с кем никогда не играл и не играю, вы же знаете, Олег Анатольевич, — голос Кафкана был тверд.

Неожиданно с улицы появился Коля. Он был только что пугающе подстрижен почти наголо, в сиреневой майке из позабытого Гришей дворового прошлого, деловит, заторможен и плотен, как может быть плотен молодой человек со взглядом исподлобья, взглядом, похожим на то, как смотрит злодей. В руках он держал остроухого котенка. «Ба! Не ждали. Жив курилка. А где Толя, Коля?» — издали спросил его Олег несколько иронично. «Это что ли, Толя?» — он показал рукой на котенка. И тут же, не дожидаясь ответа, повернулся обратно к Кафкану.

— Любят пацаны животных. Надо Колю пристроить к слонам, пусть ухаживает, супермен. Да, Коля?! Сейчас освобожу вас, Григорий Соломонович, от своего общества, возвращу вас к Сай, наслаждайтесь. Подумайте над моим предложением, оно может стать взаимовыгодным и пойти на пользу всем, — он приложил ладонь к виску, отдавая честь Кафкану. Ничего конкретно он не сказал, это настораживало.

— Мы же прагматичные люди. Взаимовыгодное предложение. Не вы первый, не вы последний. Многие ваши одобряют и даже приветствуют наши действия. Мы освобождаемся от них, а вы приобретаете и людей, умных, деловых, энергичных, и финансовые средства. Необозримые перспективы. А?!

Сай сидела возле мужчин с потухшим видом, созерцая узор на салфетке своими темными глазами, демонстрируя веселый, дерзкий азиатский профиль, с откровенными полными губами и прекрасными беличьими зубами. Не скучала, но и не радовалась. Коля за соседним столиком поил котенка из широкой пригоршни водой, не забывая озирать пространство зала.

В этот день Олег был явно на коне, он много говорил. В прошлом он признавался редким знакомым: «Обычно я молчалив». Выглядело все так, что с ним что-то произошло. Он поглядел на Сай, на ее всепобеждающий профиль, и сказал Кафкану: «Вот женщина, у нее единственная проблема — отсутствие детей, это терзает ее, ну, и любовь, конечно». Гриша не отвечал ему, у него не было мнения на этот счет.

— Мы вместе спасаем Россию и не только ее. Не спешите отказываться, у вас есть время до завтра, Григорий Соломонович, но послезавтра может быть поздно. Это не угроза. Я вам не угрожаю, как могу. Вы пенсионер, и я тоже, как бы, пенсионер. Вы можете поучаствовать в важном и благородном деле, можете помочь и нам, и вам, а можете пройти стороной. Как пожелаете, как вам подскажет ваша совесть. Это все. Сай, запомните, любит алый цвет, помаду

«Паломы», 16 номер, я ей всегда покупал и привозил из командировок. Она обожает эту помаду, хотя красится редко из соображений тайской неподавленной скромности. У нее вообще не тайское, не хрупкое сложение, это вы еще сами выясните.

Хочу одарить вас цитатой, дорогой. Я люблю цитаты, как вы уже могли заметить, Григорий Соломонович. Посылаю вам ее, цитату, по электронной почте, чтобы не прослыть пустым мечтателем. Вот, это только первая строфа, но и ее достаточно. Он кликнул в своем телефоне. «Прощаюсь», — и он ушел, сделав осторожный неопределенный жест правой рукой, не оглядываясь, не посмотрев на Сай и вообще ни на кого. Независимый человек средних лет, живущий сам по себе. Выпускник с красным дипломом арабского отделения престижной ВДА. Коля, напрягши спину и двинув плечами, поднялся и двинулся следом на расстоянии метров трех от него. Сай на него не смотрела никак. Что за ВДА такое? А? Сколько вопросов без ответа.

Гриша увидел в окно, как Олег, не склоняясь под дождем к своей машине, не разбирая пути по вязкому размытому грунту, и, открыв дверь слева от водителя, залез в салон, отерев лицо ладонями от воды. Здесь, в Сиаме, левостороннее движение, руль в машинах, соответственно, справа, и так далее. Коля, бережно выпустивший котенка у входа на землю, оглянулся, огляделся и сел позади него. Машина резко вывернула на дорогу, объехав курятник со съежившимися птицами и лежавшими вдоль ограды мокрыми собаками, пересекла шоссе и сразу помчала, набирая скорость и разбрызгивая лужи в сторону популярного среди жителей острова и приезжих квартала Сритано. Там был турецкий ресторан и кофейня под названием «Джаффа», которую держал настоящий человек из Яффо с улицы Ефет, нашедший свое место в жизни именно здесь, в Сиаме.

Кафкан прочитал в мобильнике новое послание от этого замысловатого и путаного русского человека.

«Мы тут живём умно и некрасиво. Справляя жизнь, рождаясь от людей, Мы забываем о деревьях. Они поистине металла тяжелей. В зелёном блеске сомкнутых кудрей». Удивил Кафкана Олег Анатольевич опять. Умел удивлять, что говорить, краевед. Многие люди из конторы являются и краеведами, и выдающимися борцами за здоровый образ жизни и за спасение планеты земля от устрашающих угроз потепления, религиозных конфликтов и пугающих эпидемий. К сашими Олега Анатольевича никто не притронулся не из соображений строжайшего соблюдения веганства, а просто было не до свежей рыбы сейчас за этим столом, не получалось как-то.

Заодно Кафкан заметил, что девушка из Златоуста внимательно наблюдает за Сай со своего места сбоку от них, с искрой женской зависти и удивления, откуда, мол, такая здесь. Одновременно она не переставала гладить руками и глазами свою очередную мужскую жертву. Она сама была на заглядсньe свежа и хороша, эта принцесса Урала, но нет границ у женской зависти и никогда и не было. И потом, есть королевы, а есть фрейлины при дворе. Девушка с Урала была из фрейлин. Совсем немало, но есть вершины в этом раскладе недосягаемые, или почти недосягаемые. Все про себя все знают в глубине души, но не все ее любят эту правду, это известно.

Осадок у Кафкана после прочтения письма Олега остался. Он опять вспомнил слова иерусалимского наставника о том, что только спасение чужой души может оправдать твои сомнительные поступки, только доброе сердце и чистые намерения, только они. «Никогда не приближайся к ним ни под каким предлогом, просто нельзя, можно обжечься, упасть и скончаться», — говорил ему старый сталинский зэк Павел Юрьевич Г-н в своей крошечной квартире на первом этаже в квартале Талпиот в Иерусалиме. Он ходил по столице со светлым счастливым лицом, в черном берете, высокий человек в легкой одежде. Он хорошо относился к молодому Кафкану безо всяких на то, по мнению Гриши, оснований. Но людей этот Г-н, совсем не старый и не жеваный жизнью, а, наоборот, стройный, строгий и поджарый красавец, считывал, как говорят сейчас, на раз. И он был очень и очень умен и прозорлив. Так вот, он и сказал Грише, как бы между прочим, эти слова: «Никогда никаких дел и разговоров с ними, никогда». Для чего нам нужны советы и заветы, как в случае с Гришей. Вот вам и ответ, есть нюансы и обстоятельства, они иногда, да и всегда, сильнее нас.

У Соломона Кафкана был в Ленинграде родственник со стороны отца. Соломон называл его «*корев*», что значит «близкий». Это был религиозный грузный человек, тихий, самостоятельный. Он никуда не лез в так называемые важные люди. Себя он держал строго, ни загулов по праздникам, ни пьянки, ни гулянки, ни заседаний в честь годовщины революции. Советский доктор физико-математических наук с бумагой от Воложинской иешивы, подтверждающей его звание раввина. Важный документ, многообещающий в Советской России диплом для карьеры и жизни, и процветания души обладателя его, если кто не знает.

Потом он сумел приехать уже старым человеком с семьей в Иерусалим жить, этот старый Кафкан, по второму имени «*а корев*». Они ходили учить то, что должны учить, в близлежащую от дома Соломона синагогу, семнадцать ступенек вниз по холму. Гриша смотрел на двух счастливых собранных стариков, склонившихся над столом друг против друга в поисках ответов, и думал, как они выжили, как сохранились. Это был вопрос вопросов. Это было невозможно в принципе. Они не участвовали в общественной жизни, не выходили на субботники и не ходили на демонстрации 1 мая. Членами партии они не были никогда, эти люди. Повезло? Кто-то их охранял. Других не охранял, а этих вот не позабыл.

А *корев* Соломона, назовем его «Кафкан старый и младший», работал в охране «Мемориала», подрабатывал к пенсии от Национального страхования, с семи часов утра ежедневно и до трех часов дня. Сидел при входе, привставал со стула, здороваясь, всем улыбался, был любезен и приветлив со всеми. Часов в двенадцать он съедал привычный бутерброд с местным сыром, принесенный из дома в пакете. В три часа он заканчивал смену и шел медленным старческим шагом (ему было лет восемьдесят) на автобусную остановку на самом верху холма. Метров пятьсот в гору под столичным солнцем. Между прочим, он был профессор, прошел войну с немцем во фронтовой разведке. Никогда ни на что не жаловался. Советская власть прошла рядом, не задев за живое. Он отдал ей долги, предположим, что сполна. Майя, работавшая тогда в «Мемориале», разговаривала с ним о жизни: «ясный ум», — говорила о нем. Он был доволен всем. Соломон говорил о нем уважительно: «может учить и знает», — слова, которые стоили много в его устах. Что знает и что может учить, было понятно что.

Скажете, что так не бывает. Слишком много получается хороших, достойных людей у вас в Иерусалиме. Слишком. Прежде всего, бывает. Тот, кто это написал, Григорий Соломонович Кафкан его звать, все видел воочию, невооруженным глазом, так сказать. Стоит поверить ему, он специально вас обманывать не будет, потому что зачем, какой смысл? Он этих всех людей знал лично. И потом, Иерусалим тоже очень много значит. Свои комплексы, свои иллюзии. Не зря Грише с малых лет батька Соломон говорил, вбивал ему в мозг: «У каждого иудея в душе храм, запомни, Гриша, храм у каждого в душе». Он говорил «еврея», а не «иудея». Сойти можно было с ума от его упрямства. Сойти с ума и все запомнить, без очередности.

Гриша, более или менее, запомнил это наизусть. Главное же было в том, что Соломон не ошибался в своих утверждениях.

Двух плохих людей, с некоторыми оговорками, Гриша все-таки в столице встретил. Возможно, даже трех. Других таких он больше не видал там.

Гриша намеревался сразу ответить Олегу. Он собрался, подтянулся, решение созрело, ответ у него был готов и был краток. Он ужасно себя чувствовал. Полчаса назад все было прекрасно. У него были мышечные судороги спины и груди. Подскочила температура. Такое с ним бывало и не раз прежде. Это был рецидив рожистого воспаления ноги. Он мучился этим несколько лет с периодичностью раз в два-три года. Сай сказала: «Давайте я вам помогу, я медсестра, вы помните!». Гриша простился с нею: «Ничего страшного, просто я разбит, мне надо лечь, я уже не так молод, теперь несколько дней отлежаться — и буду как новый».

Сай поднялась, она была очень огорчена всем происшедшим. «Я пришлю вам свой адрес на *вотсапп*. Приезжайте в любое время, когда вам будет удобно. Вы желанный у меня гость, всегда, запомните», — она сжала рукой дрожащее от воспаления плечо Кафкана и пошла к выходу с фарфорового оттенка лицом, по-прежнему, как королева Сиамская, отказавшаяся от престола.

Гриша позвонил сыну, который приехал очень быстро и вывел отца к машине. Гриша отметил про себя, что автоматически поднял ногу на выходе перед порожком входа. «Приноравливаюсь, хе-хе, к жизни в Сиаме, что Б-г может сделать», — подумал он, дрожа всем своим отощавшим за последние четыре недели его веганства телом, буквально, как осенний, слетающий на землю лист. У Майи дома оказался антибиотик, она не позабыла ничего и взяла с собой это мощное чудо-лекарство, которое посоветовала иметь дома опытная врачиха из Нетаньи, работавшая, по ее словам, в Кремлевке. «Что такое Кремлевка?» — «Это такое место, где работали врачи-вредители и космополиты, которых убили как агентов «Джойнта»», — объяснил Кафкан. «А-а, дело врачей», — протянула начитанная Майя. Да-да, вот-вот, очень знающая.

Гриша принял двойную дозу антибиотика, укрылся двумя легкими пикейными одеялками и забылся в темного цвета сне. По диагонали летали какие-то пронзительные молнии по необъятному небу, светила луна за серыми облаками, и безобразные грязные фигуры с неразличимыми лицами прыгали у горизонта возле одноэтажных деревянных рыбацких хижин, с сетями, развешанными у моря на корявых столбах. Гром звучал необычно сильно и резко, дождь не колотил по крыше, а взламывал ее. «У него градусов 40 температура», — услышал он сквозь сон слова Майи. «Завтра с утра поедем к врачу», — голос сына. И Кафкан заснул совершенно.

Перед самым пробуждением Кафкан вдруг увидел, как Майя, женщина очень взрослая, даже пожилая, со своим взглядом на воспитание детей и жизнь, играет в футбол во дворе между начальной школой с красной черепичной крышей и детским садом «У сладкой Кармель» со своим пятилетним внуком Нимой* Кафканом. Она бегает за пятнистым мячом между луж в туфлях на высоком каблуке, двигая локтями для поддержки равновесия, умудряясь не падать. Нима, крепенький, быстрый белобрысый пацаненок, играет лучше и умнее бабки Майи. Она, смешно удерживая равновесие, бьет с носка, иначе говоря, пыром, по мячу, туфля слетает в лужу, Нима с серьезным видом летит по черной воде к своей победе, а бабка просит его: «Принеси мне туфлю из воды, мой мальчик». Нима ничего не слышит. Ему нет дела до каких-то там туфель. Он, брызгая по сторонам, выводит мяч из лужи, забивает в гандбольные ворота гол и, воздев руки, кричит: «Это победа, да здравствует Лео!». Речь здесь идет о Лео Месси, очень способном аргентинском нападающем невысокого роста, очень популярном в то время.

После этого Нима лезет в лужу обратно и приносит Майе совершенно мокрый бурый туфель, требующий починки. «Этот гол не в счет», — озабоченно говорит ему бабка, осматривая урон. «Еще чего, это не просто гол, а самый настоящий *гуляссо*, ты не умеешь проигрывать». — «Это правда, мой сладкий, пойдем я куплю тебе футболку «Барсы»». — «Ну, ладно, только имей ввиду, мне нужен 10-й номер», — соглашается Нима, дав руку бабушке, и они идут через дорогу в лавку к Нисиму, где она покупает ему вожделенную футболку за многие шекеля. Да разве можно жалеть детям, ответьте.

К утру стало полегче, но нога была красной и распухшей. Гриша принял еще таблетку антибиотика, запил водой, сил не было совершенно. Дождь то лил не переставая, то прекращался — и выглядывало солнце над морем. Решили ехать в больницу. У крыльца была полуметровой глубины лужа, и к джипу сына Грише пришлось плыть его любимым неуклюжим брассом, которого он в глубине души

---

* Нима — Нимрод (уменьш.-ласк.).

стыдился. Но сейчас было не до стыда совсем. На дворе было 30 градусов тепла, пасмурно, свежо, все было впереди. Частная клиника была чистейшим заведением, даже если смотреть снаружи, глаза резало от сияющего пола, стен, дверных ручек. Статуя сидящего Будды у входа обещала покой и здоровье. Собака у соседних дверей поднялась, прогнулась, зевнула для зарядки и отошла в сторону. «Сними обувь, отец, зайди босым», — он давно так не просил Гришу. Кафкан торопливо исполнил просьбу и зашел за тугую дверь босым, высоко перешагнув порог. Пол был выложен неведомой лаковой плиткой желтого цвета с холодным узором посередине.

Врачиха была очень милой, ученой, обстоятельной. Она долго опрашивала Гришу, сын переводил. Осмотрела все части тела и после этого тихо сказала старшей и прислала медсестер для продолжения. Их было пять. Они были маленькие, худенькие и в масках. Сорок минут эти девочки пытались воткнуть иглу в вену Гриши для инфузии. Любую вену — не получалось у них найти и попасть в нее никак. Он их подбадривал, рекомендовал не волноваться и утверждал, что все в порядке. Обе руки ему истыкали девчата от локтя до кисти. Пыхтели и сопели от старания. Ничего. *Клум. Горништ. Найн*. Ноль. *Фарфалене майсе. Ноу*. И что делать теперь, а?

Еще несколько слов о нашем верном шофере Шломике З., который возил нас много лет на работу из Иерусалима в Тель-Авив и обратно. Об этой истории Гриша как-то написал в другой документальной книге. Возьмем отрывок из нее для нашего рассказа.

За несколько дней до начала Шестидневной войны (5-10 июня 1967 года, сокрушительные для противника военные действия Израиля против Египта, Сирии, Иордании и их союзников) сержант 202 батальона Зильберман получил от своего ротного двенадцатичасовой отпуск. Часть его находилась недалеко от Иерусалима, но заменить Зильбермана было некем (состояние боеготовности в армии номер один уже месяц), ротный велел ему вернуться через двенадцать часов. Никого домой не отпускали, потому что война, начала которой ожидали все в стране, должна была вот-вот начаться. Паники особой не было, так, наблюдалось известное напряжение и некоторая тревога(?!) у людей. Томительное предчувствие, что должно случиться что-то очень важное и значительное, какое бывает перед началом войны, жило и тогда у населения.

Несколько ребят из роты Зильбермана, жители Иерусалима, попросили отпускника зайти в их дома и сказать родственникам, что все в порядке. Дело это было святое, так как ни у кого телефонов в 1967 году не было, люди стояли в очередях на подключение к линии 6-7 лет.

Зильберман добрался на попутных машинах в город из-под Бейт-Шемеша довольно быстро. Иерусалим был тогда совсем небольшим, очень уютным — без тех районов, которые были созданы уже после шестьдесят седьмого. В Иерусалиме была улица Яффо, кнессет, вокзал, кинотеатры «Оргиль», «Эдисон», стадион ИМКА напротив гостиницы «Кинг Дэвид» — и, в принципе, все. Остальное все присоединилось к городу позже — Гило, Рамот, Гиват Царфатит, Рамот, Мизрах Талпиот, Рамат-Эшкол, Неве Яаков, Старый город, Храмовая гора, все это — позже.

Мысли о том, как во всем этом необъятном месте жить, ни у кого не возникало.

Зильберман жил тогда в районе Абу Тор. Первой семьей, в которую Зильберман зашел в столичном районе Кирьят-Моше у самого въезда в город, была семья его старшины, религиозного, уже немолодого человека. Был пятничный вечер. 2 июня. Зильбермана очень хорошо встретили, усадили за стол, но есть он не стал, времени у него не было. Когда хозяйка узнала, что у него есть еще несколько адресов в Иерусалиме, где он должен передать приветы от солдат, то она сказала, чтобы он подождал. Она зашла с ним к соседу, ортодоксальному еврею, который ел свой пятничный ужин в окружении семьи. Узнав, в чем дело, этот человек сказал Зильберману: «Дай мне три минуты», — встал из-за стола, пошел вымыл руки, взял ключи с буфета, и они вышли во двор. Человек этот, повторяю, ортодоксальный еврей, вероятно, состоятельный человек, потому что у него была машина. Человек завел машину, и они поехали по адресам солдат. Для спасения души, как известно, можно нарушить субботние запреты на труд. Человек этот решил, что привет с фронта равен спасению души. Уже совсем поздно ночью, когда он привез Зильбермана в его дом на другом конце города, они простились. Человек оставил двигатель автомобиля невыключенным — все добрые дела по спасению душ были выполнены и работать больше было нельзя (то есть выключать мотор нельзя) — и пошел домой пешком. В другую сторону двинулся, поблагодарив и простившись с этим человеком, и наш Шломик. Он закурил крепчайший «Ноблесс» — Шломик тогда курил — и пошел быстрым шагом домой через свой небольшой город — столицу еврейской страны.

Девчушки истыкали Грише всю руку от локтя до пальцев. Потом другую, правую, но нет, справиться с заданием врача не сумели. Гриша терпел, пытаясь их успокоить: «Это мое старческое удовольствие, девушки-красавицы». Они были в отчаянии. Руки Гриши распухли, кисти почернели, зрелище было не из приятных. Потом пришла шестая медсестра и, ласточка, сумела со второй попытки попасть в вену. Все девочки заулыбались после этого и, кажется, расслабились. Они были хорошие, но все-таки очень маленькие, старательные, но неуклюжие. Точнее неизвестно.

В Гришу накапали за двадцать минут раствор антибиотика. Ему полегчало. Сын и Майя сидели с ним рядом и разговаривали негромкими голосами. Потом сделали анализы. Это у них получилось вполне. Расстались друзьями со всей стайкой взволнованных девочек, со встревоженной врачихой и с ее хрупкими медсестрами с птичьими голосами, тонкими цепкими ручками и плоскими темными лицами.

Температура у Гриши не спадала, его трясло по-прежнему, врачиха прислала вечером тревожный и-мейл о результатах анализов, и сын помчал его в больницу: «Не волнуйся, папа, там большие профессионалы, лучшие». В больнице было безлюдно и светло. Темнолицый охранник ходил бесшумным шагом и сдувал пыль с пустых стульев. В приемной крупная дама попросила строгим голосом медицинскую страховку, без нее они работать не могли и не думали даже. Первый взнос требовался в размере 1500 долларов. Дальше, как получится, в разы больше, точнее, в три раза минимум, по словам дамы в приемной. Сын начал звонить в Израиль, через пару минут дозвонился, и после переговоров и его сдавленного шепота, от которого холодело все внутри: «У меня отцу сто лет в обед, температура сорок, ему нужна помощь, а ты говоришь, что нужно еще выяснение, ты кто, ты хочешь, чтобы я приехал к тебе и стал твоим дурным сном, да, ты этого хочешь?!» — он передал телефон даме из приемного покоя и та продиктовала адрес банка и другие данные. Все. Оплата была подтверждена, можно было лечить Гришу от болезни всеми силами. За пару дней до всех событий Гриша и Майя думали отменить страховку на медуслуги, стоило очень дорого и все равно уезжали скоро. Но, в конце концов, решили не отменять. Почему? Кто-то их остановил от этого поступка. Кто, очень хотелось бы знать, кто?!

Быстрым шагом, растерянно оглядываясь по сторонам, зашла в приемный покой Сай. Она была одета в синий костюм медсестры, но выглядела на профессора минимум. Опытный специалист по внутренним болезням, консультант и диагност с мировым именем, как минимум. Самостоятельно следом за нею пришел Олег в рубашке с пальмами и кокосами, он тоже рыскал глазами по стерильной комнате. В углу громко стонала юная женщина в мини-шортах, она сломала ногу, развлекаясь на мотоцикле с патлатым мускулистым другом. Но тот не справился с управлением на повороте, и они рухнули с обрыва к морю, оббивая тела о деревья. Водитель ушибся и все, а бедняжка сломала голень в двух местах и теперь очень страдала. Друг ее отсутствовал по неизвестной причине. За Олегом следовал Коля все в той же сиреневой майке, со своими рысьими глазами и кошачьими повадками, он явно пребывал в фаворитах у хозяина. Толя был снаружи без дела. Ему это не мешало.

Сай и Олег появились в больнице одновременно, не сговариваясь, потому что остров этот был невелик, новости распространялись мгновенно, скрыться было просто некуда ни от кого. Олег никуда и никогда не опаздывал. Он машинально поправлял большим пальцем погон на левом плече, пришитый к рубашке с изнанки. Звания его было не разобрать по этой причине. О роде войск Олега Анатольевича, в котором он служил, оставалось только догадываться, но вот этот вопрос о том, где он служил, точно не был проблематичным. Тоже мне секрет.

Сай приблизилась к кровати Гриши, не боясь выглядеть взволнованной и нелепой. Она спросила его, подходя: «Все в порядке, господин Кафкан? Все есть у вас?». Майя, сидевшая на стуле напротив, насторожилась, у нее был нюх на все эти дела своего кроткого супруга с медсестрами, массажистками, маникюршами и врачихами, с кем только нет, часто она была несправедлива по отношению к нему, но обычно нет.

Олег издали сказал Кафкану, качая головой в такт своим таинственным ритмам: «Что это вы, уважаемый, так невовремя, но я на страже всегда, вот он, тут я, всегда помогаю и сочувствую, чем вам помочь, я в вашем распоряжении, а это супруга? Здравствуйте, я Олег Анатольевич, земляк ваш из Ленинграда, как мы называем его, наш любимый город».

Пришел тонкорукий юноша с нежным лицом, с кирпичного цвета волосами, по имени Нене. Волосы волосами, походка походкой, но хватка и умение у него были отменные. Он мгновенно схватил руку Гриши, аккуратно вонзил иглу в вену на запястье — и побежала кровушка Кафкана весело и оптимистично. «Вы знаете,

Нене, что был такой выдающийся футболист по имени Нене, не родственники ли вы?» — спросил его Гриша. «Я не интересуюсь футболом, но, конечно, симпатизирую футболистам», — смущенно улыбнулся Нене, мгновенно став милым юношей с неопределившимися пристрастиями.

После этого Гриша все помнил урывками и как бы в тумане. Что-то ему вкололи усыпляющее, что ли, он почти заснул при ярком свете под взглядами всех этих людей, окружавших его.

Гриша смутно помнил, будто во сне, как Олег горячо и тихо говорил ему: «Все всем помогают, все всех спасают, тех и этих, голова кругом. А Россию нашу великую кто пожалеет, кто спасет, Григорий Соломонович, а?!». Он добавил: «Вы будете удивлены и даже потрясены, когда узнаете, сколько людей и каких людей в эмиграции борются за счастье и спасение России, какая у них сила». Голова у Кафкана шла кругом от этого человека. Олег сменил тон и стал агрессивен. «Горько пожалеете еще, Григорий Соломонович». Решение созрело, Гриша собрался с духом и сказал ему, если не твердо, то весьма уверенно: «Я не буду с вами участвовать в борьбе и спасении страны. Что вы от меня хотите? Я тихий человек, у меня другие заботы есть, надо и о них подумать, Олег Анатольевич, и не говорите мне ничего».

«Вот вы обижаетесь на меня, а ведь я с Колей и Толей видел вас в «Ган Сакер»* на поле в игре 9 на 9. Все было при вас, и пас вовремя, и техника, и ударчик, не посрамили ленинградской футбольной школы… И это не все. Мы с Колей и Толей провожали вас к дому рэб Арье за железными жалюзи в Нахлаот возле рынка, когда вы дождливой столичной ледяной ночью брели к нему получить *броху*… Я правильно произношу это чудное слово, а?»

Гриша увидел на боковой напротив рынка улице, примыкающей к центральной торговой магистрали городка Тонг Сала, что на далеком острове, сцену, от которой он не мог отделаться. Это видение преследовало его долгое время потом. По тротуару размеренным шагом двигались друг за другом обритые наголо мужчины разного возраста в оранжевых накидках. «Просто сборная Голландии», — подумал Гриша, вспомнив, что голландцы всегда играют в оранжевых футболках. Хорошие игроки в футбол живут в Голландии. Эти люди не были футболистами. Это были буддийские монахи. К одному из них подошел человек в обычной одежде и поднес ему с поклоном

* «Ган Сакер» — футбольный парк в Иерусалиме.

тарелку с рисом и еще чем-то, какие-то листья, овощи. Кажется, сбоку лежало и несколько ассигнаций, но Гриша не мог рассмотреть подробнее. Мужчина пал ниц после того, как монах, совсем юный парень с темным лицом и светло-серой головой, взял тарелку из рук преподнесшего и тот буквально распростерся перед ним. Остальные монахи продолжали свой путь. Другим монахам тоже подносили тарелки с едой местные мужчины с тем же пиететом и поклонением, что и первому из них. Выглядело для всех прохожих все это обыденно и привычно. «Таиланд может удивить и смутить любого».

— Что это? — как завороженный этим зрелищем, спросил Кафкан.

— Народ в Сиаме кормит тех, кто молится за него, ценит этих людей, — отозвался сын.

Ярко накрашенная коротко стриженая блондинка слезла с лихо припарковавшегося мотороллера и прошла по окаменевшему после дождя и высохшему мгновенно грунту, обогнув не шевельнувшуюся собаку, в большой магазин неподалеку. Тайские девушки-продавщицы из фруктового магазина на другой стороне дороги посмотрели на даму без одобрения и без зависти. Пожилая молодящаяся англичанка, немка, француженка, израильтянка или, возможно, даже датчанка, пенсионерка Министерства просвещения, их не удивляла. Они и не таких видали здесь. Дама была очень смело одета, как и большинство женщин здесь, держалась уверенно и независимо, шла по узкому тротуару, как по подиуму в итальянском Милане, являющемуся центром мировой женской и даже мужской моды. Ну, там, где молодые люди с трехдневной щетиной на худых латинских щеках, с таинственными манящими взглядами маслинных глаз, в элегантных приталенных костюмах с сиреневыми платками в кармашке пиджака и неприлично узких брюках нагло движутся к известной цели, а худые дщери с выпирающими ключицами, в развевающихся широких прозрачных платьях с цветами по подолу, наступая на подиум ногами в тяжелой обуви, идут в неизвестном направлении одна за другой, как потерявшие нужный азимут давно не стриженные овечки с очень красивыми волчьими челюстями.

Соломон, можно сказать и так, с присущим ему фанатизмом учил маленького Гришу уму-разуму. Молиться учил, внушал ему фундаменты жизни, упрямству учил, ивриту учил, наняв бывшего каторжника, только что освобожденного из лагеря где-то в северном Казахстане или из области поблизости. Это был одутловатый медлительный человек в лоснящемся синем костюме, очень испуганный какой-то и пугавший Гришу до заикания. Но иврит он знал хорошо. Мать его кормила настойчиво всем, что умела приготовить, а она умела. Ел учитель быстро и жадно, смотреть было неприятно, и Гриша не смотрел на это. Соломон называл пятилетних детей гулящих соседок на вы, чем приводил всех созерцателей в восторг. К Соломону вообще относились хорошо, насколько хорошо можно относиться к еврею верующему, непонятному и осторожному. Ему помнили, что он всю блокаду был в армии под Ленинградом, не делал никому ничего плохого, верил во Всевышнего. Выжившие после голода старухи его просто ценили. «Соломка Кафкан — правильный человек», — такую фразу Гриша слышал сам из уст старухи на лавочке у их парадной.

Дочь соседки Фира выпросила у мамы Гришу, которому было пять лет, чтобы сходить с ним в кино на кинофильм «Парень из нашего города». Они проехали одну остановку на троллейбусе и дошли в темноте по снежку до Дворца культуры Горького. Там был кинотеатр со входом сбоку. На тумбе была афиша с широким лицом артиста Крючкова и лицом красивой актрисы Смирновой. Они понравились Грише. Фира купила билеты, и они стали в очередь, чтобы пройти к билетерам и дальше в зал. Две тетки-билетерши, замотанные по диагонали в шерстяные платки от холода и радикулита, их в зал не пустили. «Детям нельзя», — сказала одна их них сурово и быстро. «Как? Почему?!» — Фира не могла поверить. «Нельзя, вечер уже, там целуются, и вообще, нечего там делать… хм-хм... дите берегите, психика уязвима у них, отойдите, мешаете людям проходить». Ничего не помогало.

Комсомолка Фира, кудрявая девушка с характерной внешностью лет девятнадцати-двадцати, пыталась билетерш переубедить, но безжалостные тетки были непреклонны. Гриша, поняв, что в кино не попадет и скоро вернется домой, горько и безутешно заплакал. Успокоить его было невозможно. «Тише, Гришенька, тише», — просила его Фира. На эту странную пару, мальчика и Фиру, возмущенную красавицу, комсомолку и студентку, оглядывались с любопытством. «Надо же, эти тоже в кино ходят, ты посмотри», — говорили их взгляды. Никто ничего не произносил, все было понятно без слов. 1952 год на дворе. Зима. Новый год через неделю, елки украшены. Космополиты кругом, с ними борются, их уничтожают, намереваются выселить и отправить в Сибирь. Усатый бес дядя Джо, как его называл британский начальник Черчилль, когда они еще тесно общались и с удовольствием выпивали армянский коньяк, задумал в Москве большие дела, покуривая свою трубку за письменным столом, думая и надеясь, что у него еще есть время для этих неотложных дел.

Они вернулись домой от Нарвских ворот пешком, благо, что одна остановка. Шел снег, было не так холодно, и Гриша успокоился. Набрал в ладонь снежка и протер лицо. Фира, кажется, тоже пришла в себя, простилась с мамой Гриши и с Гришей — и быстро ушла домой или еще куда. Все это проехали быстро. И хотя было очень грустно, как-то прошло. Только вот не забылось. Мама Соня ничего не спрашивала его, что было и как. У нее была развита интуиция, которой было очень много, больше, чем других важных чувств.

Фильм «Парень из нашего города» Гриша посмотрел уже взрослым юношей. Он не был в восторге от него, вкусы его изменились с тех давних пор, но ему понравилось содержание черно-белой ленты, лица героев, песня «Жди меня», которую написали Блантер и Симонов, да и весь этот флер наивной и суровой советской заповедной империи, находящейся в постоянном ожидании праздника. Но все равно больше всего ему нравился тогда в те годы итальянский кинофильм «Блоу ап». И сейчас он тоже ему нравился, не устарел и сегодня, через 65 лет почти. Гриша не сравнивал никогда ничего ни с чем. «Что есть, то и есть, и этого не изменить», — говорила его пугливая мать, властный добрый недалекий мыслитель, рожденная в городке Шацк, что в Волынской области. Гриша начал почему-то часто и много ее цитировать после ее ухода. Такой парадокс, так получилось с нею. Она предупреждала об этом его — и так и случилось, единожды она попала в цель со всеми своими предсказаниями. Хоть раз, да попала. Гриша ее обожал, какая она была, такой и осталась. «Мы в техникуме в баскетбол играли», — вздыхала мать и поводила почти молодыми плечами.

С матерями вообще было сложно. Головы их затуманены от любви к своим детям и от государственных интересов. В доме у своего приятеля, где они изредка собирались для своих посиделок, мама его, одинокая милая библиотекарша, зябко кутавшаяся в шаль, жившая для сына и книжек, один раз в Автово сказала за столом с вареной картошкой и порезанной селедкой: «Ну, как же вы не понимаете, мальчики. Их необходимо было убрать с улиц нашего прекрасного города, нельзя безобразить лицо великой страны — победительницы фашизма». Она была умная и честная женщина.

Речь неожиданно зашла о том, как в один прекрасный день с улиц и дворов Ленинграда после войны убрали и вывезли неизвестно куда всех безногих и безруких инвалидов Советской армии по приказу сверху. Ба-бах, и в одночасье, почти мгновенно, исчезли все эти лихие несчастные мужики, с закушенными папиросами во рту, в распахнутых бушлатах, ватниках и тельняшках под ними, которые ездили без шапок на подставках с подшипниками по мостовым с шумом и треском, отталкиваясь от дорог деревянными колодками, закрепленными ремнями на руках. Их было очень много в Ленинграде, и они были убраны в одну ночь с улиц, из электрических будок и подвалов города-героя. По слухам, их отвезли на какой-то остров в Баренцевом море и оставили там жить. Жить?

— Как же так, мама? — поинтересовался сын хозяйки, не поднимая своих пронзительно-синих глаз от дымящейся тарелки, работавший кочегаром в котельной, сутки с двумя днями отдыха. Мать поднимала его одна с большими трудностями, отказывая себе во всем. Сын получил два диплома о высшем образовании, выучил три языка и, в результате, работал в котельной. Он писал прозу, которая была никому не нужна, разве что десятку-другому людей, подобных ему юношей и девушек, кочегаров, охранников, грузчиков. Но он был хорош собой, любопытен, наблюдателен, умен и нервозен, иногда опасен. Много пил, как и полагается людям этой профессии.

Мать его, добрейшая женщина, жившая за ширмой с китайскими бурыми от возраста драконами по шелковой поверхности, отвечала ему: «Это понятно и объяснимо. Власть старается украсить город, стереть следы войны, это необходимо, вот этих людей и выселили отсюда». Молчавший Кафкан поперхнулся и покраснел. Сын ее невозмутимо отвечал матери: «Кто сказал украсить город и выселить живых людей, а?! Ты не права, мама». Разговора не получилось, но он запомнился Грише. Мать его друга на прощание сказала им примиряющим тоном: «У них не было другого выхода, мальчики». Спускаясь по лестнице, друг Кафкана ворчливым голосом сказал: «У них, это у него, что ли, у кремлевского кормчего? Непонятно». И правда, непонятно. Было много непонятного в жизни, со всем и не разобраться. Призовем к снисходительности, наступив на принципы, потому что мама.

— А я и не говорю вам ничего, Григорий Соломонович. Ничего. Я желаю вам здоровья и благополучия. Вы мне симпатичны, несмотря на странный и немотивированный отказ нас поддержать. Не укоряю, хотя мог бы. Вы могли заметить, что я люблю поэзию, особенно ленинградскую, — Олег был предельно внимателен и оживлен.

— Да, я знаю эту вашу слабость, она является важной частью вашего обаяния, — Кафкан чувствовал себя плохо. Но свобода и легкость оттого, что он освободился от необратимых просьб Олега, от необходимости просто говорить на тему спасения, придавали его дыханию юношескую силу и свежесть. Сай подошла к нему близко, почти вплотную, и пощупала пульс на запястье. Рука у нее была прохладной. Гриша посмотрел на нее и спросил хрипло: «Ну что, Сай?». Майя наблюдала все происходящее во все глаза, но не вмешивалась, к счастью. Ее вмешательство могло быть суровым, безжалостным и даже необратимым. Уже случалось в прошлом с нею подобное, правда, тогда она была много моложе. Но руки и ноги, и даже локти, как говорится, помнят, нет?

Майя сжала кулачок и поднесла его ко рту, похлопав им по губам, что говорило о ее состоянии очень многое. Кафкан попытался ей издали улыбнуться, но у него не очень получилось, он опять горел. Быстрым шагом, отставя зад, пришел Нене и принес ему таблетку *Augmentin* и воды в стаканчике. «Должно помочь, теперь будет легче», — проговорила Сай. Она заглядывала в лицо Кафкана, это было неприятно ему.

Уже стало совсем темно и продолжало еще стремительно темнеть снаружи, видны были звезды на куске черного неба в раскрытых дверях приемного покоя. 32 градуса показывал внушительный градусник, висевший на косяке раздвижных дверей. Тепло, но ветер с моря освежает голову. И мерно, почти бесшумно гудящий мощный кондиционер делает пребывание здесь комфортным. Если бы не горящее от жара тело, то все было бы совершенно. Чтобы отвлечься почти от неловкости, Гриша посмотрел на Олега. Тот тоже приблизился к Кафкану почти вплотную, хорошо обученный Коля остался метрах в пяти от него. Он обозревал ситуацию панорамно. Руки его были похожи на смуглого цвета ядовитых, красивых, только что пообедавших змей из джунглей Ко Пангана.

Олег Анатольевич очень хотел выговориться, несмотря на ситуацию, больницу, наличие посторонних людей, болезнь Кафкана и мало подходящее для откровений место. Все его нутро, все его бурлящие страсти и любови, ненависти и интересы, все его многочисленные знания и пристрастия, требовали от него произнести вслух скопившиеся и бурно теснящие друг друга слова и избавить его от бешеного сердцебиения.

Близко склонившись к Кафкану, он сказал наставительным тоном:

— Мы-то проживем без вас, Григорий Соломонович, выживем, еще как выживем, пространство поможет нам, душа наша русская, бессмертная, безграничная поможет, а вот как вы справитесь без нас — это неизвестно, это еще бабушка надвое сказала. Я ведь всех ваших знал, в подробностях, так сказать. И Виктор Борисовича, и Виктор Гейдаровича, и Евгения Ароновича, и остальных друзей ваших… Достойные мужчины, недооцененные, я их охранял, можно сказать, от неприятностей, опекал как мог. Не удивляйтесь, Григорий Соломонович, не удивляйтесь. У всех есть свои достоинства в закоулках души. Я ведь и пиво пивал в ларьке на Рубинштейна кое с кем, и закусывал чем Б-г послал с хоперским казаком с сиреневыми глазами, талантливейшим Сашей С. на Чайковского, забивал косячок в парадной возле «Титана» с учителем литературы в вечерней школе Володей А., всех дружков ваших незабвенных, да… охранял… И даже Изика вами любимого, и Неню вашего, всех-всех…

Сил на такой разговор с ним у Кафкана просто не было. Тема его не интересовала. Человек Олег был сомнительного свойства, хотя и интересный, любопытный, ленинградский. Но силы, где взять силы и страсть на разговоры с ним?

— Мы оставим этот бессмысленный разговор, он уже завершен для нас обоих. Посчитаем его проверкой слуха. Еще будете жалеть об этом, господин Кафкан. Я же не ханыга какой-то, не просто так человек из подворотни на Лиговке, вы это знаете. Я владею информацией, кое-что знаю, имею влияние и вес, я надеюсь на торжество справедливости, так что мы равны, почти равны. Насколько могут быть равны давний эмигрант и немолодой русский бизнесмен из Ленинграда, — что-то Олег все время хотел сказать Кафкану важное, но получалось у него это кое-как. Проблема определений. Назовем это так.

Часто появлявшиеся в последнее время воспоминания Гриши о прошлом здесь и там ни о чем специальном не говорят. Просто возраст берет свое.

Гриша решил, что пора прощаться с Олегом, он утомлял чрезвычайно. Но как это сделать, Кафкан придумать не мог, голова его болела, и вообще, он не умел настроиться на нужную волну, на расставание, иначе говоря. Он подозревал на основе своего жизненного опыта, что Олег придумал всю ситуацию с обоюдным спасением от скуки, от ничегонеделания, это могло быть правдой. Сатанинским злодеем Олег Грише не казался, носителем последней правды тоже. Сейчас все домыслы его не имели значения, он будет со всем этим разбираться потом.

Пришел врач тайского происхождения по имени Дэвид, так было написано на бирке у воротника зеленого халата, внимательно осмотрел Кафкана, сказал несколько слов Сай, подумал и вынес вердикт сыну и Майе: «Ничего страшного, пусть побудет здесь час-два, и если все стабилизируется, мы его выпишем, завтра пусть приходит на проверку, ваша страховка все покрывает».

Он выслушал пожелания ото всех присутствующих с ангельским терпением, посмотрел на Сай, кивнувшую ему, что да, пощупал еще раз пульс и ушел, оставив после себя запах хорошего мыла и впечатление уверенности в завтрашнем дне…

— Я вижу, что вы не боитесь меня и моих идей, мне это очень нравится, я не люблю пугливых, никто не любит пугливых. Мальчик ваш мне тоже симпатичен, личность, характер, однако, даже Коля его отметил, — Олег Анатольевич сделал комплимент, от которого можно было поежиться и покрыться гусиной кожей. Но Кафкан, вероятно, из-за высокой температуры, которую никак не удавалось сбить, не ежился и дрожал из-за своей напасти, а не из-за чего-то другого, не из-за общения с человеком из конторы, как можно было подумать.

Кафкан с некоторой надеждой поглядел на сынка, который неподвижно сидел у стены и смотрел на них издали пристально и даже пронзительно. Плечи у него были разной высоты, он был очень-очень худ, но что-то в этом мужчине было самостоятельное, резкое, независимое. Можно было понять Колю, который редко о ком говорил с уважением, а о сынке Гриши вот высказался с почтением. Сынок всегда отвечал интересующимся о его решении проголосовать на выборах: «Я голосую так, как мне скажет отец». И все ахали с деланными улыбками, потому что Гриша был крайних политических взглядов, ни от кого ничего не скрывал, не считал нужным. «Еще чего, скрывать свои взгляды, сами скрывайте свои взгляды».

На улице зарядил мощный ливень, это было слышно даже в приемном покое при закрытых двойных дверях. «Давно дождя не было, погода движется пунктиром», — пожаловалась Майя со скептической улыбкой. Гриша улыбнулся, точнее, изобразил на воспаленном лице подобие улыбки. А Олег Анатольевич все гнул свое. У него явно болела тема спасения всех ото всех, она терзала его, эта тема, не давала спокойно жить.

— На самом деле, ваши братья и сестры должны немедленно бежать со всей Европы, у них просто нет времени на раздумья, нет другого выхода, все горит. Я и мои коллеги озабочены только будущим стран Восточной Европы и Россией, так что вы должны понять меня и мою идею. И, конечно, помочь нам всем своим бегством. К сожалению, вы вышли из нашего проекта, о чем я с друзьями очень сожалею, очень. Ваш решительный врач, которого звать Дэвид, занят этим замечательным спортом под названием *кикбокс*, а с виду и не скажешь. Они, тайцы, внешне субтильные люди, умеют удивлять. Но бойцы. Толя хотел выйти в ринг против местного чемпиона, который был более-менее в его весе, но я не разрешил. «Кому ты и что хочешь доказать, парень?» — сказал я ему. Перед кем ты желаешь красоваться, а? У него была тут девчонка, очень милая, не больше того, где познакомились, я не знал. Тут он и сдулся, успокоился, хотя было бы очень интересно на все это посмотреть, Коля был чемпионом Дальневосточного округа по боксу в полутяжелом весе. Но давно это было, давно.

Страсть Олега к монологам была, казалось, непреодолимой. Даже странно. Солидный человек, гордость конторы, по всей вероятности, сотрудник с серьезным статусом, с положением в иерархии, наверное, и вдруг такая слабость. Так не бывает. Но вот оказалось, что роли, исполняемые этим джентльменом, позволяют ему быть всяким: и таким, и сяким — он мог себе позволить.

Сын сходил на улицу под дождь к машине или в продуктовую лавку напротив и принес большой пакет с фруктами и овощами. Виден был в пакете фиолетовый фрукт дракона, называемый еще *питайя*, в крупной чешуе, любимый Гришей. Он сделал ему жест рукой, что «потом отдашь, мальчик, не сейчас, видишь, разговариваю».

— В Питере была так называемая филологическая школа. Сейчас они все уже ушли, но слово свое сказали весомо. Да вы знаете о них, Григорий Соломонович, конечно. Ваше время, ваши люди.

Он был очень азартен, этот человек, даже трудно поверить, что из конторы и в звании.

— Знаю, читал, видел однажды их у кинотеатра «Баррикада» на Невском, но знаком не был, все-таки другое поколение, разные компании, — Кафкан как бы оправдывался, не удивляясь ничему, высказанному этим человеком. Он был готов к самым неожиданным словам его. Они последовали немедленно.

— Так вот, один из них, из этих людей филологической школы, написал следующее: «Пройдусь по Невскому, чтоб крепче всех эссенций слова слились в последнюю строку, что с клёкотом уже летит из сердца — моё прощальное: — Кукареку!». Как нельзя кстати, правда ведь?! Про вас, нет? Про меня-то точно.

Кафкан кивнул Олегу Анатольевичу, что да, все правильно написано и сказано. И кстати. Прощальное.

— Не обижайтесь, Григорий Соломонович, — глухо попросил Олег. Гриша не ответил ему. Его право просить, а мое право отвечать или не отвечать, нет?

— А ведь я был знаком и с блистательным красавцем Толей Н., с которым у вас были, кажется, очень хорошие и близкие отношения, хотя вы так редко виделись, он был запутавшийся человек, очень ценил вас, кстати, умнейший, что, по-моему, ему даже мешало в творчестве, но я не сужу никого, он вас любил, был честный человек, — Олег знал и помнил очень много, даже для профессионала это был некоторый переизбыток. Но это была его личная проблема.

Дождь неожиданно перестал, так же неожиданно, как и начался. Коля, забыв об обязанностях охранника, вывернув шею в кольчуге железных мышц, смотрел в сторону входных дверей, которые раскрылись навстречу разрозненно входящим в больницу людям. Кто такие эти четверо, издалека было не разобрать. Сай стояла сбоку, внимательно наблюдая за Гришей и Олегом, потом повернулась и ушла, помахав Кафкану гибкой рукой, доктор Дэвид нуждался в ее услугах. Все нуждались в услугах Сай.

— Я знаю, что вы устали от меня и моих речей, не хочу вас перегружать, уважаемый Григорий Соломонович. Но вам скоро уезжать домой, в вашу обожаемую землю родины, и продолжать там жить в тишине и покое. Я знаю, что вы улетаете днями, рад, что встретился с вами. Послезавтра, да?! Отлично, сколько можно ездить, правда! Сколько можно уподобляться пилигримам? Я тоже так считаю, чего гонять-то?! Не думайте обо мне плохо, хорошо тоже не думайте. Я такой как есть, ленинградский человек средних лет, действующий отставник, ха-ха, хотел поговорить с вами, несмотря на ваше предвзятое мнение о таких людях, как я. Не поминайте лихом Алика Ковтуна.

— Хорошо, — сказал Кафкан, — не буду поминать вас лихом.

Они простились, пожав руки. Больше Кафкан Олега Ковтуна никогда не видел и не слышал. Через два дня, как и говорил Олег, Гриша улетел домой, перебравшись на большой остров на пароходе-пароме, затем перелетел в Сиамскую столицу на самолете, и уже оттуда через 10 часов 35 минут приземлился в Лоде. Уже в Израиле, где Гриша почти сразу выздоровел, успокоился и набрался уверенности и сил — «дома и стены помогают, нет» — он видел во сне своего земляка, блестящего выпускника с красным дипломом знаменитой ВДА, вспоминал о нем с восхищением и улыбкой. Майя удивлялась его нервному пробуждению и осторожным шагом приносила ему из кухни холодного крепкого чая без сахара, но с мятой, как он любил.

P.S. ВДА — московская военно-дипломатическая академия, для тех, кто забыл или не знает. Но вы, конечно, ничего не забываете и наверняка все знаете сами.

2022 год

ПРОЕКТ «ПАЛЕСТИНА»

Повесть

Две девушки, скорее, конечно, молодые дамы, сидели на солнечной веранде гостиницы в немецком городе Оснабрюк, что в Нижней Саксонии, и завтракали. Гостиница была небольшая, на двадцать пять номеров, уютная, чистая, похожая на заезжий двор старых времен. Ну, не таких и старых. Пол на веранде был из толстых скобленых досок, покрашенных уютной лаковой краской. Убранство веранды было современным, удобным. Официантка была хороша собой, улыбчива, быстра без суеты и очень любезна. Хороша-то она была хороша, но молодым дамам (обеим меньше двадцати пяти), которым она носила выпечку, овощи, соки и сыры, она и в подметки, как говорится, не годилась. Хотя на вкус и цвет товарищей, как известно, нет.

Хозяин гостиницы, стоявший возле стойки и наблюдавший за завтракавшими постояльцами, которые занимали три столика, смотрел на дам с нескрываемым восхищением. Он был в костюме-тройке, без галстука, с высоким стоячим воротником батистовой рубахи. Девять часов утра. Его жизнь и рабочий день начинались в 6:25. Хозяин, не ежась на утреннем холодке, наблюдал, как не заспанные рабочие в кухонных фартуках сгружали с двух грузовичков зелень, бидоны с молоком, ящики с сырами, связки колбас, сосисок, накрытых грубой чистой мешковиной, овощи, зелень, связки желтых от жира кур и цыплят, чернику и малину в плетенках, бараньи туши… Все это добро прибывало каждый день из окрестных крестьянских хозяйств. Ресторан в гостинице славился на всю округу своей кухней, ценами и знаменитым саксонским изыском. Рыбу из Гамбурга привозил чуть позже двоюродный брат хозяина Ганс.

Шеф-поваром ресторана служил нервный, шумный и толстый баварец, у которого все по струнке ходили и которого побаивался, по слухам, даже сам хозяин, человек со стальными нервами и выдающимся непреклонным характером.

Так вот, хозяин. Глядя на завтракавших дам сбоку, он восторженно и негромко повторял «*unglaubliche Schönheiten*», что значило «какие невероятные красавицы».

Его можно было понять. Девушки, завтракавшие на веранде, были действительно прелестны. Одна была с округлым лицом, зеленоглазая, веснушчатая, улыбающаяся, белокожая, волосы стянуты назад. Она была в свободном сарафане, уверенная в себе, с рыжей неровной челкой, неотразимая и, кажется, по-матерински очень спокойная. Женщина щедро намазывала маслом ломоть черного хлеба, солила, перчила и с наслаждением откусывала, признаваясь:

— Обожаю черный хлеб с маслом, всегда любила, меня даже мама предупреждала, что поправлюсь, но я всегда набрасываюсь, ни о чем таком не думая. Хлеб здесь чудесный, правда? — и смеялась, показывая белые зубы в алом рту.

— Да, хлеб потрясающий, слов нет, у нас такой трудно найти, — отозвалась сидевшая напротив нее подруга. Она была ничуть не хуже, но совсем иная, была задумчива, говорила немного, намазывала маслом ржаные хлебцы, нарезала сыры и накрывала свои бутербродики ломтями помидоров. Лицо у нее было чуть плоское, глаза светлые и длинные, голос низкий гипнотический, скулы овальные, рот мягкий и яркий, зубы острые, волосы светлые, пшеничного цвета, прическа небрежная, очень ее красившая.

— Меня сегодня вечером куратор музея пригласил на банкет, в честь открытия, пойдем со мной, Фрида, если ты не занята, хорошо? — спросила зеленоглазая у подруги.

— Пойду, думала позаниматься, но отложу все, не убежит от меня, — сказала светлоглазая, откидывая челку с глаз, — конечно, пойду, веселый вечер в очаровательном Оснабрюке.

В ее голосе звучали странные интонации, понять ее слова было сложно: или ирония, или взгляд свысока. Все было верно. Но явно она была рада встретиться с подругой и говорить с ней.

Они съели по замечательному пирожному с заварным нежнейшим кремом, Берта не верила в это ощущение свежего счастья. У нее появился суеверный восторг от всего этого утра и особенно от пирожного. «Как дикарка я, совершенная», — подумала Берта о себе.

— Мне отец часто говорил, что в Германию ездить нельзя, — сказала она без улыбки подруге.

— Почему же, дорогая, он так считал?!

— Потому что эта страна может понравиться, обязательно понравится, — призналась Берта, — потому и нельзя.

Фрида задержала ложку с куском пирожного у рта и кивнула, что поняла.

— Да-да, конечно. У меня такое же ощущение, великолепная страна. Держава красоты и спокойствия, отец твой был прав, — сказала Фрида. Рядом с тарелкой лежал местный журнал мод с гладкой и как бы масляной обложкой, которая просто лоснилась и нежилась на свету. На обложке изображена была смеющаяся девушка с шоколадкой в развернутой обертке. Счастье и удовольствие выражали ее лицо и чуть полное, созревающее на природе под сенью фотоаппаратов тело озорной сытой физкультурницы.

«Откуда такие берутся?» — подумал хозяин гостиницы о своих гостьях. Ответом ему послужила музыка Шуберта в зале, легкий перестук посуды и запах французского рыбного супа, который заказал какой-то оригинал с утра.

Хозяин гостиницы разложил на блюде местные сыры нескольких видов, две плошки с соусами к ним, хлебцы и блюдца, наполненные щедрой рукой черникой и малиной из леса метрах в двухстах от входа в гостиницу. Легким длинным шагом он отнес все дамам, присоединив к угощению любезнейшую улыбку, которая продемонстрировала гостьям его нескрываемый мужской восторг и небескорыстную любовь к женской красоте.

— В Оснабрюке счастливы вашим приездом сюда, отведайте еще сыров нашего края, дорогие гостьи, — сказал хозяин гостиницы дамам по-английски с тяжелым немецким акцентом.

Начался дождь, как бы в честь этих женщин, сильный июльский дождь земли Нижняя Саксония. Прозрачная пленка, натянутая на крыше веранды, отыграла музыкальное недолгое вступление, похожее на сонату Моцарта номер 16 до мажор, придав легкую необязательную торжественность этой сцене.

— Я потрясен вашей чарующей красотой, уважаемые дамы, — несколько неровным голосом произнес хозяин гостиницы.

Женщины реагировали на его слова с необъяснимым равнодушием, чтобы не сказать, с холодом.

Та, зеленоглазая, была послана иерусалимским «Мемориалом» с двумя картинами художника Феликса Нуссбаума, на выставку, которая открывалась в музее чудного города Оснабрюк. Сегодня 20 июля 1998 года. Открытие выставки знаменитого земляка в Оснабрюке 22 июля в среду.

Ее соседка приехала сюда дописывать свой докторат по генетическим разработкам. Обе они прибыли в Оснабрюк из Иерусалима вчера вечером 19 июля, так было записано на регистрации внизу фрау Ульрике, которая подтвердила и заселила женщин в забронированные заранее номера. Одну из дам записали Фридой Калев, а другую — Бертой Фридлянд. Та, что привезла картины из Иерусалима, была Бертой.

Хозяин гостиницы с удивленным, недоверчивым и восхищенным видом — «какие, однако, еврейки живут в Иерусалиме» — отошел от них. Этот серьезный, всегда собранный человек очень боялся показаться назойливым. Дамы отнеслись к его комплиментам почти равнодушно, может быть, плохо понимали английский, кто знает? Он же отнесся к их реакции на его изысканную лесть смиренно. И потом, такая красота, по его мнению, могла позволить себе любое равнодушие, так как она нуждалась в одиноком созерцании.

Над местом постоянного пребывания хозяина гостиницы рядом со стойкой бара на стене висела черно-белая фотография усатого красивого мужчины, отца. Пробор, бравое выражение лица — он напоминал фельдфебеля старой формации. Сын был на него очень похож, несмотря на расстояние во времени. Об отце хозяин гостиницы говорил, не акцентируя и не педалируя содержания произносимого ни в каком месте, исключительно информативно: «Мой отец был другом детства нашего земляка, выдающегося писателя Эриха Марии Ремарка, у нас были его книги с посвящениями. Никогда отец не уничтожал книг Ремарка при нацистах, он был не из тех, кто сжигает какие-либо книги. После ужасной войны они встречались несколько раз в этом самом месте, пили за прошлое, вспоминали детство».

Когда у хозяина гостиницы спрашивали: «Что они пили и что вспоминали?» — он подбирался, пожимал плечами, сообщал: «Не знаю, что пили и о чем говорили, ничего особенного. Я был тогда очень молод. Что пили? Шнапс пили, водку пили, вспоминали тогдашних друзей, приключения, что еще могли? Особых интересов у них общих не было, как можно понять, кроме детства».

— А о сестре Эриха Марии Эльфриде, которой нацисты отрубили голову, не говорили? — допытывались особо настойчивые.

— Не знаю, но думаю, что они не говорили о сестре писателя Эльфриде*, — отвечал хозяин гостиницы.

Неожиданная встреча в самолете в Германию с Фридой очень обрадовала Берту. «Так не бывает», — убежденно сказала Берта, выяснив у Фриды еще в аэропорту Бен-Гуриона маршрут ее полета. Даже гостиница у них была заказана одна и та же. Эти молодые женщины с такими мало популярными именами в Израиле были неплохо знакомы. Иерусалим город очень разный, его уверенно можно назвать сословным. Но вот они встретились случайно.

Муж Берты, тридцатилетний рукастый, плоскогрудый, веселый мужчина, заканчивавший университет, подрабатывал шофером-грузчиком в большом магазине электротоваров. У него был грузовичок, в котором он развозил холодильники, телевизоры, стиральные машины и тому подобные предметы, купленные жителями столицы Израиля за наличные или в рассрочку. Трехлетнее прочнейшее «пежо» купил ему отец Берты. Отец Берты, пятидесятилетний мужик, прожженный жизнью и солнцем Негева человек, сказал, передавая ему ключи от машины: «На, бери, пользуйся, парень, зарабатывай на радость жене и желудку». Слышалась известная крестьянская гордость и торжество в голосе этого сухого жесткого человека, бывшего во время войны с германцами настоящим Маугли в темном и страшном лесу под городом Станиславом.

Однажды он привез летним утром купленный кем-то холодильник марки «Амкор» в трехэтажный дом с садиком на улице Вашингтона, что напротив гостиницы «Кинг Дэвид». Водитель-грузчик осторожно заехал правым колесом на тротуар, чтобы не перекрывать движения, вылез наружу и осторожно откинул задний борт. Тот звонко стукнул металлическим крюком о стальное кольцо щеколды. Белый бок холодильника залоснился на солнце. Квартира покупателя была на первом этаже, так было записано в квитанции.

---

* Сестра писателя Ремарка (1898 года рождения) Эльфрида, младше его на пять лет, оставшаяся жить в Германии с нацистами у власти, что-то высказала недовольное о фюрере и порядках в стране. По слухам, она сказала это, стоя в очереди за продуктами. Об этих словах быстро донесли куда следует, и женщина была арестована. Потом ее казнили. Потом прислали семье счет за услуги по организации процесса умерщвления преступницы.

Муж Берты, которого звали Зеевом, сбегал по каменной дорожке широкими шагами к покупателям, и зайдя в открытый подъезд и перепрыгнув три ступеньки, позвонил во входную дверь слева. Зееву тут же открыл рослый парень, похожий на него внешне и телосложением, и выражением лица, и пристальным взглядом карих сильных глаз. Оба они, и грузчик, и покупатель, подпадали под определение, даннос таким парням суровым отцом Берты: семиты новой формации, коротко стриженные, живущие без очков, длиннорукие, смышленые, наивные, не сентиментальные.

За плечами хозяина в глубине комнаты звучала хорошая музыка, пел любимый всеми, стесняющийся себя, вернее, своей актерской внешности, Арик Айнштейн, песня называлась «Сделано в стране», Мирон ее очень любил. В коридоре па полке, установленной на красных кирпичах, были неплотно расставлены книги. Одна из них упала к ногам хозяина обложкой вверх, и мужчина отодвинул ее к стене, не рассмотрев названия. За ним почему-то еще стоял чемодан. Звали хозяина нового холодильника Мироном.

— Не ожидал тебя увидеть, брат, — сказал он, улыбаясь смущенно и удивлепно одновременно, пытаясь пропустить Зеева внутрь дома. Чемодан мешал ему.

— Я тоже удивлен, привез вот тебе холодильник, — сообщил Зеев. Он стоял в дверях, на косяке были обозначены черным фломастером полоски — когда-то здесь отмечали рост ребенка, вымахавшего под 190 см, если судить по отметкам. Начинался отсчет с 60 сантиметров. И вот дожили или нет, непонятно.

Теперь из глубины дома звучала другая чудная песня. «Все были моими сыновьями и все освободились условно-досрочно», — хрипел еще один песенный кумир страны Шмулик Краус. Они были друзьями с Ариком А. и даже пели вместе когда-то, трио называлось «Высокие окна», с ними была еще одна певица, подруга Шмулика. За спиной Мирона появилась молодая женщина, смотревшая, как показалось Зееву, строго и даже как-то непримиримо, что ли. Мирон представил ее:

— Жена моя, звать Фрида. А это Зеев, мы в один день призвались девять лет назад. Он привез нам холодильник.

— Надо наш старый забрать, Зеев, вы справитесь? — спросила женщина. За нею грузчик неожиданно для себя увидел на низком столике в гостиной глобус с горевшим внутри его электрическим светом.

— Постараюсь, не впервой, — небрежно сказал Зеев, иногда на него находило после неуместных вопросов. Что значит справитесь, а?

На циферблате тяжелых мужских часов, лежавших наверху холодильника, двойные черно-белые стрелки показывали время: 10:37.

— Сейчас все сделаем, — пробормотал Зеев.

Но Мирон опередил его и взял в охапку с двух сторон тело холодильника.

— Да не так и тяжело, — выдохнул он. Напрягся, прохрипел Зеву: — Отойди, — и мелкими шагами выбрался через открытые двери сначала из кухни, затем из квартиры и затем уже через главный вход на улицу. Он поставил холодильник возле тропы из камня, попробовал его устойчивость и вытер выступивший пот со лба. Все это продолжалось секунд сорок. Зеев просто не верил своим глазам. Он молча пожал руку Мирону, хлопнул его по гудевшему плечу и, усмехаясь, решительно пошел к машине. «Ну, уж этот-то холодильник принесу я, не отнимай у меня хлеб, брат».

У него был навык грузчика, признаем, получше, чем у Мирона. Сил не больше, но, повторим, навык лучше. Набрался опыта. Зеев справился с привезенным холодильником решительно и быстро. Раз-два — и на спину, на прочную накидку из двойной мешковины, осторожный, почти семенящий проход по тропе, под легким синим небом, установка холодильника в углу кухни, раз-два, подключение к электричеству, ровное тихое гудение — все.

— Ну, вот вам, господа, пользуйтесь, любите, — пояснил он, глубоко и облегченно вздохнув, женщине в дверях и маячившему за ней Мирону.

Фрида зашла в кухню и открыла дверцу холодильника, заглянув в него с интересом. Там было на удивление пусто, горел ровный голубой свет, отбрасывавший на ее загадочное лицо лунный блик. Фрида повернулась к Зееву, сидевшему за столиком, и спросила, глядя на него в упор прозрачными серьезными глазами красавицы:

— Вы пообедаете с нами? У нас спагетти с базиликом, рекомендую, — отказать ее голосу и интонации было невозможно.

— Да, я чувствую, запах чарующий. Спасибо вам, но я тороплюсь, простите, у меня еще есть телевизор, который необходимо доставить на улицу Ям Суф, очень его ждут, простите меня, Фрида, — Зеев приподнялся, Мирон протянул ему приготовленные заранее деньги.

Грузчик мельком рассмотрел купюры.

— Мне кажется, здесь есть лишнее, Мирон.

— Возьми, это твое, возражения неуместны и смешны. Оставь мне свой телефон, большое спасибо.

Со двора раздался собачий лай.

— Холодильник мешает, я побежал, был рад, спасибо, — Зеев поднялся и, обогнув Фриду, вышел в коридор и на улицу. Мирон помог ему с холодильником на спине, подстраховал как мог. Птицы, перестав шуметь, слетели с кустов при появлении Зеева. Собака, золотистый лабрадор, бежала за ним, приветливо махала хвостом, визгливо лаяла, разинув лакированную мокрую пасть, но не приближалась, явно боясь этих парней. Заигрывала на всякий случай. Рекс не был сторожевым псом, это было видно сразу. Сутуловатый, какой-то изможденный хозяин ее, с глубокими морщинами на лице, относился к ней без особого расположения. Мирон сбегал домой и вернулся с сахаром. «Питайся, Рекс, поправляйся», — сказал он псу. Хозяин Рекса, высокий человек с размытым после ночи профилем, стоял, согнувшись, за отсутствием места, почти внутри кустов, чтобы не мешать. Он наблюдал за происходящим индифферентно, как посторонний. Мирон кивнул ему: «Здравствуй, Игорь, как жизнь?». Хозяин Рекса скривил лицо в ответ, изобразив гримасой почти улыбку. Визг Рекса его раздражал. Кажется, он вообще все происходящее не одобрял, но вслух не говорил ничего.

Через день Мирон позвонил.

Зеев приехал в гости к Фриде и Мирону вместе с Бертой к семи вечера, не опоздав. К этому времени их пригласили. Он вообще был очень точен, чего нельзя было сказать о его жене, крестьянской дочери, для которой понятие времени было не слишком определенным. «Не принято приходить вовремя, нужно опоздать минут на двадцать», — говорила она ему, но он никак не поддавался правилам ее деревни, а точнее, фермерского поселка на юге. Она не была настойчива ни в этом вопросе, ни в некоторых других. Но работу свою, учебу, выполняла почти фанатично, пунктуально и собранно, считая эти занятия совсем другим своим предназначением, другой сферой, отделенной от обыденной жизни. Детей они оставили на соседскую девочку, совсем взрослую и ответственную, по мнению Берты. Она все приготовила: бутылочки с едой, пеленки, полотенца, простынки — чтоб было.

Садик у дома Мирона и Фриды был совершенно заросшим, с дикой травой, буйными кустами и вольно растущими деревьями.

При входе, понятии условном, потому что каменный полуметровый заборчик и скрипящая металлическая калитка не являлись препятствием ни для чего и ни для кого, был небольшой квадрат земли, заросший ромашками и одуванчиками, которые радовали глаз и настраивали на сентиментальный лад всякого входящего. Рекс встретил их дружелюбным визгом, впрочем, неожиданным, противным и раздражающим. Зеев поискал взглядом собачника Игоря, который на этот раз спрятался бесследно. Зеев, отличник армейского ориентирования, отметил этот момент как положительный. «Смотри, русские тоже умеют прятаться, век живи», — подумал он удивленно и одобрительно. У Зеева в роте был солдат из России, который никак не справлялся с ориентированием, намучились с ним в этом, вот у комроты и сложился отрицательный стереотип. Впрочем, Зеев к этому всему относился добродушно. Он был добродушен от природы.

За его спиной тяжело рыча проехал невесть как попавший на эту улицу пустой автобус под номером 18. День подходил к концу в Иерусалиме. Остывали деревья, стены домов, кусты, газоны. На другой стороне улицы выкосили небольшой травяной газон при входе в трехэтажный дом, и сохнущая трава отдавала всей округе чарующий запах, от которого у Зеева и Берты счастливо кружились головы.

Входная дверь в квартиру была приоткрыта, обозначая то, что «стучать не надо, заходите дорогие гости, мы ждем вас».

Женщины, как оказалось, несколько раз встречались в университете, пересекались в столовке, в библиотеке, в коридорах. Кажется, даже кивали друг другу. Однажды они пересеклись на лекции властителя дум прогрессивной молодежи, брезгливого религиозного старика в немецкой шляпе без возраста, в обвисшем пиджаке, со стареньким портфелем в руке и тростью, отстукивающей неровный бешеный пульс его крови о камни и асфальт дорожек в кампусе. Досужие ребята с младших курсов возбужденно рассказывали, что человек защитил больше десятка (двенадцать, по слухам) кандидатских в совершенно разных и даже не смежных науках, что он девятнадцать раз сдавал экзамен на водительские права и не сдал. Экзаменатор сказал ему — рассказывали это с восторгом — после окончательного провала: «Вы знаете, я люблю зарабатывать деньги, очень ценю вас и уважаю. Но вы должны понять и решить, что это занятие не для вас, и вы должны отказаться от этой идеи». И этот суровый, волевой, сердитый человек с известными принципами открыл дверцу, вылез из машины и больше никогда в нее не возвращался. И ничего, пережил все, ездил на автобусе, иногда на такси.

Берта и Фрида, две красивейшие дамы с мало популярными в Израиле на тот день именами, что для них не имело значения, смотрели блестящими глазами друг на друга с доброжелательным любопытством, являясь внешне полной противоположностью.

— Как же так! Как интересно! — воскликнула Берта, узнав в хозяйке знакомую. — Так не бывает, нет?

— Вот так, так-так, — улыбнулась Фрида, сторонясь и пропуская гостей в салон, где их ждал покрытый белой скатертью с кистями прямоугольный стол с красно-зеленым салатом в глубокой фаянсовой миске, бутылка вина и виски в бутылке треугольной формы марки «Grant», привлекательного цвета соления, ядовитые на взгляд соусы… Комната была конструктивно обставлена с минимумом мебели. Ничто не говорило о присутствии детей здесь: ни брошенная яркая кукла без ноги на соломенном коврике посредине комнаты, ни исчирканный карандашами бумажный лист, ни забытый на диване трехцветный носок размером со спичечный коробок.

Женщины тепло обнялись, как это принято в Иерусалиме между отдельными знакомыми людьми. Зеев протянул хозяйке желтую коробку прекрасного местного шоколада, сейчас его уже и не найти или найти очень трудно, и бутылку «Бордо» 91 года. Мирон забрал это и переложил на угол стола, мол, пусть пока полежит там. А потом видно будет.

Посидели в салоне за низким столиком, выпили вина, поглядели друг на друга, поговорили. Фрида поглядела на Зева, как будто убеждалась в чем-то. «Вы какие языки знаете кроме иврита? Мы можем говорить по-немецки, да?!», — воскликнула она. Мирон вспомнил, как и где увидел ее в первый раз. Она сидела у окна в студенческой столовой, не щурясь на солнце. Ее профиль с низкой челкой темных волос до глаз, с лицом почти без косметики в точности походил на профиль той женщины, которая когда-то играла в знаменитой русской незабываемой ленте про любовь на войне. Почти один в один.

У нее были повадки фрейлины, она была надменна, независима, ни на кого не обращала внимания, медленно отпивала кофе из кружки и с не скрываемым интересом смотрела в окно. Можно было подумать, что снаружи мимо проходит какой-нибудь собранный, хотя и выпивший лишнего американский, французский, итальянский или русский киногерой, расхлябанный покоритель женских сердец. Мирон считал, по его мнению, небезосновательно, что именно такие мужчины, не слишком здоровые, гибкие, расслабленные, равнодушные, вкусившие вина и славы, недоступные и щедрые, должны нравиться такого рода девушкам. За окном мимо столовой на фоне аккуратно стриженных кустов мирта и камфарного лавра под ярким и сильным полуденным столичным солнцем проходил невысокий профессор кафедры германской литературы, человек огромного обаяния, великих знаний, но назвать его героем такой женщины было очень сложно. Хотя как знать, как знать…

Мирон, рыцарь без страха и упрека, не без сомнения подошел к ее столику и спросил женщину: «Можно ли мне?». Она медленно повернула к нему прекрасное неправильное совершенное лицо свое и после некоторой томительной паузы, прикрыв холодные глаза, кивнула ему, что «да, вам можно».

На стене в их салоне висела хорошая копия какой-то картины художника, ездившего по этой земле лет девяносто назад и зарисовывавшего увиденное. Двое мужчин непонятного возраста в меховых широких шапках, в подпоясанных пыльных лапсердаках, в черных чулках и стоптанных башмаках, похожие, если честно, на бродяг, что им нисколько не мешало, двигались по узкой каменной улочке Старого города Иерусалима под полуденным солнцем в пылающей жаре неизвестно откуда и известно куда. Выглядели они со своими несуразными щербатыми улыбками на бородатых лицах выпившими, что, конечно, было обманом зрения и полной ерундой. Девятнадцатый век, Иерусалим, Старый город. Тогда здесь не пили, согласно воспоминаниям очевидцев, что, наверное, не совсем точно.

Если Мирон был инициатором знакомства (еще бы) со своей будущей женой, то Зеев оказался жертвой (жертвой?) обстоятельств. Однажды, четыре года назад, он привез под дневным тяжелым стремительным солнцем своего старого отца в «Мемориал». Тот все время, не выпуская, крепко держал в морщинистых каких-то пятнистых все еще крепких руках небольшую сумку из прочной материи, застегнутую на молнию от края до края.

Они прошли, Зеев с отцом, в большое и гулкое помещение прямо от главного входа с сидевшим на стуле полнотелым и неуютным стариком-охранником, похожим на персонажа из диснеевского мультфильма в своей белой рубашке с синими погончиками и такими же карманчиками. Старик-охранник кивнул им и неопределенно показал рукой — «туда ступайте». Они остановились и встали навытяжку перед началом длинного коридора, Зеев осторожно помогал отцу с напряженным видом, ожидая продолжения этого волнующего посещения.

Им навстречу из глубины коридора вышла улыбающаяся девушка, «головокружительная», как ее потом назвал сам Зеев. «Меня звать Берта, я сотрудница «Мемориала», что вам угодно?» — спросила она. Отец Зеева тоже заметил даму, но он был целиком и полностью сконцентрирован на своей сумке, которую бережно прижимал к груди как огромную драгоценность. «У моего отца есть вещи для «Мемориала», для экспозиции, посмотрите?» — «Да, конечно, прошу вас». Ее не классическая красота была совершенно непонятна Зееву.

Девушка, позвенев металлом ключей на внушительной связке, значительно большей, чем ее кисть, открыла легкую дверь в комнату-хранилище в самом начале коридора и пропустила перед собой Зеева и его отца, который поменял руки, обнимавшие сумку. После ее слов — «садитесь, пожалуйста» — все уселись за пустой стол. На ключницу и завхоза она была непохожа. Узкое окно пропускало яркую полосу солнечного света прямо на всех сидевших вокруг стола людей, прямо, как говорится, и наотмашь. Комната была неуютной и даже отталкивающей, что, наверное, повлияло на нервное состояние пожилого гостя.

Старик показал ей израильское удостоверение личности в голубом коленкоре, чтобы знала, что он не самозванец, а зачем еще, и осторожным и суетливым движением одновременно открыл сумку. Он начал доставать один за другим тяжелые небольшие металлические предметы, выставляя их на столе перед Бертой, которая не выглядела удивленной. Все эта процедура не была ей в новинку. Это были очень старые на первый взгляд вещи, всего их было одиннадцать. Некоторые были удивительно красивы, весомы, вызывали восторг и потрясение даже у людей, которые были не в теме. Например, была указка для чтения Торы, так называемая «Рука-Яд». Это был средневековой красоты предмет из серебра, украшенный толедским орнаментом. Четыре черного цвета еврейские буквы, выбитые на утолщенном основании «Руки», они означали год создания. «Рука» эта предназначена для того, чтобы не потерять строку во время чтения. Пальцами, это известно, трогать текст Книги нельзя.

Буквы еврейского алфавита были выбиты на указке: *алеф* (1) *далет* (4) *бет* (2) и еще раз *алеф* — еще раз один. «Пятнадцатый век,

1421 год», — почти автоматически сказала Берта негромким голосом. Она ни к чему не прикасалась, кажется, она была сражена этим богатством. Зеев, который обычно вел себя сдержанно и скромно, не сводил с нее глаз, он не стеснялся ничего и никого в этот момент и не ощущал ничего кроме замечательного ощущения какого-то блаженного счастья, возникшего непонятно отчего.

— Все это, наверное, очень дорого стоит, да? — спросил он, чтобы что-то сказать, чтобы нарушить застоявшуюся в этом каменном пространстве тишину. Стены в комнате были бетонные, некрашеные, непонятно как, но они вполне соответствовали происходящему.

— Эти вещи не имеют цены, они бесценны, — сказала Берта осторожно, глядя перед собой своими густо-карими продолговатыми, почти кошачьими глазами. — Откуда они у вас, господин Фридлянд?

Фамилия отца Зеева была Фридлянд, Эфроим Львович Фридлянд, Фрое. Так его звали знакомые, некоторые добавляли почти серьезно «товарищ Фрое», неизвестно почему. Вероятно, за непреклонный характер, за что же еще.

— Я служил в Кременецкой дивизии 60 армии, — подумав, сказал отец Зеева Эфроим Львович. Он напряженно решал, что можно сказать этой умной замечательной девушке без урона для Страны Советов, а что нельзя, потому что это является военной тайной. Он давал присягу почти 50 лет назад, упрямец и слуга своей памяти, он помнил об этом хорошо.

— Мы освобождали и проходили разные украинские и польские города и местечки, начиная с 44-го года, и я при первой возможности искал то, что осталось после злодеев. В результате собрал кое-что, какие-то остатки прошлого, потом вывез это из Союза, когда уезжал сюда, и вот хочу передать все в «Мемориал», — старый Фридлянд говорил на иврите в его европейском произношении. Он успел зацепить в детстве учебу в хедере, где ему дали основы религии и иврита. Это было в Могилеве. Но потом большевики опомнились, собрали волю в кулак, и все эти еврейские дела прикрыли. Фридлянд, смышленый и памятливый подросток, все, чему его учили, запомнил и сохранил.

— Я привез это с собой из России и хочу передать «Мемориалу» в дар, — повторил Фридлянд с некоторым облегчением. Как будто груз какой с души скинул, еще бы. «Денег мне не надо», — добавил он на всякий случай. Осторожный советский человек. Еще бы, сорок пять лет, может, чуть меньше, хранил, привез тяжкий груз. «А Зеев наш уже родился здесь, двадцать три года ему, двадцать четвертый пошел, он цабр». Непонятно почему именно так завершил свой монолог старик Фридлянд. Он хотел, чтобы сын его был равен этой женщине, чтобы понравился ей. Как она, эта неотразимая Берта, понравилась ему. Наверное, интуитивное желание старика отдать сына в надежные руки.

Берта достала из сумочки сложенный вдвое лист бумаги. «Давайте я занесу ваши предметы в ведомость, хорошо, господин Фридлянд, такой порядок». Слова ее о том, что «вы же не передумали дарить все это «Мемориалу», господин Фридлянд?» Берта не произнесла, сдержалась.

Старик замешкался, его руки с раздувшимися сине-серого цвета венами поверх кистей лежали на столе, будто ища в нем или на нем какую-то прочную основу своей жизни. Удивительно, но очки старому Фридлянду были не нужны. На Зеева Берта не смотрела почему-то, по всей вероятности, чего-то эта женщина смущалась. Старик Фридлянд ее смутил, кто же еще.

Берта заполняла графы листа синими чернилами авторучкой в пластиковом корпусе аккуратным почерком отличницы. Она вертела в руках и тщательно рассматривала серебряные подсвечники, украшенные тяжелыми изображениями львов и оленей, записывая в разные строчки только ей понятные определения, даты, названия, имена.

— Распишитесь здесь, господин Фридлянд, — указательным пальцем с алым маникюром она показала старику, развернув лист к нему, в каком месте ему нужно расписаться, и протянула свою ручку через стол, — вот здесь тоже.

Старый Фридлянд, одутловатый, с пронзительным взглядом старик, похожий на отставного опытного дипломата старой школы, взял ручку поудобнее, примерился и поставил свою подпись — энергичный неразборчивый росчерк. Создалось ложное впечатление, что он потерял всякий интерес к происходящему.

Берта поднялась, сложила бумагу, аккуратно положила на место. Принесенное Фридляндом она вернула обратно в сумку, которую поставила на металлическую полку у стены и сказала: «Большое спасибо, уважаемые господа, за бесценный дар. Я благодарю вас, дорогой господин Фридлянд, от всего сердца. И вам спасибо, Зеев, за помощь». Она впервые взглянула в лицо младшему Фридлянду, который немедленно покраснел и смешался. Вот что может допустить творец, Зеев покраснел и растерялся, чего не могло случиться в нормальной ситуации никогда. Но кто сказал, что эта ситуация была обычной и нормальной. В воздухе летали ангельские стрелы, которые поражали сердца ее, его и заодно старого Фридлянда и старика охранника на входе. К счастью для Зеева, они все стояли в мало освещенном месте в бетонном лабиринте коридора вблизи от закрытых дверей комнаты-хранилища.

— Этот парень у нас поздний ребенок, он здесь родился, желанный ребенок, вот какой получился, — неожиданно обращаясь к Берте взволнованным голосом, сказал старик. Она опять поглядела на Зеева, взгляд ее вышел заинтересованным, он как бы говорил: «Ах, вот как, ну что ж, посмотрим». «Выхода у меня все равно нет», — подумала Берта. Девушки в этих местах, по слухам, достаточно инициативные и уверенно выражают свои чувства и настроения. Средиземноморье. Разные попадаются. Но, заметим, что Зеев явно чувствовал тепло в этом ледяном бетонном коридоре, которое шло сейчас от ее тела и смеющихся внезапно потемневших глубоких глаз. Или это ему казалось, что было, в принципе, одним и тем же. Какая разница, что кажется, а что есть в действительности и на самом деле в ощущениях влюбленного человека, а?! Скажите.

На обратном пути, по дороге домой, сидя в машине багрового цвета рядом с сыном старый Фридлянд задумчиво, отвернувшись к боковому окну, сказал: «Никак не могу сказать, что долго и тщательно готовился к смерти. Могу признаться, что первый шаг сделал только что». — «Ты что говоришь, отец, ты что?», — испугался Зеев. «Ничего, все в порядке, потом когда-нибудь поймешь», — отмахнулся отец. На проспекте Эшколя Зеев сделал левый поворот на первом от Шмуэль Анави светофоре и припарковался во дворе за домом. «Потом поймешь, погоди немного, молодой человек, — повторил отец, вылезая из машины в жаркий день, — а девушку эту не оставляй, я зря не старался, верь мне». — «Я и не думаю отступать», — сказал Зеев, упрямый и настойчивый человек.

Отец потопал к парадной, обогнув по дорожке, уложенной плоскими камнями, зеленый мусорный ящик и недавно высаженные чахлые саженцы иерусалимской сосны и кустов розмарина. Новый мэр благоустраивал столицу, не считаясь с годовым бюджетом, который постоянно имел возможность пополняться за счет пожертвований людей со всего мира. Ну как же, Вечный город, вечная жизнь, бесконечная упрямая вера. Светлая и обещающая. Деньги не важны, они не стоят ничего рядом с вечностью, разве нет?!

Вот насколько Зеев ничего не понимал, не знал и не хотел разбираться в иерархии иудеев, репатриировавшихся из СССР, настолько Берта была подвержена влиянию своего молчаливого и необъяснимого отца. Он тоже приехал в Палестину только после мировой войны, прорвался на родину из сожженной Европы. Вместе с сотнями таких же как он нелегалов из Восточной Европы, на огромном сухогрузе приблизился к белоснежному зимнему пляжу возле Атлита, что под Хайфой, и с третьего раза после жуткой драки с английскими солдатами ворвался на родную и желанную землю. У него были родственники, имевшие животноводческую ферму в центре страны, они его приютили. Англичан он ненавидел. При словах «Красная армия» он, человек суровый, недоверчивый, жесткий, (жестокий?) вставал по стойке смирно. Он вышел из весеннего леса с пятнами темного снега под деревьями навстречу освободителям и остановился. В первый раз за пять с половиной лет этот одинокий загнанный, как дикий зверь, подросток почувствовал покой и счастье, физическое ощущение невиданного счастья.

Он увидел знакомый, обыденный пейзаж: грязный овраг, грузовик с ободранными бортами и накрытые брезентом ящики в нем, медленно передвигающихся жующих солдат, дымящийся котел с чудесно пахнущим содержимым, мужчину в псевдобелом фартуке подле, веселое украинское солнышко и бегущие по светлому небу на запад прозрачные облака.

Советские солдаты, многие с азиатским разрезом глаз, накормили его и напоили, одели, обули в сапоги: «Жуй, пацан, каша — мать наша», — говорили они. Ему было шестнадцать лет, он не понимал, не мог себе объяснить, как он выжил за эти годы. «За что господь сохранил и почему?» — он не спрашивал ничего, было не до вопросов. Без вопросов было легче и проще, вопросы он оставил на потом. Солдаты подобрали его, взяли с собой, он добрался до Германии. А там уже его случайно(?) нашли люди из Палестины, отправили на ферму в Италию, где парня и еще сотню таких же похожих на него судьбой и лицом научили водить трактор, бульдозер, комбайн и другим механизаторским изыскам. «Молодец, парень, у тебя все получится, — говорил ему на ломаном жаргоне инструктор, не забывая чертыхаться и жаловаться. — Сейчас язык сломаю из-за тебя».

Вы спросите, а почему он с третьего раза только прорвался тогда в Палестину? Ответим. А потому что первые два раза английские солдаты встречали их на берегу, и после большой драки в численном большинстве побеждали, сажали обратно на судно и высылали в Грецию или на Кипр. И каждый раз эти люди упрямо, все в этой стране построено на упрямстве, как известно, перли и перли в Палестину, как будто она была медом намазана. Так ведь и намазана, разве нет? С третьего раза у них у всех получилось.

Общего языка отцы Берты и Зеева не нашли, не получились у них дружба и взаимопонимание. Хотя у них был и иврит, и русский, и ненормативная арабская лексика, и некоторые пагубные привычки, все это хорошая база для дружбы, но не сложилось. Что же, бывает. Главное, чтобы у молодых это взаимопонимание получилось. Нет? Кажется, оно действительно получилось, взаимопонимание это у них.

Вспомним. Отец Берты, тот самый битый английскими солдатами нелегал с пляжа в Атлите, был абсолютным и законченным безбожником. В синагогу молиться он ходил раз в год, в день суда. Сидел там битые сутки в выходной белой рубахе без хлеба и воды, задавал беззвучным криком свои вопросы. Возвращался домой черного цвета, растерзанный, измочаленный, несчастный. Жена его, мама Берты, заботливая властная женщина, с отдельными легкомысленными привычками, подавала ему стакан чая с медом, который он выпивал и ложился в спальне на их кровать лицом к стене. Уже было темно, свет фонаря у автобусной остановки до их дома не доставал.

После этого часов в одиннадцать вечера он поднимался, выглядывал с тревогой в окно, хватал с вешалки пиджак, приготовленный пакет, и быстро выходил на улицу. Он садился на лавочку в садике у дома, напяливал пиджак нервными движениями, доставал из пакета бутылку «Арака» с зеленым оленем на этикетке, граненый стаканчик на 150 гр, хлебную лепешку с куриной котлетой и тихонько уговаривал все 750 мл часа за полтора под глубоким черным октябрьским небом Иудеи. Немного ему не хватало до полного отката, он знал заранее, что так будет. Раз в год он позволял себе. После этого он успокаивался и дремал, откинувшись на спинку скамьи. Ему нравилось так сидеть и дремать в тишине и покое. Луна отсвечивала металлическим блеском от железной калитки садика, скрипевшей и свистевшей при движении. Гармония палестинской черной густой ночи и как бы нарисованной хорошим художником луны с кратерами и холмами под свист цикад из невысоких мокрых кустов была совершенной и безупречной.

Часа в два ночи приходил в одной рубашке без пиджака его старший сын, и осторожно приобняв за плечи, уводил отца в дом досыпать, открывая входную дверь в квартиру локтем. Утром отец вскакивал ни свет ни заря, принимал холодный душ, пил пустой чай, завтракать не мог, тело не принимало, забирал картонку с едой, приготовленную женой с вечера, и мчал на своем пикапе в темноте в поле за городом, где работал на тракторе часов двенадцать подряд с получасовым перерывом. Бульдозерист он был очень хороший, лучший, чем тракторист. Работа его успокаивала. Вот так. Ответов на свои вопросы, жившие в нем около сорока с чем-то лет, может быть, чуть меньше, у него нигде и ни у кого получать никак не удавалось. Нигде и ни у кого. Ну, какие вопросы, скажите, какие ответы, дайте покой уже.

Каждую неделю отец Берты покупал выпуск газеты на выходные, который был объемен и тяжел, приблизительно, как кошелка его жены, возвращающейся после покупок на рынке. Он садился в гостиной и начинал внимательно изучать объявления о смерти, которые печатались в конце недели на выходные. Украшали людям отдых. Изучение длилось довольно долго. У него были наготове авторучка и блокнот, которыми он воспользовался за все год лишь раз. Он нашел объявление о смерти человека, у которого было то же имя и фамилия, что у его старшего брата. Имена родителей совпадали, имена семи сестер и братьев тоже совпадали. Отец Берты позвонил по указанному телефону в соседний городок. Имена все совпали, но это были не его родственники, это были посторонние люди.

Берта и Зеев родили двух детей одного за другим, мальчика и еще одного мальчика, похожего на первого как две капли воды. Отец Берты, человек прижимистый, подумал, прикинул, поговорил с зятем и купил Зееву пикап для работы, которой было немало, только поищи и согласись. «Учебу не забрасывай, парень», — сказал отец Берты. Зеев кивнул, что, «конечно, само собой», работы он не боялся — и дело пошло. Учебу он, как и обещал ее отцу, не забросил, Берта радовалась ему, не переставая удивляться. Дети встречали вернувшегося с работы папку радостным писком и беззубыми счастливыми улыбками. Старшая девочка (год и восемь месяцев) пыталась идти к нему навстречу по плетеному соломенному коврику, под сильной лампой гостиной, размахивая руками для равновесия, ища в отце опору, надежду, с радостной улыбкой произнося в такт шагам лопающиеся ритмичные звуки вроде как «ба-ба-ба».

— Конечно, ба-ба-ба, о чем речь! — восклицал Зеев и подбрасывал ребенка над собой к потолку. Мальчик смотрел на все это снизу и, кажется, по отдельным признакам, завидовал сестре. Зеев забирал и его, разом достигая семейной гармонии. Берта смотрела на происходящее умильным взглядом пожившей опытной женщины, которой она никак не была, но это впечатление, все равно.

Фрида обожала сказки, она читала их перед сном. Кажется, она заполняла некую пустоту в своем детстве, а может быть, просто ей очень нравились преувеличения и чудеса. Неизвестно. Любимая сказка у нее была «Юноша и лилия». Корейская.

Давным-давно за городской стеной вокруг Пхеньяна аж до самой горы простирался огромный луг. И такая росла там высокая и густая трава, что не всякий решался пройти. Неподалёку от городской стены жили юноша с матерью. Бедные-пребедные. Каждый день поднимался юноша на гору, собирал цветы, шёл в город и продавал. А то, бывало, в лес уйдёт, — мечтал юноша в лесу корень женьшеня найти. И вот однажды летом он с самого утра отправился в горы. Блестела на солнце роса. Только стал юноша подниматься по склону, вдруг видит — ущелье, а там лилии! Видимо-невидимо. И такие красивые: слегка покачиваются на лёгком ветру. Стал юноша их рвать. Спешит, хочется ему до полудня попасть в Пхеньян, продать цветы и вернуться домой с деньгами. Вдруг слышит юноша чьи-то шаги. Обернулся — а рядом девушка-красавица лилию в руке держит. Покраснела девушка, застыдилась и говорит: «Зачем тебе так много цветов? Пожалей их, не рви. Видишь, какие красивые!». Удивился юноша: откуда здесь фея взялась? Не знает, что делать, и говорит: «Ладно, не буду рвать». Слово за слово — разговорились. Стали вместе по лугу гулять, разговаривать — и не заметили, как подошли к дому, где жила девушка. Он был недалеко от ущелья. Дом красивый, под черепицей, двери и колонны с богатой резьбой. Пригласила девушка юношу в дом. Принялись они снова беседовать и не заметили, как наступил вечер. Заторопился юноша домой. Ещё раз попросила девушка не рвать больше лилий и подарила юноше на прощанье мешочек с кореньями. Взял юноша мешочек бережно, как драгоценное сокровище. Пришёл домой, смотрит: в мешочке корни женьшеня. Не знали с тех пор юноша с матерью больше нужды, жили в достатке. Только не мог забыть юноша девушки, с которой повстречался в ущелье. Хоть бы ещё разок её увидеть! Каждый день ходил в горы, а девушки нет и нет. Пошёл тогда юноша к девушке в дом. Но и там не нашёл красавицы. Вдруг смотрит — старик! «Наверняка хозяин дома», — подумал юноша, подошёл к старику, сказал, что девушку-красавицу ищет. Выслушал старик юношу и отвечает: «Значит, и тебе посчастливилось встретить девушку-лилию. Так вот знай! Не человек она — лилия. Только иногда превращается в девушку. Если встретит того, кто любит лилии. Повеселится с ним и непременно подарит сокровище».

Почему-то эта сказка запала ей в душу больше других, хотя и другие сказки Фрида очень любила. Однажды пересказала ее своими словами мужу, внимательно наблюдая за выражением его лица.

— Пхеньяна, понимаешь, здорово, не соскучишься. Что ты хотела этим сказать, Фрида? — спросил Мирон расслабленно. Женщина вгляделась в него, что делала не так часто, отвела лицо и сказала, что «ничего не хотела сказать». Она всегда считала, с первого их дня знакомства, что Мирон похож на нее, но вот сейчас у нее появились сомнения в этом. Хотя он оставался красивым и телом, и лицом, и сдержанным говором, и какими-то одному ему присущими движениями с ограниченной и злой амплитудой, ни на кого Мирон не был похож. Трещина у Фриды появилась, она была небольшой и мимолетной.

Стоит сказать, что Фриде все шло впрок. И сомнения, и разочарования, и влюбленности, и отвращения. Она старательно училась и работала, ее усилия не были напрасными. К двадцати шести годам она сделала третью научную степень, в научной среде к ней относились с искренним уважением, почтением и удивлением.

«Я думал, что все это приложение, дорогая, прекрасное приложение к вашим потрясающим внешним данным, но получилось, что все совсем наоборот», — с удивленным и восхищенным видом сказал ей руководитель их кафедры на шумном университетском празднике. Фрида посмотрела на него без улыбки, и он смешался.

«Я имею в виду, что в смысле, великолепные внешние данные, а интеллектуальные достижения просто фантастические», — быстро объяснился с привычной местной прямотой профессор. С одноразовым стаканчиком, наполненным игристым розовым вином, которое называлось почему-то «шампанское», Фрида стояла подле него и слушала сомнительные откровения этого солидного, не добродушного и авторитетного человека, склонного к смелым суждениям во всех сферах жизни, и которого за глаза коллеги называли Альбертом (он знал об этом своем тайном прозвище и гордился им), хотя его настоящее имя было Нимрод. Он не был человеком ее сладких грез и хорошо знал, что у него нет шансов. Переживал по этому поводу не слишком, но ему было все-таки досадно, почему-то. Фрида неожиданно вспомнила, как они встретились впервые с Мироном. «Какой был «щенок кудрявый», какой наивный мальчик, но сколько в нем было энергии, веселья, счастья, жизни. Больше, чем у всех этих… За шиворот Мирона тогда все-таки схватить никому не хотелось, даже самому грубому полицейскому». Фрида оглядела людей, ходивших вокруг, в глазах ее можно было увидеть иронию и удивление.

На нее находила иногда непонятная грусть, и она как бы выключалась из жизни. Многие коллеги и просто случайные люди любовались ею, но Фриде это было не так важно. Льстило, конечно, все это, но как-то косвенно, как будто это все было не про нее, не про Фриду. Она носила в кармашке возле нарядного пояска амулет из тонкого золота, так называемую хамсу, которую ей подарила бабка, мать отца. «Никогда не расставайся с этим, девочка моя, это очень древняя рука, береги ее», — горячо нашептала, сверкая черными зрачками, эта зловредная старуха, которую звали Года. Эта баба Года из всех внуков больше всех обожала Фридочку, свет ее глаз и блеск, ее забавные повадки детеныша какого-нибудь грызуна. Они были похожи и внешне, и характером, просто баба Года была много старше, и жизнь у нее была другая. А так, как будто сняли копию. Иногда она улыбалась неожиданно внучке, гладя ее по голове рукой и повторяя: «Птичка моя светлая». Улыбка украшала морщинистое темное лицо ее, меняя его волшебным образом на молодое и светлое. Улыбка была изумительна.

Фрида истово верила в силу этого амулета от бабы Годы, считавшейся в семье более чем странной и даже просто выжившей из ума старой женщиной, хотя виду никогда не показывала. Хамса была тончайшей чеканки, прозрачная в месте выбитых узоров, сверкала чистым золотом, размером с треть большого пальца пожилой женщины. Должна была помочь. Фрида смастерила для хамсы футляр из куска бархата, разрезав для этого старую накидку с пятничного стола. На бархатном футляре хамсы остался обрывок нашитого выпуклого желтого узора.

Ей очень нравился большой теннис, мгновенный взрыв струн при ударе сильного игрока в движении справа, слева и сверху, неукротимый полет желтого шара и попытка соперника почти в шпагате отбить совершенно неотбиваемый мяч. В Иерусалиме не было травяных кортов, играли на синтетике или на песчаном грунте, в Катамонах возле нового футбольного стадиона в Малхе. Этим кортам было больше 30 лет, они появились еще до знаменитой победной войны иудеев с соседями. Фрида уважала и ценила травяное покрытие, более быстрое и сложное для игры, но довольствовалась тем, что есть. Она много смотрела теннис по ТВ. У нее были любимые игроки, особенно полусумасшедший(?) американец Джон, который чувствовал мяч как часть своего тела. Этот чувак и играл примерно так, как любила Фрида: удар с задней линии и прыжок к сетке на отчаянный выигрыш или проигрыш.

Этот азарт, напор, изумруд корта на телеэкране и этот чумовой худенький сильный парень, кавалерист большой игры со светлыми волосами англосакса, сводили ее с ума. Но сама Фрида не играла, в детстве не научилась, в секцию не записалась, не любила спорт, а потом уже было поздно. Ее любовь к звукам ударов под пасмурным лондонским небом по желтому мячику не прошла у нее со временем тоже, ни в коем случае не прошла, любовь не проходит, ведь так?! Повторим на всякий случай, что спорт она не любила категорически. Всегда. А вот теннис покорил ее.

Кстати, этот веселый заводной американский Джон так и не смог стать самым великим чемпионом в истории тенниса, что все-таки не имело большого значения в жизни Фриды. И кажется, для него самого тоже, но более точно неизвестно. К счастью.

Фрида знала четыре языка, русского среди них не было. Нельзя сказать, что она была невероятно талантлива, нет. Но память, любознательность, воля были у нее в избытке, что объясняет многое в ее судьбе.

Итак, амулет от бабы Годы, теннис, языки, научные степени, холодная красота — совсем не мало. Вот вам Фрида. И еще муж Мирон, спокойный уверенный комфортабельный мужчина с твердыми руками и повадками опасного хищника, а также отсутствие детей. Что именно сводило с ума эту женщину, Фрида никогда не показывала и никому не говорила, но дела это не меняло. Добавим сюда еще плавательный бассейн с гладкими и обтекаемыми фигурами пловцов, свежим запахом воды и газона вокруг, огромным светом в открытых стенах, гулкими звуками голосов.

Мирон, в свою очередь, надежный, с навыками добытчика, из хорошего состоятельного дома, воспитанный и начитанный человек, интеллигент и выпускник университета, обожал безжалостные 15-раундовые бои профессионалов-тяжеловесов, в которых лица боксеров превращались в непонятную кроваво-мясную жуткую кашу, а их наставники все отказывались выбрасывать на ринг полотенца в знак признания поражения. Но и бессмысленно мычащие в углах после нокдаунов бойцы запрещали наставникам сдаваться и требовали продолжения поединка, могущего привести их, как минимум, к коме, а как максимум, к смерти. Мирон, несколько смурной и закрытый человек, считал все это нечеловеческое терпение, отказ от сдачи боя, бычье упрямство, не без основания, высшим проявлением человеческого мужества и силы духа.

В заднем кармашке его бумажника присутствовала фотография наливного женского зада в миниатюрных трусиках. Иногда он доставал эту фотографию, вытягивая ее из-за пластиковых кредитных карточек. Он, серьезный взрослый мужественный человек, смотрел на изображение затуманенным взглядом восторженного подростка переходного возраста, после чего осторожно и благоговейно возвращал фото на место. Никогда и никому он не признался бы, где и как это было сфотографировано, но никто и никогда не видел и не мог видеть этого фото. Да и чье оно, кстати? Чьи весомые и прелестные ягодицы изображены здесь, у этого чокнутого Мирона на фото, а? Догадайтесь с двух раз. И нечего лезть в драку, вы что!

Когда хоронили бабу Году, тяжело болевшую последние месяцы до смерти, шел проливной дождь в Иерусалиме. Она знала, что скоро умрет, внятно шептала внучке: «Мирона своего не бросай, он хороший муж, любит тебя, а дети придут еще, вот увидишь, запоминай, что я говорю, Фридочка, *фейгале*», — она гладила ей руку и успокаивала, хотя все должно было бы быть наоборот. Никто не знал, сколько ей лет, сын, отец Фриды, говорил, что ей 91 или максимум 92, никаких документов не было. Можно было подумать, послушав этого человека, что 91 или 92 это все так, детский возраст. А попробуй проживи все эти года, а? Герой с дырой.

Из родимого двухэтажного дома с лавкой во дворе, что под Витебском, она сбежала в Палестину одна, совсем молодой девушкой, услышав выступление писателя В.Е. Жаботинского в Варшаве, где училась на медсестру. Баба Года на всю жизнь запомнила имена своих преподавателей, она вообще, даже в глубокой старости, отличалась хорошей памятью. Отец платил за обучение, души в ней не чаял, надеялся на ее ум, способности и красоту. Справедливо надеялся. Но что делать, когда есть обстоятельства, есть особые причины, нечего носиться по миру, нечего бегать с насиженного места. Скажите только, какие обстоятельства, какие причины, какие такие места (*Егупец*, Баден-Баден, Пятигорск, хе-хе) заставляют вас сидеть со своими кастрюлями, коваными сундуками, стегаными одеялами, с семисвечниками, со всем этим тяжелым скарбом на месте и ждать судьбы, когда девочка плачет и умоляет все бросить и бежать сломя голову в никуда, на край света. «Он сказал правду в Варшаве, этот человек из Одессы, и у меня предчувствие», — плакала девочка их любимая. Но кто сказал, что надо верить предчувствиям? Она же еще ребенок, а *кинд*, нет?! И рэбе из местечковой синагоги, только-только покрашенной на праздники, к тому же повторяет: «Надо подождать, *идн*, где имение, а где вода, *дафмен вартн*». Жаботинский сказал слушателям в Еврейском доме, что надо бежать из Европы, пока это еще возможно.

«Вот уже три года я призываю вас, евреи Польши, я по-прежнему предупреждаю вас, не переставая, что катастрофа приближается. Именем Б-га, пусть хоть кто-нибудь из вас спасется, пока еще есть время! Времени осталось очень мало», — говорил Жаботинский, выступая в Варшаве 12 июля 1938 года.

Баба Года тогда его слышала в Варшаве и примчалась к родителям и братьям с сестрами, предупредить и вырвать их из этой жизни в другую, спасти их. Но что она могла одна против их упрямства, недоверия, сомнения. Она уехала одна, через всю Европу, через Средиземное море, через бог знает что еще, преодолев тяжелейший путь в страну-не страну, которая была похожа на сон во время воспаления легких, желто-красную, пылающую и опасную. Через три дня после того, как Года сошла на берег в порту города Яффо, она познакомилась с парнем, биография которого совпадала с ее почти пугающе. Только он был младше ее на два года и был родом из-под Гомеля. Его звали Гилель. Он был веселый, в отличие от нее, белоснежное лицо его с зачатками местного загара постоянно меняло свое выражение, нос был крепкий, неровный, глаза рыжие и внимательные, ключицы торчали в распахнутом вороте рубахи, Года потеряла голову совершенно и окончательно. Она была настоящей и необычной для этих мест красоткой, Фрида явно получила свою красоту в наследство от своей бабки. Через две недели Гилель и Фрида поженились в Иерусалиме, где у Гилеля была работа на рынке в небольшой пекарне, которой владел громкоголосый иракский еврей из знаменитой семьи Абади. Гилель тоже был влюблен и очень взволнован. Хупу поставили в Геуле в большом зале иешивы «Мир», было много нарядных людей, мужчины были в белых рубахах. Молодоженов носили на стульях, старики-прихожане плясали изо всех сил, потому что так полагается. Года смеялась, подавляя счастье, что ей не удавалось совершенно. Гилель, который был в картузе по столичной моде тех лет, выпил большой стакан тонкого стекла, наполненной анисовой настойкой. Он был совершенно пьян не то от выпитого, не то от умопомрачительного вида жены, чудное лицо которой с непроницаемыми светлыми глазами за фатой пьянило и кружило его. Они были обречены любить друг друга и жить вместе всегда. Навсегда(?!). Гилель умер все-таки раньше Годы на 6 лет.

Первые два года после его смерти баба Года регулярно видела совершенно живого Гилеля в углах своей комнаты, на подоконнике и даже на шкафу. Только он не говорил ничего. Он выглядел, как в молодые годы: подвижное лицо, бледные губы, легкие волосы и белая рубаха с расстегнутым воротом. Синеватый и, как бы, размытый абрис.

Она вставала с постели, подходила быстрым босым шагом по ледяному полу, скользила в угол комнаты, подробно ощупывала все рукой, убеждалась, что никого нет, что Гилель ее в той области, где ни до чего ему нет дела, даже до нее. Она пожимала плечами, вздыхала, чего-то бормотала непонятное и возвращалась обратно в кровать. Года не была разочарована, она все понимала, просто хотела убедиться, что его нет в комнате и вообще поблизости. Года плохо спала и покойно лежала в ожидании сна, выложив руки поверх одеяла. Глаза ее в перепутанных, совершенно девичьих ресницах, были открыты, она ни о чем не думала. Такие же перепутанные ресницы были и у Фриды, не зря Года говорила всем домашним вокруг, что «Фрейда моя точная копия», что-то в ее словах было от правды. Несколько натянуто сказано, есть оговорки, но почти верно. Кто лучше, кстати, из них, кто краше, определить было невозможно. Красота, вообще, и красота женская особенно, подпадают под понятие вкуса, хотя и есть такие, которые считают, что красота понятие абсолютное.

Не будем спорить, но не согласимся.

Родные Годы не смогли въехать в Палестину, потому что англичане (Верховный комиссар Гарольд МакМайкл) утверждали, что сертификаты на въезд кончились.

Все родные Годы, Гилеля, как и тысячи других людей, остались в оврагах и рвах Западной Белоруссии. Года не могла слышать слова «англичане», ей становилось плохо. Она переворачивала горы, чтобы добиться сертификатов для отца и других, но чиновники говорили, что сертификатов нет и не будет. «Тупые дебилы и их лживые английские улыбки», — так безоговорочно заявляла она об этих людях и сразу переводила разговор на другие темы.

Бен Гурион называл МакМайкла «ужасным человеком, самым худшим из всех Верховных комиссаров Эрец Исраель».

В годы 2-й мировой войны МакМайкл лично активно препятствовал въезду в Палестину еврейских беженцев выше установленной Британией перед войной квоты. При этом, согласно некоторым источникам, с 1941 г. остались неиспользованными тысячи(!) сертификатов на въезд в Палестину.

Жаботинский сказал об этом Верховном комиссаре (МакМайкл), выпускнике Кембриджа, что «такого тупицу невозможно было бы взять на работу уборщиком в бане, потому что он бы не справился, не сумел бы убрать». Но дела все это не меняло. На жизнь МакМайкла покушались семь раз, в основном это были боевики «Лехи», но все было неудачно. Пули и бомбы проходили мимо него. Не судьба. Он прожил восемьдесят семь лет.

Заметим, что Верховные комиссары Палестины — высшие должностные лица, уполномоченные представлять Соединенное Королевство в британской подмандатной Палестине в период с 1920 по 1948 годы. Их резиденция находилась в Иерусалиме.

Года неожиданно вспоминала, как Гилель был неловок с нею в начале их семейной жизни, как горячился, как был тверд, ничего не знал и ничего не понимал, и как ей все это нравилось. Горечи и тоски у нее не было, она думала об этих днях и ночах с нежностью. Он горячил ее своей страстью, а она вызывала у него невероятный и необъяснимый приступ такой радости, что можно было озаботиться здоровьем его сердца. Но сердце Гилеля было крепчайшее и неотвратимое, как швейцарские карманные часы, которые он привез из родной Белоруссии и которыми гордился так же примерно, как гордился Годой, ее красотой и врожденным благородством. Он умел рассмешить ее, что было очень важно. Мог удивить. Мог напугать. Мог загнать в угол. Задавал мало вопросов. Годе это нравилось. Напоминало поездку на поезде вдоль побережья, на перегоне между Хайфой и Нетанией.

Года рассказывала Фриде громким шепотом, посвящала ее в тайны своей жизни:

— Ты не знаешь, но весной сорок второго года здесь у нас была отчаянная ситуация. Немцы шли на Палестину, им помогали итальянцы. Командовал немцами маршал Роммель, у которого был приказ Гитлера убить всех евреев Палестины. Ты понимаешь, да? Они решали свои проблемы, эти немцы. Роммеля звали «лисом пустыни», он был большим гуманистом, этот Роммель, по слухам, но дело свое знал хорошо, гнал англичан по Африке как псов.

Самым дефицитным продуктом в ишуве был яд. Все покупали и доставали яды, кибуцы скупали яд оптом, никто не хотел попасть к убийцам в руки, все знали, что они делали в Европе. Говорили, что от Гитлера, божьей напасти, никуда не скрыться. Я была медсестрой, у нас дома тоже был яд. Достала Года, достала себе и Гилелю на погибель. Было тревожно, страшно.

А потом вот что случилось. Немцы казались неудержимыми, дошли до города Аль-Аламейн на той стороне канала в Египте. Тогда два раввина-каббалиста, ты знаешь, девочка, что такое каббала? — поинтересовалась баба Года.

— Что ты! Я знаю. Не маленькая.

— Так вот. У каббалистов был острейший спор по поводу того, можно это делать, останавливать молитвами и небесными проклятиями немцев, или нет. Были такие, очень авторитетные, которые называли все это идолопоклонством, колдовством, магией. Но были и другие. Двое из Иерусалима из иешивы «Врата небесные» в Макор Барух (знаешь, это, девочка, в Геуле, на первом светофоре, если идти от телевидения, надо направо свернуть), считали, что можно и нужно. Это тебе к сведению, Фрейдале. Не скучай, терпи, это важно, девочка.

— Я не скучаю совсем, — голос у Фриды был напряженный и высокий от этого. Баба Года скользнула глазами по ее лицу и продолжила. Она редко теряла нить своего рассказа.

— Так вот, двое из этих почтенных раввинов решили это сделать, остановить злодеев. Они договорились с английскими летчиками и облетели на самолете границы Эрец Исраель. Эти джентльмены взяли с собой четырех петухов, которые были без единой крапинки, то есть совершенно белые, и сели перед открытым грузовым люком. На люке на всякий случай натянули веревочную сетку, чтобы они не выпали. Мужчины были в возрасте, и у них отсутствовала соответствующая подготовка. В каждом направлении полета, то есть на западе, юге, востоке и севере они забивали по петуху и говорили особые молитвы, окропляя кровью землю под самолетом. Они были в перьях и крови птиц, так как дул сильный поток воздуха им навстречу. Они не выпали из самолета, несмотря на отсутствие нужной тренировки и преклонный возраст, и благополучно вернулись на землю. Самолет совершил дозаправку в (иорданской) Акабе. Он приземлился в Иерусалиме на аэродроме в Атарот, знаешь, где это, девочка? Да, конечно, по дороге в Рамаллу слева. Раввины вылезли наружу, очистили пиджачки, шляпы и рубахи от перьев и крови, дали летчику-ирландцу на пиво и на ветхом автобусе с облупленной синей краской по стенкам и открытыми боковыми стеклами, иногда приезжавшем из Шоафата в сторону Кикар Шабат, отправились по домам. Был понедельник 3 ноября 1942 года. Шел противный ноябрьский дождик в Иерусалиме, что называется, не нашим, не вашим. На следующий день армия Роммеля была разгромлена под Аламейном. Роммель потом в 44-м отравился после провала заговора против Гитлера, ему дали право выбрать смерть, уважали за заслуги и авторитет. Он замкнул круг, как говорится, благородный солдат, отец рядовых и сержантов, лис пустыни, командир полка охраны Гитлера, начальник там наверху все видит, абсолютно все, это известно давно. Вот, Фридочка, это все.

Откуда она это все знала, было неясно, память у нее была невероятная. Нашептали, наверное, бабки, по секрету, откуда еще. Такая вот женщина из Белоруссии, проработавшая почти 50 лет хирургической медсестрой в иерусалимской больнице Хадасса Эйн-Керем. Баба Года вздохнула, глядя перед собой своими ясными горящими очами и явно наблюдая воочию картины разгрома армии Эрвина Роммеля. 130 тысяч немцев взяли тогда в плен англичане, между прочим. Вокруг головы Года часто заплетала седую косу, которая создавала некое подобие белой драгоценной короны, очень красившей ее.

Фрида смотрела во все свои длинные глаза на свою любимую бабулю (*савтуш*) Году, умницу и красавицу, которая помнила все и всех, знала очень много и хотела научить внучку всему, что знала сама.

— Говорить на эту тему просто так всуе нельзя, упоминать в разговоре тоже нельзя. А то я слышала, все бросились сейчас изучать каббалу, все мудрецы, все всем разрешено, а ведь это просто опасно, девочка моя, просто страх божий. Запомни это, Фрида, —

мощный учительский навык у нее был непонятно откуда, всю жизнь она проработала медсестрой. Из дома, наверное, от папы и деда, откуда еще.

— У нас с тобой те еще имена, торжество галута, — сказала по дороге Берта Фриде без осуждения. Легкая саркастическая улыбка сопровождала эти слова. Женщины направлялись по тенистой улице чудесного города Оснабрюк на коктейль к куратору выставки в музее Нуссбаума. Их сопровождали весомая тишина и не менее тяжкий зной. Плюс 27 по цельсию, как показывал огромный градусник под вывеской отделения Дойче банка.

Они были похожи на двух принцесс королевского двора, только одеты эти женщины были как-то не вполне по-королевски. «Нам не хватает вуалей, частых и самых дешевых», — засмеялась смутившаяся Берта, когда проходивший мимо германский юноша атлетического сложения, в гетрах на выпуклых икрах и шляпе с перышком за лентой, повернул им вслед голову и споткнулся, чертыхнувшись на всю улицу.

Веснушчатая круглолицая и улыбчивая Берта в строгом костюме и белой батистовой кофте, с выложенным наверх воротником и смело открытой грудью, походила на распорядительницу высокого ранга, успешную карьеристку. Фрида была выше ее ростом, стройная, легкая, медлительная, знающая себе цену, несколько грустная, являла собою противоположность Берте во всем.

На них оглядывались редкие прохожие, выворачивая головы. Немки тоже хороши собой, тоже грациозны, но эти были другие, местный глаз их выделял сразу. А эти две весталки казались дикими, таинственными, непривычными, колючими и необъяснимыми цветками Средиземноморья. Таких здесь не видели давно и не могли вспомнить, так как прошло уже два поколения с тех пор, или даже два с половиной поколения, поди узнай. Порхающие бабочки-лиственницы, чертившие в воздухе сложные узоры, и сверкающие на заходящем солнце изумрудные стрекозы размером с ладонь, дополняли городской и совершенно сказочный пейзаж Оснабрюкена. Вот сейчас из-за дома и из-за густого куста с частыми желто-красными розами выйдет атлетически сложенный охотник в шляпе с перышком за лентой, ослепительно улыбнется и спросит их: «Девочки, кто-нибудь хочет меня полюбить так, как я люблю вас?». Из-за угла вышел пожилой, прихрамывающий на обе ноги мужчина в костюме из трех деталей, поклонился дамам и поплелся дальше по своим старческим грустным делам.

— Память сохраняется в трех поколениях, девочка. Ты вот как раз третье поколение, потому я так болтаю, стараюсь, чтобы ты запомнила, твои дети уже будут не в теме, не вспомнят, — говорила Фриде Года.

— Да где там мои дети, нету детей, бабуля, — горько пожаловалась Фрида.

— Не говори ерунды, будут дети, старайся, и мужу своему скажи, чтобы старался, — сердитым голосом наказала Года.

— Да уж мы, бабуля, стараемся, просто уже сил нет.

— Еще больше старайтесь, я тебе дам сейчас, детей нет, ишь какая, — Года сердито сдвигала брови, — дайте деньги на синагогу, маму-то помнишь свою, как звать? Пусть молятся.

— Хорошо, бабуля, — Фрида уже раза три носила деньги в синагогу, что на главной улице в глубине старого сада. Передала служке, и имя мамы записывала раввину на клочке бумаги. Пока все было впустую. Про это она Годе не сказала.

Приняли их прекрасно. В помещение музея вел просторный коридор со стеклянными стенами. Дюжий полицейский внимательно осмотрел пришедших и сказал низким голосом человека от закона: «Прошу вас, дорогие дамы, проходите, вас ждут». Клаус, бритый джентльмен академического вида, в круглых очках без оправы, в прекрасном костюме, рубашке глубокого синего цвета без галстука и ромбовидным университетским значком Магдебурга фиалкового цвета на лацкане пиджака, был любезен донельзя. С несколько напряженной улыбкой человека при исполнении, он просто стелился перед ними. Клаус, его звали Клаус, как он сам им сказал, сразу представил женщин всем присутствующим, затем подвел их к картинам Нуссбаума, которые привезла Берта.

— А это наш гость из Москвы, познакомьтесь, профессор искусствоведения, — Клаус подвел к ним мужчину, почему-то одетого в свитер. На нем был также бордовый галстук, пиджак цвета мокрого асфальта. У него было надменное бритое бледное лицо и расчесанная на пробор густая актерская шевелюра. Вздернутый подбородок придавал его лицу столичный лоск, довершал образ. При всем при том этот человек оставлял общее впечатление неуверенности и даже жалости.

Так нередко случается с некоторыми людьми, считающими себя недооцененными и обойденными вниманием, признанием, любовью.

Он, казалось, кричал во весь голос, этот гость из Москвы: «Хочу женщин, цветов, шампанского, обожания, славы, блуда и всего остального». Можно добавить, «всего этого остального в полной мере». В кармане его пиджака лежали очки в пластиковом футляре с защелкой, расческа, купленная в магазине «Тысяча мелочей» на Арбате, пухлая записная книжка с продублированными на всякий случай страницами и мобильный телефон черного цвета, который еще не занял доминирующего места в жизни людей тогда. На плече его висела кожаная сумка с откидной крышкой на молнии. Он, его образ, были раздражающе знакомы Берте, как будто она провела детство в одном дворе с ним и его семьей.

Наблюдение за этим человеком больше одной минуты вызывало нестерпимое чувство неловкости. Как будто бы вы высмотрели что-неприличное и гнусное, что видеть просто нельзя, потому что просто нельзя. Нельзя и все. А вы смотрите и смотрите, остановиться не можете, бестактный недалекий вы человек.

Он хорошо говорил по-английски. Хороший вуз, хорошее образование, большие знания. «Вы привезли эти работы из Иерусалима, да? Этот беженец меня очень напрягает, признаюсь», — сказал профессор из Москвы, которого звали Кириллом Сергеевичем. Он изо всех сил пытался быть естественным и светским. Берта его внимательно слушала, Фрида с максимально равнодушным видом на своем скуластом белом лице стояла рядом с ними, глядя в сторону, этот человек не вызывал у нее доверия. Ее дорогие на первый взгляд часы на левом, не менее дорогом, запястье, которые она откровенно повернула к себе, показывали 19:27.

— У меня к вам несколько вопросов, сударыня, — сказал профессор, не глядя на Берту. На Фриду он смотреть просто опасался почему-то. Эта женщина могла вогнать почти любого человека в безвыходную ситуацию легким поворотом головы, ледяным взглядом и в обычной ситуации. А сейчас эта женщина демонстрировала брезгливость, объяснить которую, наверное, она бы не смогла. Какого цвета были глаза у Фриды, очень хотелось бы узнать, потому что они, глаза, меняли окраску в зависимости от настроения хозяйки, погоды, самочувствия, восхищения окружающих и других столь же значительных причин.

Берта живо обернулась к московскому гостю, лицо ее было сама любезность. Хотя, если уж совсем честно, у нее этот Кирилл Сергеевич, или как его там, тоже не вызывал симпатию. Какой-то он был скользкий, со следами на шее и аккуратно расчесанными волосами, и так далее. Искать долго не надо. Но ее все детство учили быть любезной с гостями и вообще с людьми. Как не странно, с таким воспитанием Берта, кокетливая от природы, отличалась добродетелью. В жизни она руководствовалась единственной мыслю: у меня есть муж, не о чем говорить вообще.

— Эти работы Нуссбаума действительно вам нравятся, действительно это большая живопись? — он смотрел искоса, и не то у него была ухмылка или ее подобие, или какая-то гримаса, не то все-таки ей показалось? Ну кто ты такой, надменный глупец, а?! Вообще, Берта могла взорваться и отреагировать на хамство, на бестактность. Ей нравилась собственная неуправляемая ярость, впрочем, быстро затихающая. Она любила выспренно формулировать свои чувства, например, отношения с мужем называла «незатихающей страстью». А вот этот, в парадном костюме с тревожными глазами человек из Москвы казался ей «неопрятным гусем», хотя был одет чисто и даже по-своему нарядно. Но женщины, настоящие женщины, к которым, конечно, относилась и Берта, все эти досадные мелкие детали чувствуют мгновенно.

— Вы хотите говорить на эту тему? — спросила Берта, полуотвернувшись от москвича. — Мы поссоримся с вами.

— Нет, не поссоримся. Просто все это, — он показал рукой на две картины Нуссбаума, которые привезла из Иерусалима Берта, — не то, незаслуженно. Есть сотни других художников, ничуть не хуже, но с другой судьбой, которым никто и никогда не будет строить музеи, как это можно не понимать? Скажите?! Слышали такое имя, Фальк? А?

Картины Нуссбаума назывались «Беженец», «Синагога», картины как картины, никто от этого глупого правдоискателя не ждал его московской оценки. Кто он такой?!

— Все так запутано с этой историей войны и ее жертвами, — возбужденно сказал москвич.

Раздражение Берты от этого человека росло. Она, в другой ситуации, конечно, развернулась бы и в гневе ушла, не простившись, но здесь, в германском музее, на приеме, ей показалось это сделать невозможно.

«Все очень сложно и понятно, мистер. Я не должна ничего объяснять вам и оправдывать этого человека, его судьбу, жизнь и смерть, мы, и я, и вы не имеем права судить чью-то жизнь, страдания, смерть», — у нее был очень приличный разговорный английский.

В детстве у Берты была школьная подружка, родители которой переехали в Израиль из Южной Африки, из города Йоханнесбург. В этом доме кроме родителей были три дочери, а также родной брат отца, который после смерти жены жил один в соседней квартире. Все говорили дома только по-английски, Берта была вовлечена в разговоры и игры, слушала сказки Андерсена и восторженно обсуждала с крупнотелым, плосколицым отцом семейства, похожим на бура из романа Майн Рида, школьные успехи его дочерей, которых не было и в помине. Но английский у нее остался с тех пор очень хороший. У москвича английский был надежный и понятный, но заскорузлый какой-то, угловатый и похожий, как это ни странно, на идиш. Идиш, напомним, это еврейский язык ашкеназов, иначе говоря, тех евреев, которые проживали раньше в Европе, а теперь там уже почти не живут. Или еще живут? Еще остались, курилки?

Берта внезапно почувствовала какое-то роковое отчуждение от этого человека.

— Вы знаете, а я в бога не верю, я — атеист, но, замечу, что значение его в вашей иудейской жизни сильно преувеличено. Что такое? Уже все всем понятно, а вы цепляетесь за него и цепляетесь. Мир уже стал совсем иной, только вы этого не замечаете, упрямцы. Я понимаю, что вы без него чувствуете себя обездоленными, сочувствую вам, — москвич что-то хотел сказать, и Берта догадывалась что. Этот опрятный, чистый старик (кто же еще, конечно, старик), так она его определила для себя, вызывал у нее резкую неприязнь. «Господи, да что ж такое, а?!», — жаловалась Берта про себя.

Она хорошо знала одну фразу по-русски, которой ее научила когда-то в Париже незабвенная подруга Лида, о которой расскажем позже. Она отвернулась от него и несколько раз произнесла эту фразу, чтобы не сбиться. «Это непереводимо, но очень важно», — подумала Лида. В конце концов, она ничего не сказала Кириллу Сергеевичу, только криво улыбнулась ему. Лида ее помимо этой фразы научила никогда не ругаться с уборщиками, таксистами, официантами и другими людьми схожих занятий. «Никогда, слышишь», — настойчиво говорила она. Берта запомнила это наставление хорошо. А та русская фраза Лиды звучала так: «Дурак ты, парень, старый безнадежный дурак, и уши у тебя ледяные».

— Ты не думай, девочка, мы с Гилелем хорошо жили, весело. Он был заводной такой парень. Однажды поехали в Тель-Авив, посидеть в кафе, поесть чего-нибудь, выпить, потанцевать. Я была беременна твоим отцом, кстати, первые недели, шесть, точнее. Приехали, сели за столик под тентом на берегу моря, сделали заказ. Белый песок, синее море, волны балла на два, порывы ветра, насыщенные песком, чудесно все. Сидело несколько людей за столиками с белыми скатертями, все одеты в белое, торжественный вид, нарядные, улыбаются, негромкие голоса. Звон посуды в кухне. Хозяин, манерный и медлительный, с властным лицом, обведенными черным цветом глазами и ужасным голосом, похож на кинозлодея из английского фильма. Немного переигрывает, но не смешно.

Завели патефон, пел Александр Вертинский, он был в большой моде здесь тогда: «Он юнга, родина его — Марсель, он обожает ссоры, брань и драки. Он курит трубку, пьет крепчайший эль, и любит девушку из Нагасаки. У ней такая маленькая грудь, на ней татуированные знаки…». Я млею, люблю танцевать, да ты ведь не понимаешь русского, Фрида, просто поверь мне. Нам приносят шампанское в железной кадке со льдом, овощи, масло, апельсиновый сок, поджаренный хлеб, мельхиоровые ножи и вилки, гладкие с синевой салфетки, просто счастье. О деньгах не думаем, не в деньгах счастье, девочка.

Вдруг музыка с ужасным звуком съезжающей с пластинки иглы прервалась, и хозяин зычным голосом объявил, почти продекламировал: «Господа! Германия напала сегодня ночью на Советский Союз без объявления войны, немцы наступают по всей линии фронта от Балтийского моря до Украины и Белоруссии и дальше». А куда там дальше, а?!

Раздался как бы общий тяжкий вздох, все пришло в движение, средних лет официантки, в основном, недавние беженки из Восточной Европы, суетливо забегали в попытке собрать деньги с суетящихся и пытающихся уйти прочь людей. Не до завтраков и обедов, война нагнала всех, вопрос один: что там и как товарищ Сталин ответит нацистам. Надежда на русских, одна надежда на русских. Дадут Гитлеру по морде, как русские любят, наотмашь. Или у них тоже кишка тонка… как у поляков, на которых все рассчитывали, как на гордых смельчаков. Неужели?

Мы поехали с Гилелем обратно в Иерусалим, соседи наши на Навиим, где мы жили тогда возле спуска к Шхемским воротам, полнолицые купцы в чесучовых костюмах, счастливо улыбались нам в лицо, мол, мы за все это всей душой, мы за все это наше безграничное счастье, мол, время наше пришло, господа беженцы». Нас они терпеть не могли, считали пришлыми голодранцами, шантрапой. Был среди них один с кремовой кожей, медлительный благородный человек, пришел к нам и сказал, чтобы мы не волновались: «Я вас, если что, спрячу у себя». Гилель сказал ему спасибо и пожелал не торопиться с выводами. Англичане вели себя ужасно. И арабы их не любили тоже, считали, что англичане за евреев, а не за них. Никто этих англичан не любил, бедных. Но сейчас к ним неплохо относятся, или я ошибаюсь, Фридочка?

У бабы Годы бывали такие вечера воспоминаний, она говорила и говорила, а Фрида сидела и слушала.

— Ты знаешь, Фридочка, осенью сорок второго года в Палестину прилетела советская делегация. Военные люди. Что-то они там замышляли с англичанами или еще с кем, но что — никто не знал, в газетах написали скупо, приехали восемь человек в макинтошах, двое были в кителях. Все это я вычитала в газете. Вечером советских повели в театр Оэль, где давали юмористическую пьесу о нравах в колхозах советского драматурга Василия Шкваркина «Чужой ребенок», невероятно популярную в СССР. В Габиме тогда ставили Симонова «Жди меня», но советских повели на Шкваркина почему-то. Наверное, не тот ранг, или еще что, а может, они сами захотели отдохнуть от напряженных будней, просто посмеяться. Неизвестно. Мы с Гилелем в театр тогда не ходили, было не до театра в Иерусалиме.

Советские сидели во втором ряду, им тихо переводили текст с иврита, они плохо слушали, но вели себя корректно, в антракте выпили коньяка, который, кажется, принесли с собой. Вполне возможно. Изредка они, прикрывая рты ладонями, хохотали над диалогами. Все равно, несмотря на усилия гостей быть потише, их смех звучал значительно. В спектакле Оэля уже не был занят коммунистический активист, характерный актер Шмуэль (Муля) Микунис, который позже расколол, к чертовой матери, компартию Израиля на просионистов и антисионистов. Муля, агент Коминтерна, как он сам говорил про себя, имевший французский диплом инженера, был милый человек и не злодей, в отличие от других. Зато главную роль играла Люся Шленская, потрясающая женщина, жена поэта Шленского. Она была красавица: фигура, кожа, все при ней — только счастья не было у нее. Ужасная судьба, страшно подумать. У нее был порок, от которого, к несчастью, она не смогла избавиться.

На все и у всего есть причины, ты это помни, моя ласточка. Я все время повторяю себе, не заигрывайся, старуха, останавливайся, а я тороплюсь выговориться, тороплюсь не успеть, понимаешь!?

Баба Года не рассказала Фриде, может быть, не захотела, может быть, отодвинула на будущее, что у них дома Гилель держал в спальне топор с короткой ручкой. Отточенный топор, блестя лезвием, стоял возле кровати, опираясь о стену рукояткой, ждал своего часа и, к счастью, не дождался. Потом Гилель достал где-то (купил? выменял?) арабский весомый кинжал, *шабарию*, с инкрустированной ручкой и украшенными сложным узором ножнами. «Пусть будет», — деловито объяснил он Годе. Это все было до Эль Аламейна, а потом он не отменил всего этого, «украшения жилья», по его словам. «Ведь не мешает, правда, Года? Так спокойнее».

Во время *шивы* по Гилелю бабу Году посетил неожиданный гость. Министр по делам религий, стройный невысокий сефард-ортодокс, пришел к Годе выразить соболезнование после смерти Гилеля. Фрида, сидя на диванной подушке, брошенной на ковер, наблюдала за всем со стороны, сидя подле бабки и зорко следя за ее настроением и выражением лица. Она держала в ладони бабкин амулет и незаметно и медленно потирала его пальцами.

— Ваш Гилель, госпожа Года, — произнес в затихшей комнате министр, похожий на дорогую фаянсовую статуэтку, — был для меня, для всей нашей семьи, ангелом-спасителем. Нас двенадцать детей было в семье, отец больной, мать уборщица. Он каждую неделю в четверг вечером привозил к нам домой большую коробку с продуктами, чтобы мы поели. Каждую неделю, годами. Он нас спасал, буквально. Чтобы вы знали, госпожа Года, Гилель Калев был святым человеком. Потом он оплачивал мое и моего брата образование, все делал без помпы, без шума. Мы молились на него, госпожа Года.

— Я не знала ничего, он мне не говорил, — растерянно призналась Года, поправляя тонкую цепочку на шее, подарок все того же Гилеля на шестидесятилетие.

Этого человека, поднявшегося в политике так высоко, и явно достойного и благодарного человека, было почему-то Фриде слушать неловко. Неизвестно почему. Наверное, потому что он говорил о Гилеле Калеве правду, вслух и при посторонних, после ухода того навсегда, безоговорочно и безоглядно. На самом деле непонятно, почему Фрида так думала. Вот Гилель, худой энергичный человек, иногда веселый, пунктуальный, аккуратный, ее родной дед, казался ей вечным и неизменным, как бурого цвета прочнейший буфет, сработанный замотанным столяром из Гедеры полвека назад из дубовых неподъемных досок, в их с Годой гостиной. Ну, что говорить? Конечно, Гилель был кристальный человек. Он ушел, как будто его и не было. Так и должно быть, подумала Фрида. Она тоже, конечно, была не самая мудрая женщина, очень многого понять не могла, но заметим, что в ней присутствовало чувство справедливости и правды, и, что главное, закрома памяти. Иногда это ей мешало.

Баба Года всегда и часто говорила, что память о чем-либо и о людях тоже, живет три поколения.

— А с 1 мая сорок второго года в Эрец Исраель было прекращено производство мороженого. Англичане экономили сахар и запретили есть мороженое населению. «Затянем пояса, — писали газеты, — надо идти в ногу со временем, граждане, 400 тонн сахара экономии». Люди перестали есть мороженое, Года обожала шоколадное мороженое, но не расстраивалась, знак времени, конечно. Только в феврале сорок пятого мороженое вернулось в ишув. Тогда раздали тысячу порций мороженого бесплатно в детские сады Кфар-Сабы и окрестностей. В Иерусалиме тоже радовались этому, война шла на убыль в Европе, русские гнали немца безостановочно, второй фронт поджимал с запада, Гитлер закрылся в бункере, возвращение мороженого было знаком времени.

В пятьдесят третьем, перед самым Песахом, к нам в больницу привезли двадцатипятилетнего майора с тяжелым ранением. Волосы золотые, глаза ласковые, лихие, сложен как Аполлон, руки длинные, чуткие. Девчонки из других отделений прибегали посмотреть, повздыхать. Старик лично приходил проведать, он очень ценил этого парня. Раненый быстро поправлялся. Это был Красавец, тот самый, который теперь вон какой боров. Разъелся, возраст, генетика, переживания. Конечно, оторва мужик, делает, что хочет, но есть у него масштаб, лихость, отчаянность. Жестокий. Щедрый. Не знаю, как у него с мудростью, взглядом в будущее. Он самонадеян, никого не жалеет, и себя тоже, много чего может намудрить и намудрит еще. Вот помяни мое слово, Фридочка, он намудрит. Отчаянный упрямец. Интуиция меня не подводит.

К нему парни из части его приходили, их было у него человек 30-40 в отряде, не больше, мы от них по стенкам шарахались, поверишь. Веселые, вкрадчивые, отчаянные, откуда он их взял только. Я таких только в американских детективах и видела в молодости. Бандиты с большой дороги, один ушастый был, из Иерусалима, самый страшный, голос трубный, руки-лопаты. Они шороху здесь нагнали, эти парни Красавца, девочка. Мстители, ох! Но так было нужно, наверное, мы же не все знаем, правда. Соседи наши разбойные их боялись очень. Про семью Красавца я говорить ничего не буду, это не наше дело, не мое, во всяком случае. И ты не говори, это препоследнее дело, сплетни собирать, поняла?! Скажи, что поняла меня?

— Поняла, бабуля, конечно, — сказала Фрида, — я запоминаю, ты говори, говори.

— Когда твой отец, девочка, женился, я отправила Гилеля просить реб Шлейме Залмана, был такой великий праведник, чтобы он обвенчал мальчика и твою маму, мы были с ним одно время соседями. Тот святой железный человек согласился и обвенчал нашего Моисея. Никаких денег не взял, и слышать не хотел. Твоя мать до сих пор говорит, что благословение этого человека не дало им развестись, она знает наверняка. Я в это верю очень. Устала, да, девочка? Я сегодня разговорилась что-то, прости меня.

Все эти истории баба Года рассказывала любимой внучке не за один раз. К счастью, рассказы ее растянулись на несколько чудесных дней и даже недель. Отец Фриды затеял перестраивать квартиру и переехал на время к матери, которая осталась одна после смерти Гилеля. Тот шел по улице Шлом Цион вниз, упал возле входа в бакалейную лавку сразу за магазином цветов одной шикарной «русской» специалистки навзничь поперек тротуара и все, волосок его жизни порвался, он перестал жить.

В Эрец Исраель тысячами ехали в те годы евреи из разваливавшегося СССР, Красавец тогда был министром по делам новоприбывших или что-то в этом роде, он пытался их расселить, строил, шумел, доставал деньги, намерения его были наилучшие. Ему нравилось, что его называли бульдозером. Недруги величали Красавца носорогом. Ему было все равно. «Называйте как хотите, хе-хе, только не мешайте», — сверкая глазами, говорил он, могучий, прыткий, тучный, сидевший на двух стульях, упрямец. Вот и договорился.

Если честно, то своей профессиональной карьерой Берта была обязана профессору с кафедры истории, который ей благоволил. Она была очень способная, хваткая, работящая, ко всему, абсолютная память, но профессор ей все-таки помог очень. Он был из знаменитой иерусалимской семьи, брат генерала. Профессор властвовал в университете, любил студенток и других дам, которые его тоже жаловали. Берту он заметил еще на первом курсе, она была беременна, тяжело и быстро передвигалась, училась отлично, старалась. Беременность была ей к лицу, хотя казалось, куда еще хорошеть этой деревенской веснушчатой глазастой девице. Профессор хвалил курсовые работы Берты, иногда гладил ее шею и плечи, но не более того. Берта, лукавая королевская бестия, улыбалась. Она его боялась, ценила, но что-то в нем было от первого парня на деревне, это Берте мешало. Он рекомендовал ее на службу в «Мемориал», выделил стипендию из специального фонда, отправлял ее в американские и европейские командировки. А что еще надо от старика, а?

Муж Берты Зеев ревновал жену очень. Он догадывался, что не все так просто с этим «дрожащим стариканом», как он называл профессора. Говорил, что «если бы этот твой фаворит не был бы таким стариком, то надо было бы подъехать на кафедру и оторвать ему рукава пиджака. Имей в виду, Бертуля, что все под богом ходим, доберусь до него, даром, что он старый и ветхий, разберемся». Она улыбалась, крутила указательным пальцем у виска и со словами «дурак ты, Зеев, дурак», уходила, счастливо хохоча, кормить второго их младенца, рыдавшего в голос от голода или еще от чего, кто их знает, этих детей? Никто.

Но так муж Берты до профессора и не добрался. Если бы он увидел профессора хоть раз, то так бы не говорил. Профессор выглядел в свои 72 года просто невероятно. Он был поджар и собран. Импозантен. Запечатлен фотографом, легко и небрежно облокачивающимся о факультетский каменный забор, одетый в белую рубаху без ворота со свободными рукавами ниже локтя. Похож на красавца-любовника из голливудского послевоенного фильма. Законченный циничный атеист, каким, по его мнению, и должен был быть настоящий ученый.

Лицо у него было смуглое, правильное, волосы редкие, в изящной руке небрежно покоились солнечные очки последней модели, очень дорогие, популярные у молодежи. Взгляд блестящий, проникающий насквозь, молодой, видно было, что это опытный сильный человек, повелитель женщин. Выглядел он лет на сорок шесть максимум, возможно, сорок семь. С ним явно нужно было всем держать ухо востро. Всем без исключения. Хотя, если честно, то против Зеева он бы, конечно, не потянул. Достаточно было взглянуть на руки этого двадцатипятилетнего собранного парня, похожие на стальные домкраты.

У профессора был грех на душе, и не один, с которым он жил уже десяток лет и никак не мог освободиться. Не станем углубляться в чужие грехи здесь, но грех этот изредка напоминал ему о себе и очень мешал его существованию. Профессор был похож на жителя побережья, который получил академическую степень, выбился на самый верх карьеры и все равно оставался опереточным героем, несмотря на все старания. Это мешало и Берте, которая все ждала, что вот-вот он запоет, пританцовывая в башмаках со стальными набойками, сольную песенку из бродвейского мюзикла, хотя он был молчалив и выдержан, если честно.

Так называемая перестройка, а потом и развал СССР, вызвали поток иудеев и близких к ним людей в Эрец Исраэль. Социалисты разыграли с новоприбывшими так называемую «русскую карту» перед выборами безупречно. Хотя борьба была серьезной, не на жизнь, а, что называется, на живот. Никто из прибывших сюда жить ничего не знал и не понимал в этой маленькой и очень сложно устроенной политической иерархии, левые великолепно победили на выборах. Использовали ситуацию в свою пользу. Все получилось как нельзя лучше, ловко и почти без скандалов. Правые во главе с маленьким упрямым (все они здесь упрямые, обратили внимание?) лидером проиграли после тринадцати лет правления власть, и социалисты с восторгом ухватились за нее двумя руками. Чтобы они были здоровы, нахватали полные руки власти. Но проклинать их нельзя ни в коем случае, так просто люди наверх в Эрец Исраель не взбираются, есть воля божья на все, запоминай, птичка моя.

Только не сплетничай, девочка, это неверно, неправильно, грех это, Фрида. Запомни. Не для нас занятие. Ты поняла? Запоминай, девочка, запоминай. Мы же тогда думали, что вот кто-то немцам даст отпор, надает по морде. Время шло и шло. В тридцать девятом году на поляков надеялись, но где там... Это я потом поняла, что только мы сами можем себя защитить, только мы сами и никто другой. Никто нам не поможет, только мы сами. И старик это знал, и Красавец.

Берта благодаря своему несчастному отцу это тоже знала, хотя он ей ничего не объяснял. Она не задумывалась на эту тему, ей было не до этого, она была стихийной сторонницей фундаментализма, если только так можно назвать красивую девушку, очень красивую девушку. Красавец ей нравился, казался небожителем, уверенным повелителем подземного царства Аида и рек этого царства. Ему было невозможно противиться и возражать. Но здесь ее мысли о войне и мире, о свете и тьме заканчивались, не имея продолжения. Она была простая, самостоятельная девушка из южного поселка неподалеку от Газы. Очень привлекательная. До призыва в армию они всей семьей переехали жить в столицу. Отец заработал большую сумму на строительстве оборонительной линии Бар Лева на нашей стороне канала. Пахал на своем тракторе по восемнадцать часов в сутки, заработал, вот они и уехали жить в Иерусалим, единый и неделимый. Потом эта оборонительная линия была признана генералами (Красавец был среди них не на главных ролях, конечно) мало эффективной. Но это было уже потом, после той войны. Перед неожиданной сменой власти.

У Берты был одноклассник, который погиб в Ливане, она его хорошо помнила. Парень этот, ничем другим кроме своей смерти не запомнившийся, жил возле итальянской синагоги в самом центре города, и она быстрым пугливым шагом прошла мимо входа в нее, отделанного лигурийским мрамором, и зашла в невзрачный подъезд с наклеенным белым в черной рамке извещением о смерти юноши Бен Хорина. Лифта здесь не было, как почему-то и света. Только беда. Семья этого парня жила на четвертом этаже. Фрида поднялась к ним, задыхаясь от волнения и подъема, торопливо наступая на ступени. Ей было двадцать лет. Дверь в их квартиру была приоткрыта, и она зашла.

Баба Года рассказала Фриде, как они с Гилелем решили пойти в Старый город на четвертый день после большой короткой войны, помолиться у Стены. Народ валил валом со всего Израиля, поглядеть, прикоснуться к камням, поплакать, помолиться. Попросить чего-нибудь.

— Я говорю Гилелю, давай сходим помолимся, вся страна уже была там, народ не мог поверить и просто задыхался от победы, от свободы, от любви. Никто не злорадствовал, не насмехался. А напрасно. Этого вот у нас евреев не хватает, злорадства, все оглядываемся, плохо торжествуем. Смеяться любим, а издеваться нет, если говорить коротко. Даян этот зашел в правительство за день до войны. Он, конечно, все чувствовал, лукавый был, а не лукавый бы и не выдержал всего этого. Только лукавый упрямец. Молодые бабы устраивали демонстрации в Тель-Авиве за неделю до войны, требуя возвращения одноглазого в правительство. «Мы почувствуем себя в безопасности с нашим Даяном», — было написано на транспаранте. Бабы были привлекательные, в мини юбках, холеные, просто с рекламы прилетели. Вся слава за победу в конце концов ему досталась, как же, министр обороны, а это было не справедливо. А были и другие ведь, не слабее, не глупее и точно не хуже его. Вот так эта жизнь устроена, девочка моя. Главное победа, а не справедливость, запомни, Фрейда.

Мы пошли с Гилелем 14 июня утром в Старый город. Пока я его уговорила, давай сходим, ты что, Гиля?! Сколько ждали. Он поворчал-поворчал и согласился, в конце концов. Радость какая, а! Мы спустились по Навиим, повернули направо, дошли до Яффских ворот и вошли. Народу была тьма, все оживленные, веселые, счастливые даже. В Армянском квартале выпили отличного кофе в лавке, съели баклаву. На стене висела большая черно-белая фотография нашего Даяна Мошика с нарумяненными щеками. Торговцы жили в ногу со временем, что справедливо. Денег хозяин не хотел брать ни за что. Гилель положил на прилавок купюру в 5 лир, и мы пошли дальше. Хозяин хорошо говорил на иврите, армяне вообще очень способные, чтоб ты знала, девочка. На нас похожи, натерпелись, только вера у них другая, а так, просто копия… Я не уверена, что говорю тебе чистую правду, что я такая умная, но ты все равно запомни. Хорошо? Мы помолились с Гилелем у Стены. С трудом добрались до нее, столько людей. Знакомых мы не встретили там, хотя народу была тьма. Было какое-то приподнятое настроение у меня, счастье в чистом виде. Как будто груз с меня свалился, так я себя чувствовала.

Хочу тебе еще рассказать про каббалистов, ты должна знать. Был такой раввин Фтайя, жил напротив рынка, если через Яффо в сторону Геулы идти. Иракский праведник. Он разослал своих людей молиться на могилы святых по всей Палестине, чтобы отвели напасть от народа Израилева. А сам, так рассказывают, пошел молиться на Масличную гору на могилу великого Хаима бен Атара или Ор а-Хаим, жившего здесь 250 лет назад. Могила Ор а-Хаима закрашена синей краской, это, говорят, от злых сил, но точнее не знаю, не дано. Кто я такая, скажи?

Так вот, реб Фтая и еще другие люди с ним читали Теилим* за благополучие народа, реб Фтайя поднял голову от молитвенника

---

* Теилим — Псалмы Давида.

и увидел на памятнике четыре горящие буквы, обозначающие имя Творца. Тогда реб Фтайя сказал всем окружающим: «Все, уходим, дети, Он нас услышал». На другой день Роммель был разгромлен со всем своим жутким войском. Вот так Фрейдл, вот так. Иерусалимские будни, столичные великие старики. Мне рассказывали обо всем этом осведомленные люди, которым я верю больше, чем себе, ты поняла меня, девочка?

У бабы Годы была масса знакомых в столице и по всей стране. Всех она помнила, обо всех говорила только хорошее, такая у нее была жизненная установка, «только хорошее, а плохое и без меня скажут, верно, Фрейда? Призрак Деборы меня не преследует, никогда не преследовал, девочка». Фрида не все понимала из ее слов.

Берта никогда никаких русских не встречала и ничего о них не знала, и мнения о них особого у нее не было. Она знала двух-трех тихих женщин из «Мемориала», но они не пересекались на этой работе и мало разговаривали. У мужа был помощник, репатриант из Воронежа. Иногда Мирон брал его с собой в помощь в период больших заказов и запарки. Этот человек лет сорока пяти, инженер-конструктор из города Красноярска, звонил им домой и высоким звонким голосом выкрикивал одну фразу, которая стала в семье ходовой: «Мирон, *бабайта*?».

Однажды профессор, заведовавший академическими фондами и крутивший с ними какие-то дела, организовал ей поездку в Париж. Нужно было переписать оставшиеся от иудеев предметы иудаики, святое дело. Нет?!

Берта прилетела в июне, в городе было душно, чудесно, одиноко, никто ее не ждал (а должны были?), жила она в общежитии Парижского университета, где получила небольшую конструктивно обставленную комнату. Стол для занятий, встроенный в стену шкаф, кровать и туалет с душем. Все просто, элегантно и достаточно удобно.

В Сорбонне, в библиотеке в холодном и солнечном зале Святого Иакова с мерно гудящим кондиционером, она познакомилась с парижанкой по имени Лида, которая жила здесь уже семь лет. Она была очень милой, приехала из Ленинграда, у нее были муж и ребенок четырнадцати лет. Говорила Лида по-французски легко и быстро, будто родилась здесь. Французский у нее был действительно родной, родители бежали от немцев из Франции в сороковом году, добрались до СССР… Дальше все более или менее понятно, нет?! Они умудрились пережить все почти тридцать с чем-то советских лет без особых потерь и выбрались в Париж после визита президента де Голля в Москву и его личной просьбы генсеку о помощи. «Огромная благодарность вашему народу и вам лично за все хорошее, только помогите нашим коммунистам вернуться домой после столь долгого и счастливого пребывания на вашей щедрой русской земле».

— Ты шутишь, конечно, Лида? — Берта все-таки была очень далека от реалий большой политики. Где Москва, а где де Голль и городок Берты на берегу Средиземного моря возле сектора Газа, а?

— Ты что, какие шутки! Такими вещами не шутят, судьба бесценна, и возврата нет в дорогах жизни, — с неожиданным для нее пафосом произнесла Лида, склонная к иронии и сарказму. Она все-таки выросла в городе «над вольной Невой» со всеми вытекающими отсюда неожиданными и самыми фантастическими результатами и разнообразными влияниями на характер и поведение.

Мать Лиды, оказывается, написала волевому и рослому маршалу в Париж перед его визитом в Россию, и тот письмо получил, как это ни странно, и прочел, что еще более странно. И генсек компартии СССР, добродушный, с известными оговорками, сентиментальный, без оговорок, гулкий дядька растрогался и сказал гостю: «Ну, конечно, мой дорогой, коммунисты — братья по оружию, ну, конечно, о чем речь, что вы говорите…». Кажется, он даже всплакнул, но референты вовремя прикрыли кормильца широкими спинами во французских пиджаках. А ведь что, и главное, как говорят недруги о нас, а?! С легким шелестом рухнул карточный домик сумрачной советской действительности, который строили беглые русские мемуаристы и просто скептически настроенные беллетристы последние лет 35-37, прошедшие после Второй мировой войны. Не лейте воду на мельницу Холодной войны, господа-граждане, в своих грязных помойках, меньше лгите в своих «Континентах», «Свободах» и «Гранях». Просто хорошо запомните, что мы — гуманисты, каких нет нигде. Да, к сожалению, здесь забыта ежедневная газета «Русская мысль», исправляем пробел…

Когда маршал, находившийся уже не у дел, скоропостижно скончался от разрыва сердца, советский генсек и советский премьер, никого не предупреждая, приехали во французское посольство в Москве и отдали должное его памяти. Два пожилых джентльмена с темными мешками под славянскими глазами постояли с мрачными одутловатыми лицами в молчании пару минут в скорбной позе, глядя на портрет маршала, перевязанный черной лентой, потом простились и уехали. Посольские были потрясены. И не только они. Уважают в России отважных и непреклонных генералов.

По слухам, когда через много лет в иерусалимской больнице умер Красавец после длительного пребывания в коме, русские руководители в Москве тоже сильно скорбели. Хотя они и были людьми другого поколения, другой школы, представляли другую русскую власть, но все равно скорбели, и не просто по традиции.

Лиде Берта понравилась, она была с нею откровенна, как могут быть откровенны женщины. Иначе говоря, откровенность с оговорками и с известной оглядкой неизвестно на что, на что-то зловещее и пугающее, что есть почти за каждым человеком вообще, и в частности, за человеком, выбравшимся из наглухо закрытой жуткой страны. Это потом почти все изменилось с выездом и приездом граждан, а тогда, в то самое не так уж и далекое время, все было именно так.

«История с нашим отъездом после разрешения все равно заняла несколько лет, я выходила замуж, надо было оформить документы на выезд мужа и другие дела. Но я вспоминаю Ленинград очень хорошо, что ты! Замечательная страна, только с некоторыми непреодолимыми недостатками, если ты понимаешь, о чем я говорю», — сообщала Берте Лида в кафе без занавесок, проглядываемое с улицы насквозь, в котором они пили вино, совсем неплохое красное урожая прошлого года, и закусывали чем бог послал, тот послал им совсем неплохо, не будем распространяться об этой его посылке излишне. Но поверьте на слово, неплохо.

Берта, сильно расслабившись от вина и внимательных, заинтересованных взглядов мужчин всех возрастов, рассказала вкратце на этой же легкой волне Лиде про своего отца и его историю. Добавила, что ее несчастный родитель считает Красную армию организацией почти священной, Лида поглядывала на нее без изумления. «Я понимаю, — сказала Берта, — что в это трудно поверить, но это так. А вообще, отец мой человек старомодный, тяжелый, упрямый, но интересный и ни от кого не зависящий. Любит бокс и бои без правил».

— Главное, не надо идеализировать ту страну, и никакую другую тоже, не сходить с ума по идее, — выразительно глядя на Берту, значительным голосом выговорила Лида. А Берта, что называется, вообще не поняла, о чем речь, потому что она была, как говорят, не в теме. — Ты петь любишь? — спросила Лида.

— Очень.

— Я так и подумала, — ничего не объясняя, сказала Лида и засмеялась почему-то. Муж ее работал в нефтедобывающей фирме и был в отъезде. Быстро сдавшие после переезда в Париж родители жили неподалеку, она к ним забегала пару раз в неделю. Четырнадцатилетний сын, молчаливый, неловкий скуластый (в кого, а?) мальчик, настойчиво учился, был много занят в школе и после нее, и приходил домой поужинать и заснуть. Его было не видно и не слышно. Лида целовала его на ночь. Они не разговаривали много.

— А переезжай ко мне, а?! Все веселей, что тебе в общежитии валандаться, а, Берта?

Берта на секунду застыла с узкой двузубчатой вилкой в руке у рта. На вилку был наколот кусок замечательного пирожного с кисло-сладкой начинкой малинового цвета. Она посмотрела на радостно улыбающуюся ей Лиду и сказала после некоторой паузы: «С удовольствием».

— Будем петь на досуге, — сказала Лида, — мы с тобой споемся обязательно.

Они действительно, как это ни странно, прекрасно поладили. Абсолютно понимали друг друга. Их судьбы и жизнь были совершенно разными, и тем не менее… Они сходили в кино и посмотрели фильм Каннского фестиваля «Страх и любовь». У Берты не было неизгладимого однозначного впечатления, а Лида восхищенно сказала, что очень интересно и самобытно. «Умело и красиво», — она хорошо понимала этот киноязык, разбиралась в нем почти профессионально, изучала это искусство в Ленинграде более двадцати лет назад. Ленинград вообще дал ей многое, заметим. У нее было два советских образования, и оба хороших. Берта была далека от этого всего физически, и от Ленинграда тоже, конечно. Но она чувствовала уровень, что ли. И красоту. И гармонию. Все это было врожденным у Берты, откуда и что, неизвестно. Просто было. Люди часто удивляют нас своими поступками и намерениями. А про женщин и говорить нечего: загадочны, непонятны, таинственны и необъяснимы. Все без исключения.

Берта регистрировала предметы, хранившиеся в глубоких каменных подвалах главного университетского здания. Все было классифицировано и аккуратно описано профессиональным искусствоведом. Берте оставалось только переписать все и удостовериться в том, что предметы именно те, о которых идет речь. Все сходилось на удивление, все сохранено в полном порядке, только хозяева ушли куда-то. А так все в порядке.

После кино женщины пошли в кафе возле дома и поели салатики, чудесный с твердой коркой хлеб со сливочным маслом, мягкий сыр и кофе. Аппетит у них был всегда(?!) отличный, возраст позволял, Лида много спрашивала и рассказывала кое-что.

— Сюда эмигрировали кое-какие важные для меня персонажи из моего города, из моей юности, многих я люблю, это очень помогает, у нас, можно сказать, компания, география их проживания в Ленинграде достаточно широка, от Литейного до Лиговки и Герцена, от Автово до Большого проспекта, от Дачного до Невского, и так далее — это все места в городе, понимаешь Берта?! — вопрос Лиды был риторический. Берта кивала как кукла. Она все-таки хотела уточнить.

— А там что, невозможно было оставаться? Надо было уезжать, да?

Лида поглядела на нее своими несколько раскосыми, почти азиатскими глазами с большим интересом, как бы знакомясь с Бертой заново. Она не улыбалась, выглядела очень серьезно.

— Оставим этот разговор. Думаю, что тебе трудно так сразу понять. Нет, оставаться было невозможно, как только появилась возможность, кто мог уехал, а кто не мог — ждал этой возможности. Не переживай, потом все поймешь, это занимает время, — объяснила Лида. Она была очень осторожна в объяснении и словах, обходя непредвиденные препятствия, как это делает умудренная жизнью в неосвоенной людьми округе (тайга, непроходимые болота, пустыня, мошкара, испепеляющее солнце, невыносимые морозы, дикие звери с двойными рядами страшных зубов) женщина.

Берта, которая тоже кое-что знала о существовании и преградах, смутилась так сильно, как может смущаться человек, запутавшийся в жизни и попавший в безвыходное положение. Она не понимала объяснений Лиды, это было много значительнее ее сознания, она стыдилась этого. Ей казалось, что происходящее сейчас в России меняет действительность в этой стране и оставляет надежду на оптимизм и даже радость. Ну, конечно, о чем речь. О-хо-хо.

В неделю раз в квартире Лиды убиралась женщина, эмигрировавшая из Польши. Возможно, эта средних лет энергичная дама с выпуклыми местами на обширном теле, бежала из польской страны, Берта не уточняла. Она не лезла в чужие дела, они были от нее далеко. Это уже можно было понять по ее предыдущей жизни, да и по будущей жизни тоже.

Лида оставляла уборщице ключи под ковриком у входной двери, а также деньги за работу на столе. Вечером Лида возвращалась с работы и получала начищенный, красивый дом. До ухода на работу Лида приводила в порядок гостиную и спальню, делая это автоматически, потому что перед приходом людей квартира должна быть прибрана, разве нет? Такая у нее была женская натура, с резкими гранями, отшлифованными в Советской России. После ухода Лиды на работу минут через двадцать появлялась Алисия, так звали уборщицу. Она переобувалась в тапки, надевала халат, осторожными движениями рук красила свои значительные губы лилово-красной помадой, подозрительно всматриваясь в освещенное зеркало в ванной комнате и произнося в полголоса короткую фразу-благословение, принималась за работу нежными польскими руками.

Внезапно Лида взяла десять дней отпуска за свой счет.

— Берта, не беспокойся, мне предложили поработать переводчиком с советской делегацией, они приехали из Союза, торгуют рыбными продуктами и консервами, дальневосточники. Французы с ума сходят по Москве с ее рыбной продукцией, как ты знаешь, дорогая. Ты знаешь об этом?

— О чем? — поинтересовалась Берта.

— О том, что французы помешаны на СССР, на красных винах, на маринованных овощах, на морепродуктах и красных флагах, — сообщила быстрым голосом Лида. Она много знала о многом, но глубиной эти знания, как показалось Берте, не отличались. Берте это было не так важно, она и сама была не бог весть как богата знаниями.

— Я догадываюсь об этом, я не маленькая, вообще, — обиженно сказала Берта. Они обе выпили немного вина и сидели за круглым столом с большим салатом в салатнице, на которые Лида была великой мастерицей. На этот раз салат был с вареной курицей, беседа — легкой и ни к чему не обязывающей. Берте это нравилось.

— Их четверо, советских людей из Петропавловска, три женщины и мужчина, главный технолог огромного рыбозавода. В России всегда была гигантомания, все должно быть самое-самое, самое пре самое, понимаешь?! Живут здесь неподалеку от меня в гостинице с тремя звездами, в двух номерах, привезли рюкзаки со своими консервами, потрясающими. Ничего не понимают абсолютно. Настолько не понимают, что я иногда думаю об их иной профессии, клянусь. А что, вполне может быть. — Лида задумалась, прикусила губу и продолжила:

— Меня просят переводить их требования люди, с которыми они ведут переговоры. В общем, мне это нравится, я защищаю их интересы заодно.

Эта не самая простая женщина вдруг продемонстрировала неожиданные теплоту и нежность в голосе, во время рассказа о загадочных дальневосточных гостях. Полные губы Лиды размыкались и смыкались в улыбке. Она щурила свои карие глаза со скользящей лукавинкой, выпуская крепкий дым сигареты с черным табаком без фильтра, вытянутой из синей пачки «житана».

— Ну, и подзаработать неплохо, правда, — она засмеялась хрипловато, откинулась на спинку стула сильной спиной, смешно вздернула подбородок и неожиданно вытянув чуть оплывшие, прекрасной лепки длинные руки перед собой, сладко потянулась. — Мне часто кажется, что я уже прежде жила, и именно в тех местах, где живу сейчас, и делала тоже самое. С тобой, Берта, такое случается?

Берта пожала плечами, что не знает. Может быть, да, а может быть, и нет. «Я не знаю».

Все-таки Лида было много старше Берты и прожила совершенно другую жизнь и совсем в другом месте. То, что происходило в это время в России, тем не менее, стало полной неожиданностью и для нее, умной, циничной, скептичной, пережившей очень многое в этой стране. «Не думай, Бертуля, — говорила она, выпив лишний бокал вина за ужином, — этот весь разгул пройдет, но когда и какие будут результаты у всего этого шумного маскарада, я могу только предположить…»

В квартире у Лиды на стенах висели картины, их было четыре. Сама Лида сказала ей, что «это работы моих знакомых, куплены еще в Ленинграде. Я привезла их с собой. Тебе нравится? Или как?!». Одна картина демонстрировала барак на конце заросшего бурьяном пустыря, с сине-зеленой радужной лужей у входа и газетой, расстеленной на грязном пне. Было отчетливо видно название газеты «Труд» и граненый стакан с остатками крепленого вина, по всей вероятности, бессмертного и обожаемого многими «Солнцедара».

Берта все-таки была поклонницей других художественных школ, но глядя сквозь сигаретный дым на Лидино уверенное лицо с пшеничного цвета челкой, падающей на глаза, она кивнула, что нравится. «Особенно эта», — она показала указательным пальцем на картину с бараком и пустырем за правым плечом Лиды. «Да, понимаешь», — похвалила Лида уважительно и запила похвалу большим глотком. Берта сделала то же самое и с не меньшим удовольствием.

— Я пессимистична, скажу тебе, ничего хорошего не получится там, но ты меня не слушай. Все эти игры с перестройкой, у России есть лет десять-пятнадцать, ты знаешь, Берта, что такое перестройка? Слышала о ней в своем средиземноморском захолустье?

Напомним, что еще были две разные Германии, еще советские войска не выведены были из Афганистана, хотя уже восемнадцатилетний немецкий пацан посадил на Красной площади легкий самолет, пролетев все непроходимые границы и непреодолимые преграды. Звонок прозвучал, и колокол одиноко тренькнул, как бы набирая силы перед могучим звоном.

Конечно, Берта слышала о неожиданном политическом процессе в СССР. Удивлялась вместе со всеми. Зеев даже подарил ей футболку с надписью на груди «Горби forever». Она прекрасно знала, кто такой этот таинственный Горби. Правда, майку Берта все-таки не носила, так как ей не нравилась расцветка, и вообще, что она девочка, что ли? Кто это такой, не знаю, это не моя сфера интересов. А на самом деле она счастливая карьеристка, обожаемая красотка, мать прекрасного ребенка и еще одного не хуже первого. Вы что?! Берта не обижалась на Лиду, их отношения были соответствующими, хотя чем-то они нравились друг дружке, какое-то родство душ наблюдалось. Предположим, что это было хорошо скрытое безумие. Только предположим.

По утрам в пятницу «русский» сосед Мирона Игорь со второго этажа, выгуляв своего Рэкса и накормив, напоив, заперев его в квартире, стучал в дверь на первом этаже. «Ну что, пошли?», — говорил он Мирону в том тоне, которому никак нельзя отказать. И почему, скажите, надо отказывать такому человеку? По пятницам Фрида обычно работала с утра в университете, и Мирон маялся дома один. «Уже сейчас», — нервно отвечал он, хватал байковую куртку с капюшоном и надписью «Реал» на груди, дело было осенью, и они ехали на 4-м автобусе с остановкой напротив гостиницы в центр. Три остановки и все. Могли и пешком, конечно, но душа горела у Игоря, что Мирон понимал хорошо. У него и у самого душа болела, саднила, хотя и не так интенсивно, как у этого собачника из России, из таинственного города Липецк, признаем.

Выйдя из автобуса, они быстрой увлеченной походкой, не спотыкаясь, шли на перпендикулярную улицу за углом напротив Машбира и после пересечения метров 20-25-ти асфальтового тротуара и булыжной мостовой заходили в только что приветливо открывшую свои двери не то забегаловку не то ресторацию, большое гулкое помещение с высокими потолками, как в каком-нибудь Нью-Йорке или Сан-Франциско, с ограниченным, надо сказать, набором блюд и напитков. Ограниченным, но прекрасным. Они были первыми посетителями в пятницу и уходили обычно последними, таково было их предназначение. Им были рады.

Официантка Надюша приблизилась к ним с утренней улыбкой, очень красившей ее такое понятное юное лицо дочери хорошего знакомого Игоря, приехавшего из Москвы в Иерусалим жить лет десять назад с сумкой, в которой лежали его философские труды. Многочисленные. Знакомый Игоря был также с семьей, в которой главным человеком была и осталась десятилетняя тогда Надюша.

Они уютно уселись неподалеку от стойки и вдали от сверкающих чистотой окон. У окон и Игорь, и Мирон сидеть не желали, Иерусалим город небольшой, много знакомых, часть которых была в данной ситуации явно лишней. Мы об этом, кажется, уже писали прежде.

Надюша принесла им две стройные литровые (проверено, литровые) кружки, наполненные свежим светлым пивом. За стойкой парень в черной рубахе, поставив крупные, только что испеченные крепкие бублики на попа и придерживая пальцами левой руки, осторожно и быстро разрезал их острейшим хлебным ножом-пилой. Он сложил елочкой части бубликов в хлебницу, присоединил на подносе тарелочки с мягким и твердым сырами, сливочным желтейшим маслом, солениями и овощами, и сказал Надюше бодрым голосом: «Бери и неси». В спину ей он добавил слово «дорогая», мол, я с тобой. — «А кто тебя приглашал в компанию, прохвост?» — бегло подумал Игорь, обладавший идеальным слухом, даже слышавший писк голодных крысят в пустом пространстве домашней стены, томившихся в ожидании заботливо-нежной мамы-крысы размером с хорошего кота. «У них тоже есть душа и есть мама, у всех есть мама», — объяснял Игорь про крыс после четвертой выпитой кружки.

К двум часам этого пятничного дня Мирон и Игорь были категорически нетрезвы, но вели себя тихо. Вокруг сидели за столами часто сменяемые люди, только они оставались на месте, только Надюша носила им все новые кружки с пивом и новые распластанные бублики с маслом и сыром. Игорь еще щедро посыпал сыр черным перцем, объясняя, что «для крепости». Мирона это не интересовало вообще, он с удовольствием пьянел. Игорь с самого утра объяснял ему устройство Советского государства, ярым противником которого он был. «У них все против жизни людей, все против удобства существования, псы, весь мир против нас, Отечество нам Царское село, понимаешь, Мирон?». Он двигал своей кружкой и сталкивал ее с кружкой Мирона, тот не отставал от Игоря, к большому удивлению диссидента. «А здесь у нас средиземноморский безоговорочный рай, наивность и поиски мира, слава Эрец Исраель, слава!», — провозглашал он. И Мирон повторял за ним, как заведенный: «Слава, слава, слава!».

В ноябре темнеет в Иерусалиме рано и быстро. После двух часов заведение начинало пустеть, Надюша и еще одна такая же, как она, из обслуги, начали быстро протирать влажными тряпками столы, но никто Мирону и Игорю ничего не говорил и даже не намекал, что «мол, хватит, господа, пора и честь знать».

Неожиданно широко распахнулась входная дверь — на улице, оказывается, за эти часы начался косой, довольно сильный и нудный дождь — зашли два человека. «Ба, — воскликнул Игорь, — неужели наш человек пришел, наша скромная сионистская надежда, наш кандидат, наш будущий мэр». Он поднял руку в приветствии и помахал ею: «давайте сюда». Игорь начал звать Надюшу, чтобы та принесла пивка дорогому гостю. Кандидат в мэры Иерусалима, а это был он, подошел к ним, пожал руки по очереди, но от пива довольно резко отказался. «В другой раз, извините меня, господа», — сказал он, приложив руку к груди и обращаясь к Игорю, который был старше и выглядел солиднее, чем Мирон. Второй был темнолиц, с седой прядью в коротких волосах, рассмотреть его подробно было сложно. Никто и не рассматривал.

Кандидат в мэры был моложав, одет без щегольства, но дорого, что не всегда совпадает, как известно. На нем была чудная курточка, похожая на те, которые носят выпускники летных школ ЦАХАЛа, рубашка с длинными рукавами была застегнута до последней пуговицы, он был худ и спортивен, лицо со впалыми щеками походило на волчье, узкий лоб, глаза выглядели какими-то загнанными, что было жалко. Он представлял еще недавно правящую в стране партию ревизионистов, по идее он должен был победить старого толстого мэра, бывалого и ушлого человека, время которого, по мнению советников кандидата, ушло в прошлое.

— Надеемся на вас, — сказал ему Игорь, — голосуем двумя руками, вы — наша надежда, вы должны победить.

Мирон кивал в знак согласия с теплыми пожеланиями, он уже был хорош, хотя держался прямо. В туалет он не ходил с утра, держался. Игорь посетил туалет дважды. Все это не значило ничего.

Игоря, повидавшего многое в жизни, несколько насторожило напряжение, изуродовавшее и так не слишком милое лицо кандидата, но он решительно отогнал от себя крамолу. Кандидат перекинулся парой слов с хозяином, барменом и официантками, все они были за него, если верить их словам. Голос у него был низкий, красивый. Он пожал всем руки и двинул к выходу. «Давай хоть я сделаю тебе бублик с маслицем и сырком, если пить не хочешь. Смотри, какой ты тощий, так и ноги можно протянуть, не успев достичь высот», — на этих словах Игоря Надюша громко расхохоталась, не выдержав всего балагана, кандидат в панике рванулся к выходу. «И помни, только победа, дорогой мой, только ревизионизм спасет нас», — сказал Игорь кандидату вслед. Перед ним уже распахивал двери второй мужчина с темным, разбойничьим и неподвижным лицом. Имя его не сохранилось в памяти. Впрочем, как и имя кандидата. Память устроена очень избирательно.

Иврит у Игоря был правильный, акцент выдавал его происхождение, а не ошибки. «Вот так, Мирон, брат мой, мы победим их», — Игорь положил на стол две сотенные и одну пятидесятишекелевую купюру, Мирон добавил свою сотню, и они ушли. Надюша хотела вернуть им зелененького цвета в 50 шекелей ассигнацию: «Это много, не надо столько, что вы», — но Мирон уверенно сказал ей: «Это все тебе, девочка, ты — наше все». Надюша покраснела. «Скажи папе, чтобы написал обо мне стихотворение, дорогая, без иронии пусть, имя мое Игорь, он знает», — легко выразился Игорь. Тем временем Мирон зашел в туалет, вышел из него помолодевшим и присоединился к Игорю, который ждал его на улице, стоя под козырьком над входом. Он был мокрым от дождя, в прекрасном настроении, и мурлыкал «*Йершалаим шель захав*», почти не нарушая мелодии. Мостовая была черной и блестящей от дождя, редкие прохожие бежали вниз в сторону Яффо. Они повернули направо. Домой Игорь и Мирон поехали на такси, в которое сели прямо на углу «Кинг Джордж».

Ехали минут семь. Движение в городе затихало. Даже у самого популярного места в центре под названием «На моем углу» народ уже не толпился. В этом небольшом месте хозяин ходил между столиками и повторял посетителям: «Не жевать, не жевать, господа, только глотать, снаружи много желающих голодают». Впрочем, говорилось все это с известным добродушием и даже юмором, хотя какой там юмор, скажите?! Подавали там гороховый суп, хумус с жареным фаршем и соления с половиной луковицы. На столе стоял местный аналог зеленой аджики в его курдском варианте, потрясающий. Да что говорить, сходите сами туда и убедитесь. Это против «Машбира», чуть ниже на другой стороне «Кинг Джордж» на светофоре по правую руку, если ехать в сторону Яффо.

Игорь, живший активной социальной жизнью в столице, знавший всех и знакомый почти (почти — потому что все тайны города знать невозможно никому, как известно) со всеми городскими тайнами, разговорился с патлатым шофером, бывшим взрывным форвардом местной футбольной команды. «Как же не узнать, когда ты — вингер «Бейтара», вы — наше черно-желтое все, я, между прочим, член ЦК партии Ликуд, Бегин — наш рулевой, а я поклонник Ури и Эли», — воскликнул Игорь, которого алкоголь расслаблял и делал плохо управляемым подростком переходного возраста.

Присутствовавшие в автомобиле не все понимали в его речах, о многом догадывались. Шофер, закончивший с футболом лет десять назад, поскучнел, услышав имена кумиров своего пассажира, имела место ревность. Шофер был своим футбольным уровнем пониже, чем вышеназванные. Игорь отдал шоферу 50 шекелей, легко сказав: «Сдачи не надо, брат, шабат тебе шалом». Бумажник он не глядя, после больших усилий, сунул в карман пиджака. Закрывая дверцу машины, Игорь спросил у водителя: «А знаешь, как отчество Бегина? Вижу, что не знаешь. А отчество его Вольфович, Менахем Вольфович Бегин из Брест-Литовска, вот». Оставил за собой последнее слово, и очень довольный пошел, почти не качаясь, к дому, все-таки выпито было немало в этот день. Дома он еще добавлял слегка и шел спать в одиночестве, такой вот советско-еврейский организм был у Игоря, известного сиониста-ревизиониста.

Через двадцать с чем-то лет после этого дня Мирон иногда говорил Игорю, встречая его в саду с новым псом, который тоже был золотистой масти лабрадором, которого тоже звали Рэксом, как того прежнего и любимого, и который тоже припадал на задние лапы, беда этих животных. «А помнишь, как мы жали руки кандидату в мэры, помнишь, как я хотел ему налить, как хотел его накормить, помнишь, как мы, два дурака пара, говорили ему, что он наша надежда, наше все, помнишь?» — спрашивал Мирон. Игорь отворачивался и кивал ему, что помнит, и недовольно бормотал себе под нос: «Ну, бывает всякое в жизни, даже мы можем ошибиться». Хе-хе. А кто из нас не ошибался, не делал этого с известным удовольствием, а?! Скажите. Игорь никогда своих ошибок не признавал, не был готов к этому. Его право, нет? Очень сильный запах свежескошенной травы в окружных садовых участках сопровождал жизнь Мирона и Игоря большую часть года.

Кандидат, ставший тогда новым мэром, за эти годы проделал большой путь, сменив свои политические пути не дважды и не трижды, и даже отсидев срок в тюрьме совсем не за политику. Хотя мог бы, по мнению того же Игоря, по совокупности поступков оттянуть и за политику тоже. Никому не желаем тюрьмы и сумы, так, отмечаем факты. По пятницам они больше на пивко не ездили, многое изменилось. Фрида уехала в Америку, наверное, поближе к тому ее герою Джону, к кому же еще. Джон теннис уже оставил по возрасту и поскучнел, хотя взрывы его характера не исчезли никуда. Фрида стала там профессором, от Мирона ушла. В Америке замуж она, кажется, не вышла, но Игорь не знал о ее жизни ничего, так как был человеком тактичным и ничего у Мирона не спрашивал. А тот, закрытый, одинокий человек ничего и не рассказывал, чего душу теребить.

В один из вечеров вся дальневосточная русская делегация по рыбе и консервам из них, все четыре человека вместе, пришли к Лиде вечером на ужин. Их пребывание в Париже подходило к концу. Лида расстаралась, приготовила роскошную еду, весь стол был заставлен блюдами, вином и литровой бутылкой замечательного дублинского виски «Jameson» божественного медово-орехового лесного духа и цвета. Всего лишь каких-то 40 градусов крепости, а объясните. Про водку тоже не объяснить, она другая и не хуже. Берта, конечно, тоже была приглашена, она уже неплохо ориентировалась и понимала, кто за кого.

Главным блюдом у Лиды был, конечно, луковый суп, который понравился всем. Сергей Петрович под виски и успокоительный поток женских слов со всех сторон съел три порции. «Что же в нем у вас такого особенного, кроме лука, Лида?» — спросил он у хозяйки. «Вместо куриного бульона я варила его на супе из мозговых костей и в конце готовки кроме вина доливала грамм 70 водки, рассказываю вам, как дорогим гостям, секрет большой важности», — призналась Лида. «Одобряю, верный подход», — очень серьезно сказала женщина Сергея Петровича. Остальные закивали в знак согласия.

Все гости были средних лет. Женщины были среднего роста, казались тяжеловатыми, поначалу очень стеснялись, но это быстро прошло. Мужчина был невысок, широк, лицо обветренное, морщинистое, смышленое, собранное. На нем был хороший костюм и лакированные концертные башмаки. Берту поразили его руки, которые высовывались из рукавов пиджака и которые он безуспешно пытался спрятать. Когда мужчина подал Берте свою руку во время приветствия, оказалась, что ладонь его является полной копией кисти дражайшего мясника Нисима из лавки «Нисим Счастье мое (Нисим Ошри), лучшее мясо столицы» неподалеку от их дома в Иерусалиме. Левая рука Нисима была в металлической перчатке, сделанной из мелких никелированных колечек, такая прочная кольчужка, защищавшая кисть от ударов блестящего тесака, которым он рубил туши. Вот такая же, как бы металлическая рука, была и у Сергея Петровича, технолога рыбозавода.

Лиде гости принесли оренбургский платок в подарок. Его передала хозяйке уютная женщина, «наш главбух Раечка, Раиса Геннадиевна», представил ее Сергей Петрович. Платок был завернут в бумагу с непонятной фиолетовой надписью наискосок «Изделие номер 3», пакет был перевязан бумажной бечевкой крест на крест. Лида, развязав, раскрыв и посмотрев содержимое, положила сверток с платком на телевизионный столик. Все сели за стол.

Берта понимала лишь малую часть разговоров за столом, звук которых нарастал и нарастал. Ей все нравилось поначалу, она крутила головой в разные стороны, улыбалась, передавала тарелки, а потом она стала уставать. Сергей Петрович подливал и подливал ей вина, с такими дозами она не справлялась. Отца ее и Зеева здесь не было, отстаивать ее было некому. Сам технолог не очень пьянел, хотя виски пил на зависть многим профессионалам. Берта обратила внимание, что за Сергея Петровича у женщин было некое соревнование. Кажется, в нем, в этом соревновании, по очкам, но уверенно побеждала Раечка. Две другие дамы явно проигрывали в борьбе за любовь этого бывалого, если судить по внешнему виду, например, по рукам и морщинам, немолодого человека.

— Часто улыбаетесь, Берта, это очень хорошо. Девушки, вы мешаете, можете не петь пять минут? — резко попросил он бодрых женщин за столом, которые уже зарядили «Не сыпь мне соль на рану». Дамы испуганно споткнулись на словах «не говори навзрыд». «Хочу с вами поговорить, Берта, можно?» — осторожно спросил ее Сергей Петрович. Не дожидаясь ответа, он пересел к ней вместе со стулом, скрипнув ножками его по деревянному полу, взяв заодно со стола бутылку. Остальные гости были заняты беседой, хотя Раечка поглядывала на них внимательно и часто.

Она не поняла смысла его фраз и попросила Лиду помочь. «Не справляюсь, тут какие-то сложные придаточные предложения, мне нужен только смысл», — сказала Берта Лиде через стол. Лида была безотказным человеком, это было ее главным человеческим качеством. Сергей Петрович осторожно мял корявыми, плохо гнущимися рыбацкими пальцами сигарету, не сминая ее, а гладя, как гладят женщину.

Послушав короткую речь его, Лида посидела минуту неподвижно, еще одну, не глядя ни на кого, они все не смотрели друг на друга, и после этого рассказала: «Жизнь удивляет. Но если коротко, то у этого человека есть больной сын, ничего ему не помогает, он угасает там. Единственный ребенок. За него молятся во многих скитах России. Сергей узнал, что ты из Иерусалима, он просит тебя сходить к вашим тамошним святым рабинам, как он их называет, и попросить у них помолиться за его Юрочку. Ну, просто по дружбе, он никого там не знает, тебя ему бог послал, говорит. Юрия Сергеевича маму звать Тося, Анастасия, он все выяснил, что надо. На вас, на Иерусалим, говорит, вся надежда. Даст тебе много денег за услугу, все, что у него есть, он надеется на тебя, Берта».

Пару раз Сергей Петрович рано утром звонил Лиде и умолял страшным рыбацким голосом, глухим тусклым шепотком: «Пришлю сейчас Раису, дай ей пару сигареток твоих, одна надежда на тебя, умираю я».

Через пять минут раздавался звонок, и Лида бежала к дверям, держа в руках початую пачку «житана», оставшуюся со вчера, и литровую банку пугающе мутного рассола, огурцы она солила сама, настаивая их по ленинградскому рецепту своей тещи, усиленному кайенскими перчиками, сельдереем и еще чем-то таинственным из душистой лавки марокканца напротив их парадной. Рая, одетая в шелковое вечернее платье, втискивала ей в руки вместо сигарет 250-граммовую банку красной икры, русской безотказной валюты: «Так Сергей сказал, и не думай отказываться». Лида отвечала ей: «Вы меня за кого держите, безумцы?» — но Раиса Геннадиевна уже катилась по лестнице вниз в своем алом платье, в своих красных сапожках на каблуках, которые не очень подходили для июньского Парижа. Да плевать мне на вас на всех с вашим Парижем. А Сереженьке нужно поправиться после вчерашнего, что важнее, скажите, а?!

Берта сидела прямо, скрывая удивление. Она была хороша собой, на щеках румянец, губы в очень алой помаде «номер 16» от Анны Паломы Пикассо (да-да, дочь того самого левого гения), в то время очень популярной, удивленно разлеплены, зеленые глаза таинственны, она была прелестна, как всегда. Как будто Берта каждый день выслушивала подобные просьбы. Она вспомнила, что отец иногда говорил о своих отношениях с творцом. Слова его были нерадостными и горькими. И вообще, она была вне всех этих отношений, она была даже не из атеистов. Она была простым человеком, насколько такая может быть простой. К тому же иногда она бывала вульгарной, что делало ее только привлекательней. Сергей Петрович сидел напротив нее и в ожидании смотрел в пол, огромная печаль мешала ему жить, это было видно. Лида крутила дымящуюся сигарету в руке, рассматривая огонь в ней. Раиса Геннадиевна молчала по другую сторону стола. Вообще, все проходило в полной тишине почему-то.

После этого случая отец Берты неподвижно сидел на сквозняке в гостиной, повернувшись лицом к стене, никто к нему не подходил, боялись его. Двухлетний внук, начинавший учиться говорить, приковылял к нему, шлепая босыми ногами по каменной плитке, и протянул двухцветный пластиковый грузовик: «На, деда, возьми, играй, не сиди», — казалось, говорил он, названный в честь пропавшего в никуда дядьки. Отец скосил на него глаза, взял игрушку и сказал ребенку: «Давай мальчик, иди к маме теперь». Ребенок покачался, ища равновесие, потом развернулся и пошел к матери в недоумении. Никто не знал, как успокоить отца Берты, никто этого просто не мог сделать. Он иногда только беззвучно говорил, глядя перед собой: «Что же ты наделал, а? Почему? И, в конце концов, за что?». Но это были вопросы без ответов, и к кому он обращался, было хотя и очевидно, но все-таки не озвучено им никогда.

Берта, уроженка поселка городского типа, самодостаточная современная длинноногая женщина, некоронованная королева Иерусалима конца 80-тых, любившая яркую одежду, на прочной талии широкие ремни с заклепками, жившая с надеждой на скорый мир во всем мире, с профессией в руках, взрывная эгоистка, с любящим мужем и детьми, красавица, скромница, умница, задумчивая отличница, обожаемая мужчинами всех возрастов, вздохнула и взвешивая, и экономя слова, как истинная крестьянская дочь, серьезно сказала, Лида переводила Сергею слово в слово:

— Я вас понимаю, Сергей. Пытаюсь вас понять. Я очень хотела бы вам помочь, попытаюсь это сделать, но мне надо выяснить кое-что, ладно? Денег не надо, я не нуждаюсь, почту за честь. Это мицва, доброе дело, по-нашему. Есть некоторые нюансы, вот их я выясню и скажу вам окончательно. Понимаете меня, Сергей?

Отчество Петрович ей было выговорить трудно. Это был вторник. В среду Берта пообещала Сергею Петровичу дать ответ. Он кивнул ей, хотел что-то сказать, но передумал и махнул рукой в воздухе перед собой. «Чего там, понял вас прекрасно, дождусь вас, Берта», — Сергей Петрович отвернулся от нее, еще раз рассмотрев эту прекрасную женщину в подробностях. «С этой иерусалимской еврейкой надо быть осторожней, но мне-то что теперь, все уже сказано», — неожиданно сделал вывод Сергей Петрович, непонятно почему. Чему-то он напугался в движениях и словах этой молодой женщины, но отступать было поздно. Он очень надеялся на нее и ее помощь почему-то. «Мы здесь все закончили в Париже, через два дня возвращаемся, очень надеюсь на вас», — сказал Сергей Петрович. От ее облика могла закружиться голова, она и кружилась у этого человека.

Славный пейзаж за открытым окнам Лидиной гостиной вдруг закрасился косыми струями сильного дождя. Вечерний дождь в летнем Париже, что может быть лучше и красивее. Разом зажегся свет в домах через дорогу, шофера включили фары, звук проезжавших внизу машин стал влажным и мягким, вечерний час в полную силу в полном разгаре. Этот дождь и вечер внезапно вселили в Берту полновесное и поглощающее ощущение покоя.

Когда гости ушли, недолго прощаясь и с удивлением поглядывая на Берту, женщины еще посидели за столом, попили от своих испачканных помадой бокалов, поклевали без особого аппетита, и Лида сказала: «Тут за углом есть бар, там во втором зальчике хозяева устраивают танцы. Аккордеон, гитара, скрипка, барабан, кажется, не помню, но очень все мило, давай пойдем, чего дома сидеть, время детское… по быстрому, давай, на раз-два»… И начала собираться. «Любишь танцы? Что я спрашиваю, конечно, любишь, Берта, обожаешь, давай, мать, нас ждет танго», — часть слов Лида произносила по-русски, как бы теряя реальность. Она ловко наносила краски на свое лицо с увядшей кожей и темными пятнами под глазами. Но шея у нее была молодой, бархатно-кремовой, и радовала глаз стороннего наблюдателя. Она не уставала никогда, эта Лида, видно, сказывались молодые годы, которые прошли вдалеке от Парижа в щадящем балтийском климате и не требовали от нее, возможно, особой затраты энергии.

Женщины вышли на улицу и легким шагом за три минуты под зонтиком, которым, как фокусник, ловко щелкнула Лида над их головами, дошли до того бара. Берта не производила впечатления провинциалки, совсем нет. Людей в баре было много, все сгрудились у стойки, чему-то смеялись, разговаривали, курили, не жадно выпивали, жевали, ровный неразличимый гул стоял под низким потолком. Лида кивнула и улыбнулась небритому бармену в безрукавке, который был похож на расслабленного доцента с кафедры алгебры. Он с довольной улыбкой поглядывал на толпящихся вокруг людей, как бы в уме пересчитывая будущий доход.

В танцзале было мало света, кроме музыкантов находилось еще пять-шесть пар и еще кое-кто, всего человек 17-18, не больше. К Лиде и Берте сразу подошел из угла кудрявый белолицый юноша, похожий на молодого Ромео из двадцатилетней давности чудного фильма по пьесе Шекспира, написанной о любви в Вероне лет 400 назад, но все равно потрясающей и пронзительной.

Берта, уж на что уверенная в себе, наглая деревенская девка, как она называла себя сама, и та растерялась от вида этого патлатого парня в синей рубахе, бордовом галстуке и с такими васильковыми глазами, что смотреть на него почему-то больше мгновения было просто невозможно.

Он был хрупок и как-то узок, но движения ног и бедер его в танце были мощны, ладонь на Бертиной спине горяча и сильна, а прямой взгляд василькового цвета глаз был неотступен и сокрушителен. Запах его юношеского тела был головокружителен, ох, глаза у нее закрывались от нестерпимого счастья. Берта-Берта, что будет с тобой, а?!

— Ой, я это танго знаю, слова помню с детства, — воскликнула Лида, стоя подле Берты в клубах серого сигаретного дыма. Она легко спела, ничуть не фальшивя, никого, не стесняясь: «В шумном городе мы встретились с тобой, до утра не уходили мы домой…».

Напомню, что все это происходило в то благословенное время, в тот шумный год, когда повсюду можно было курить, зажигая сигареты одна от другой, когда все только начиналось или заканчивалось, смотря как посмотреть. Через два месяца прошла Олимпиада в Сеуле со скандальным канадским бегуном на короткие дистанции, русской интернациональной баскетбольной командой, порвавшей вопреки прогнозам американцев и повторившими этот золотой триумф русскими футболистами. И сибирский борец Карелин расправлялся со всеми, как с куклами, на тренировке.

Дождь все не прекращался, было тепло. По полутемной улице, отклоняясь от деревьев, растущих в тротуаре, бежал человек в трусах и майке, с поясом на животе. Лицо у него было напряжено, челюсти сжаты, он был мокрым до последней нитки. Берта удивилась этому зрелищу: «Вот ведь какие люди есть в Париже», — подумала она. — «Куда они бегут ночью?» — интересовало Берту. Лида совершенно не обратила внимания на этого мужчину, она была беспричинно весела. Впрочем, причина почти на все всегда есть.

Возвращались женщины вдвоем, стряхнув настойчивых кавалеров, Лида наобещала своему седовласому красавцу с три короба любви, «но послезавтра, милый, сегодня никак». А Берта, более прямолинейная, пересилив себя и свои желания, шепнула своему васильковому Ромео, что «давай потом, мой мальчик, меня дите дома ждет, не кормленое». Тогда он, пылающий, нагнул голову и поцеловал ее в грудь, больно прикусив сосок. Берта, у нее подкосились ноги, чуть не рухнула на черный от дождя тротуар перед входом в бар, где происходило прощание, но Бог ее хранил… Или нет, неизвестно.

Лида не комментировала этот вечер никак. Она немного устала. А Берта шла легко, будто бы получила заряд новых сил от своего василькового кавалера. Еще бы!

Лида хотела рассказывать свои странные истории, к которым Берта относилась очень по-разному. В этих историях было много непонятных слов. Лида просто была просветительницей, несла искры правды и истины в незрелые умы своей собеседницы.

— Ты говоришь СССР, Берта. А ты знаешь, что во время и после революции семнадцатого года из России ушло в эмиграцию около десяти миллионов человек, знаешь? Или про революцию ты тоже не знаешь?! Так! По порядку. Париж, Турция, Америка, Южная Америка, Китай — люди неслись куда угодно, только бы подальше от коммунистов. В России царствовали коммунисты. В сорок шестом году генсек и первый человек в СССР Сталин решил вернуть Бунина на родину, любой ценой. Он был широкий человек, товарищ Сталин. Ты, конечно, знаешь, кто такой Сталин,

Берта? Не пугай меня. Я так и знала. Ты, счастливая женщина, Бертуля. Про Бунина не спрашиваю, что нам… Скажу только, что это первый русский лауреат Нобелевской премии по литературе, он был эмигрант из России, ненавидел большевиков, аристократ, поэт, коммунистов презирал, евреев прятал во время германской оккупации… очень бедствовал после и во время войны. И тут в сорок шестом году приезжает в Париж советский поэт Симонов, который написал «Жди меня», знаешь, конечно, вместе с женой, молодой актрисой Валей, ездит на паккарде, каждый день обеды, ужины, приемы, Бунин, живущий в бедности, все время приглашается с женой в советское посольство. Бунин был за Советский Союз во время войны с фашистами: эти убийцы, злодеи, а эти свои, разбившие злодеев, понимаешь, Берта?

Это Берта понимала, она сама была за Советский Союз, про нацистов и Холокост она учила в школе и изредка слышала проклятия отца в сторону Германии.

— Ну вот. Из Москвы пригнали спецрейсом самолет с русскими яствами, какие только есть на свете. Прилетел, по слухам, с продуктами, и официант из «Праги», есть такой ресторан в Москве, для обслуживания по-русски. Ты все понимаешь, Берта, или все-таки есть еще вопросы? — Лида была деловита, у нее был диплом педагога, полученный в Ленинграде.

Уже почти пришли. Остановились у парадной. У Берты не выходил из головы тот мужчина, который бежал под дождем по бульвару. Куда и откуда он мог бежать ночью?

— Так вот Бунин, — сказала Лида. — Ну, я тебе говорила, русский писатель, лауреат, Сталин хотел его вернуть в СССР, помнишь, Берта?! Я говорила.

Берта ничего не помнила, не знала. Какое! Она была все-таки непривычна к таким эмоциональным нагрузкам. В школе они учили историю Холокоста, историю создания своего небольшого государства и прочее. Но про Бунина они не учили. Мать ее вообще ничего знать не хотела, только детей родить, накормить и обстирать, отец тоже. Он только слушал каждый час новости, приложив к уху транзисторный приемник, и два раза в год ходил молиться. В синагоге про Бунина ничего не говорили. Берта провела левой рукой по мокрому лицу сверху вниз, встряхнула кисть и сказала Лиде: «Конечно, помню, я все помню, Иван Алексеевич Бунин, надменный и благородный русский аристократ».

— Поэт, Берта, поэт, — поучительным тоном произнесла Лида. Было два часа ночи, чудесной парижской ночи. На дальнем углу ссорились под теряющим силу дождем две рослые шлюхи, одетые в шорты и майки, мелодично обзывая друг друга ругательствами одного из воинственных ливийских племен, кажется, амахагов. Берберов, иначе говоря.

Женщины поднялись в квартиру с некоторым усилием, наблюдался перебор с расходом энергии в этот день. Они сели на кухне за стол, Лида включила чайник со словами: «Срочно нужен крепкий чай». Берта от избытка событий этого дня и вечера, не чувствовала спины. Она сжала кулаки и сделала ими несколько круговых движений, напоминающих разминку боксеров. «Знаешь, Берта, что такое чифирь?», — спросила Лида, разливая чай по кружкам. Сахара они обе себе не клали, не надо им сахара, и так все сахарно в жизни, разве нет? Берта, конечно, не знала, что такое чифирь, но все сразу поняла. Она здорово соображала эта, хуторянка. Чифирь очень подошел. После него доели остатки лукового супа, Берта сказала «Ура тебе!» в отношении супа, Лида была очень довольна такой реакцией ее.

— Я хочу досказать про Бунина. Помнишь, кто это? Ну, конечно, помнишь. Так вот, такая легенда. Был решающий ужин у посла Богомолова в посольстве. Август сорок шестого. Бунин сидел за столом напротив Симонова с женой, которую звали Валя, необычайной красавицей, кинозвездой. Он наливал ему одну за другой, говорил тосты, за Красную армию, победительницу фашистского зверя, за русский народ, за русскую литературу, за первого русского лауреата Нобелевской премии, и так далее. Советское правительство приглашает вас, Иван Алексеевич, возвратиться на родину, как это сделали прежде такие гиганты пера как Горький, Куприн, Алексей Толстой, вам гарантируются издание собрания сочинений, тиражи, квартира, дача и прочее, что можно только представить, вы наша гордость, величайший писатель, гордость земли русской, Иван Алексеевич, Россия ждет вас, дорогой, — Лида сделала паузу в своем рассказе перед финальной частью его. Она отпила чайку и собралась с силами. Она почему-то считала свой рассказ очень важным для Берты, да и для себя. Вот так она решила, хотела показать себя, наверное, продемонстрировать свое отношение к этому миру.

— Все время монолога Симонова, красноречивого и многообещающего писателя, жена советского писателя, сидя подле него, отрицательно мотала головой, поджимала губы, показывая, что нет, нет, нет, ни в коем случае, Иван Алексеевич, не соглашайтесь, вас обманывают, ну, и так далее. Ей было двадцать шесть лет, девочка, красавица, актриса, карьеристка, конечно, и вот на тебе. Когда Симонов вернулся в Москву, он разошелся с нею. Говорят, очень любил ее. Валю эту лишили по возвращении ролей в кино, из театра она ушла, сильно пила, умерла в одиночестве. Надо выпить за эту Валю, за ее судьбу, давай, Берта, давай, — женщины чокнулись кружками с недопитым чифирем и отпили по большому глотку.

На улице прекратился дождь, на кухне было свежо и прохладно. Вместе с дождем куда-то ушли шумы, сопровождавшие его. «Все кончилось, надо уезжать уже, сколько можно», — подумала Берта не настойчиво. «Я хочу позвонить в Иерусалим мужу, попросить его кое о чем, только я хочу заплатить за звонок, Лида», — сказала Берта. Было 3 часа 20 минут утра. Самое время для звонков на дальние расстояние. Лида посмотрела на нее возмущенно: «Ты что, девка, совсем обалдела, что за мысли», — говорило ее лицо.

Сейчас в Иерусалиме 2 часа 20 минут утра, подходит для разговора с мужем. Берта соскучилась по этому человеку, по его рукам, по его телу, по его запаху, признавала это в себе, удивляясь. Лида, еще раз отмахнувшись гибкой рукой от намерений Берты — «за кого ты меня принимаешь, мать» — поднялась и принесла из гостиной телефон на проводе, установив его с некоторым шумом на столе перед Бертой.

Сама Лида облокотилась о подоконник и стала смотреть на дерево у дома с мокрой шумящей на порывах ветра листвой, на мокрые крыши автомобилей, припаркованных у дома. Патрульная полицейская машина стояла на углу, перед моргающим светофором, заехав на тротуар правыми колесами. Кажется, ажаны отдыхали или ждали с поличным преступников, которых все не было. За перекрестком виден был тупик с воспаленным в угольной тьме желто-синим фонарем. Никаких шлюх, никаких ссор, никаких правонарушений, очень тихо. Мокрый прошедший день и не менее мокрая черная ночь ничего хорошего не обещали. Лида догадывалась, о чем Берта хочет говорить с мужем.

Берта набрала номер и Зеев ответил сразу, как будто сидел у телефона и ждал звонка. Наверное, так и было на самом деле. А что?! 2 часа 20 минут утра. Муж не удивился звонку в такое время, он привык к ней, ждал от нее любого поступка.

— Сходи на улицу Иса Браха, там в *шхунат* (квартале) а-Бухарим, где твой отец жил, помнишь, мальчик мой, там живет цадик Ицхак (Кадури), к нему очередь увидишь сразу, и спроси у него то, что я тебе сейчас скажу. Давай быстро, потому что чужой номер, неловко время тянуть. Я прилетаю через три дня, соскучилась, как дети-то? — о детях она помнила, но спросить удалось о них только в конце разговора.

— Все в порядке, девочка моя. Дети и я очень ждем тебя, надоело одиночество всем, вообще, все сделаю сразу, все выясню, позвони вечером, целую тебя всю, — сказал ей муж. Теща, сестра и наемная женщина помогали ему с детьми все это время.

— Очень кстати ты меня целуешь, я тоже тебя целую изо всей силы, — Берта повесила трубку, поставила отточие до завтрашнего ответа. Она выдохнула — «кажется, все сделала, нет?» — поглядела на наручные часы, которые он подарил ей на пятую годовщину свадьбы. «Две минуты говорила, а кажется, что час. Но хоть не ввела Лиду в расходы», — подумала она, очень довольная разговором и возбужденная им. Ее телефонный разговор с мужем не походил на дуэль. Она подумала об этом, между прочим, с каким-то необъяснимым удовольствием.

Лида обернулась к ней от окна. Не было ей покоя, а ведь возраст уже поджимает. Или 37 это ничего? Или все только начинается? Неизвестно, но чувство справедливости, учительское желание научить всех, бешеная энергия этой женщины были неукротимы.

— Ты скажи мне, Берта, неужели ты всю жизнь хочешь заниматься переписью ржавых подсвечников, семисвечников и тому подобного, неужели? Я не лезу в твою жизнь, но все-таки, а, — голос у Лиды был усталый, силы у нее кончались, но она звучала заинтересованно.

— Не вижу в своей жизни ничего, что хотела бы изменить. Но мы потом поговорим с тобой, хорошо? — спросила Берта. Она вдруг захотела спать. События этого дня превосходили ее силы и возможности в несколько раз.

— Про Бунина еще помнишь? Кто он и что с ним стало? — Лида уже поднялась на ноги и, облокачиваясь о стол двумя руками, ждала ответа.

Берта отвечала ей тезисами, как на уроке в американском колледже, она тоже была не лыком шита:

— Русский поэт, лауреат, эмигрант, аристократ. Иван Бунин, жил в Париже. Сталин хотел его вернуть в СССР после войны, ему обещали златые горы, всенародную любовь, молоденькая жена

Симонова Валя на ужине показывала Бунину, чтобы он этого не делал ни в коем случае. Он поехал тогда в Москву?

— Нет, конечно, он не был дураком, этот Бунин. Вернувшись в Москву из Парижа, Симонов разошелся с Валей, она спилась и умерла, потеряв все.

— Какой ужас, — сказала Берта. Ей действительно стало грустно, она переживала за судьбу этой неизвестной ей смелой, несчастной и отчаянной женщины. — Наверное, она своего любила, да, Лида? Как ты думаешь?

— Я не знаю, но думаю, что она его обожала, — элемент трагизма стоял за всеми историями Лиды всегда. Это шло у нее еще из Ленинграда, из той литературной традиции. — Он был элегантен, усат, богат и по-своему талантлив. Не без недостатков, но без недостатков людей нет, ты это знаешь Берта.

На следующий день вечером Берта созвонилась с Зевом, и он все ей сказал: «Был у рэб Ицхака, долго ждал, десятки людей его ждут. Пробился, наконец. Он сказал, что можно, благословение будет сказано им, имя мамы нужно. Ты говоришь, Тося, Анастасия, да? Юрий бен Тося, правильно, понял тебя. Иду ему сказать. Очень жду тебя, приезжай уже», — сказал Зеев громко, почти крича от возбуждения.

Затем они с Лидой сходили в темноте под фонарями в гостиницу к русской делегации, и Берта все рассказала совершенно трезвому Сергей Петровичу. «Будет благословение вашему Юре», — сказала она. Говорили они вполголоса, мужчина не хотел никого ни во что посвящать. Он был благодарен Берте и попытался дать ей увесистый клубок ассигнаций, свернутый колесом и обвязанный аптекарской резинкой. Берта очень испугалась и деньги не взяла со словами: «Вы что, Сергей, за такое деньги не берут». Лида переводила не без испуга. «Его благословение, этого рэб Ицхака (Кадури), очень сильное. Ему больше 90 лет, кажется». Тогда ему больше 90 лет было, отметим.

Сергей удивился ее поведению и ее словам, вернул деньги в карман, встал перед Бертой на колени и со словами: «Не забуду тебя, матушка, никогда, вечное тебе спасибо», — поцеловал ей руку. Берта руку отдернуть не успела, от такого как Сергей Петрович руки убрать не успеть никому, и наверное, никогда не дано. Раиса Геннадиевна смотрела на происходящее пытливым и завистливым взглядом брошенной любви. Две другие дамочки отвернулись: «Петрович наш совсем рехнулся с сынком своим, бедный».

Музей Феликса Нуссбаума стоит в Оснабрюке до сих пор на том же месте: улица Лоттер, 2. Берта там больше не была никогда. Лиду она также больше не встречала. С Фридой они пересеклись как-то, но подробностей об этой встрече нет, женщины очень сложны, их внутренняя жизнь загадочна. Непостижима.

Раввин Ицхак Кадури, уроженец славного города Багдада, который к семнадцати годам знал весь Талмуд наизусть, прожил на свете 110 лет и умер в Иерусалиме. Некоторые источники утверждают, что Кадури прожил 112 лет. Никто не спорит по этому вопросу. Его похоронили на кладбище в Гиват Шауль, если при въезде в Иерусалим, то на светофоре перед Садами Сахарова справа. Да вы знаете, конечно.

Берта ничего не помнит об истории с благословением Юры. Прошло много лет, и часть тех событий как бы осталась в неких закромах памяти. Только иногда, услышав имя Юра, она вздрагивает, взгляд ее оживает, и улыбка прозрения озаряет ее все еще прекрасное лицо с зелеными, совершенно не постаревшими глазами.

2021 год

«ГЕРР ГЕББЕЛЬС УЖЕ УЕХАЛ»

Рассказ

В конце 80-х годов прошлого века, когда СССР пришел в упадок и все внезапно обветшало и стало рушиться, один московский писатель, авантюрист, полиглот и приверженец американской прозаической школы, совершил поступок, о котором можно рассказать литературную историю. Как говорится, без последствий и выводов. Прошу запомнить, без последствий и выводов.

Он и всегда, этот бородатый, с лишней кожей на лице, сложный нервный человек с известными комплексами, мог совершать поступки. Иногда, в рамках разумного, он совершал поступки, которые объяснял и оправдывал тем, что настоящая литература требует риска. Правда, понятие «риск» он трактовал весьма своеобразно.

Он был реалист, еретик, верил только в силу власти, самой жестокой и подлой, не обсуждал ее никогда, брал от нее все необходимое и больше необходимого. Всю свою советскую карьеру поступал, как считал нужным для достижения успеха и продвижения наверх. Он очень многого добился в невероятном и необъяснимом для посторонних Советском Союзе. Например, он получил звание «Почетного чекиста» или чего-то в этом роде. На французском костюме с невесомой подкладкой, который он надевал на какие-то таинственные приемы, на лацкане у него действительно благородно тускнел некий значок, тяжеленький знак из металла. Говорили, что знак этот был платиновый, и таковых было сооружено не больше ста за все годы чекистского победоносного марша. Но никто из знакомых ничего такого у него не видел.

Он, и правда, был рисковый человек, общался с властными органами, по слухам, получал доступ к отдельным делам, сданным в архив. Согласно содержимому этих папок с черным грифом «Хранить вечно» он писал толстые книги об изысканной работе органов ЧК-НКВД-КГБ и смежных с ними организаций. Стиль письма его импонировал очень многим. Он был невероятно популярен в так называемом народе. Книги его покупались по большому блату с большой наценкой. Книги его переводили на все языки родственных народов, также успешно строивших социализм: болгарский, польский, венгерский, украинский, словацкий, монгольский и какой там еще? Да, немецкий и румынский. Да? Да, конечно, братья, родственники навек.

Инженеры и технологи стояли за его книгами в таинственных очередях, отмечаясь по ночам. На его книги, выходившие огромными тиражами, был невероятный спрос. Люди занимали очередь с вечера, выкрикивали номерки и утром выкупали его тома за рубли и трешки. В одни руки — одна книга. Вот так. Он был состоятелен, уважаем и вызывал зависть у некоторых коллег по цеху, которые не смогли добиться того же, хотя совершали и готовы были совершать все то же, что совершал он. Да и больше, чем он, конечно. Но нет, выбор пал на этого бородача, несмотря на то что он происходил из семьи арестованного и забитого следователями переводчика с итальянского. И мама его тоже пострадала от людей с чистыми руками и холодными мозгами, хотя и меньше, чем папа. И вот сын этих людей, возможно, пережив в детстве ужас одиночества, голода и отсутствия родительской опеки, стал бесстыдно славить организацию изо всех сил, создавая жанр хвалителей конторы. Он явно рассчитывал на то, что его позабудут после, как напрочь позабыли, к примеру, сейчас гвельфов и гибеллинов.

Существовал еще жанр хулителей конторы, не набравший нужной силы. Этот жанр все-таки был сопряжен с опасностью.

Он был замечательным семьянином. Сын учился на классической филологии в Москве, а дочь — чуть ли не в Кембридже или где-то возле. Она познавала физику, делала успехи, отец по ней скучал. Жена по большей части жила в Кисловодске, в санатории, лечилась от болезни нервов, сложной и непостижимой.

У него был свой круг, своих несколько друзей, которым он доверял, которые не совсем были писателями, но были близки к этому занятию. Уважали, ценили. И вообще, надо сказать, что он был доброжелателен, внимателен к собеседнику, в нем отсутствовала предосторожность, кажется, он мог себе позволить быть таким.

Он жил в переулке возле улицы Горького в отличной четырехкомнатной квартире, которая ломилась от добра. В огромном двухдверном холодильнике хранились все виды яств и напитков, которые казались недосягаемы обычному советскому человеку с достатком. В кладовке висел на крюке привезенный хозяином из Испании копченый окорок, который назывался хамон. Внук религиозных тихих иудеев из западной Белоруссии любил выпить водки и заесть ее острой испанской ветчиной. Он обожал суп из куриных потрошков, украшенный петушиными гребешками. «Очень полезно для этого дела», — говорил он сотрапезнику, делая неопределенный жест гибкой рукой и поджимая губы в густой бороде, что означало восторг. Водку он пил «Столичную», с черной этикеткой, которую делали на экспорт. Грешным делом, он любил ее. Обожал музыку Вагнера. На стене в гостиной у него висел новенький автомат «узи». «Подарил один борец за свободу», — он произносил слова без всякой иронии. Вообще с юмором у него были проблемы, он не понимал анекдотов и шуток, был обидчив.

Раз в неделю, по вторникам, он принимал друзей, с которыми говорил на любые темы — он мог себе это позволить. Мог покритиковать пороки системы, сказать горькие слова о недостатке свободы, подчеркнув, что у него лично свободы достаточно. После третьей рюмки под обожаемую им нечеловеческую музыку Вагнера он говорил, промокая сочные губы салфеткой:

— Истина мне важнее Родины, понимаете?!

Один из гостей просил его не увлекаться словами. И смотрел выразительно. Остальные посмеивались, не комментируя и ничего контрреволюционного не утверждая.

Разговор скатывался обычно на происходящее. Кто-нибудь говорил, что Бог его знает, чем все это кончится, вся эта катавасия распада империи. «Тоже мне вопрос, — отзывался тот самый гость, который просил хозяина не увлекаться, — это кончится тем, чем всегда кончается в России — русским бунтом, кровавым, бессмысленным и беспощадным. И погромом, конечно, надо людям отвести душу дать. А мы все пойдем работать в банк». Его тщательно хранимый секрет был заперт в рабочем сейфе на работе. Руки у него были изящные, почти женские на вид, ухоженные. Настоящие руки человека рассуждающего и мечтающего о погромах.

Была поздняя московская осень. Шел дождь со снегом, по переулку торопились люди, склоняя головы перед мрачной непогодой, но не перед жизнью. Шершавый гранит окрестных домов наполнялся влагой. Рабочий день кончился, надо было начинать жить. Камин энергично трещал еловыми поленьями.

На стене гостиной, возле автомата, у писателя висел портрет средних лет человека в форме старшего офицера ГПУ. Лицо у него было лукавое, смышленое, актерское. Однажды хозяин объяснил кому-то, что это Яков Саулович Соренсон, больше известный под фамилией Агранов, друг Маяковского, Бабеля, Пильняка, Бриков и других. Он, кстати, подписал ордер на арест Мандельштама. Славным, как когда-то определил ребят ГПУ этот поэт, Агранова назвать было невозможно. «Большой человек, масштабная личность», — добавил хозяин дома. Гость кивнул.

— Другая страна образовалась, восстанавливают отношения с Израилем, вы можете себе это представить? А ты говоришь погром, Толя, — сказал хозяин назидательно. Его полное лицо морщилось от неудовольствия.

— Погром, дорогой, погром, без погрома нельзя, — сказал лихой гость, ставший неожиданно похожим на босяка с Привоза. Он выпил, с удовольствием сморщившись. Все находившиеся в комнате знали много больше, чем писали газеты, а также говорило и показывало ТВ, в последнее время дорвавшееся до отсутствия цензуры. Полного отсутствия цензуры.

— Я верю в силу, в России без нее нельзя. Никак нельзя. И вообще, здесь нужна только сильная рука хозяина, иначе будет плохо, — он выпил замечательного коньяка «Хеннесси» и счастливо выдохнул.

Хозяин тоже выпил и взял газету с некрологом на первой странице, посвященным академику Сахарову, замечательному человеку, который не справился со своим здоровьем и временем.

— Я тут наблюдал этих молодых людей из «Памяти», — сказал хозяин. — Вряд ли у них есть будущее. Бритые мясники в фартуках. У них точно нет будущего.

— Ты замечательный писатель, старик, многое понимаешь. Но у тебя отсутствует прозорливость, ты совершенно не знаешь и не понимаешь жизнь народа. Контора, о которой ты пишешь, это не народ. Твои интеллигенты из книг на службе Родине в тылу коварного врага — это твое полное отражение, это ты и только ты. А ведь русский народ состоит не из таких, как ты. Наверное, ты уже смог это заметить, — сказал гость почти пренебрежительно.

Помолчали. Хозяин не обижался ни на что и никогда, но здесь его что-то задело, понятно что. От друга, каковым он считал Толю, он услышать этого не ожидал никак.

— Скажу тебе, что, может быть, ты и прав, ты аналитик, у тебя вся информация. Но скажи мне, контора вечна — с этим ты согласен, надеюсь.

— Не знаю, не знаю, рад был бы тебя обнадежить, да не могу. Не владею данными, — Толя поскреб подбородок, который брил два раза в день, а щетина все равно выпирала к вечеру не в тон к его бежево-розовому славянскому лицу со свежей кожей и голубыми прозрачными глазами, которые так шли волевым и прозорливым персонажам романов хозяина дома.

Тот поднялся и принес из соседней комнаты лист бумаги. Он так долго играл в игры, что и жизнь его превратилась в некое подобие игры.

— Я тебе докажу обратное, Толя, я докажу тебе, что контора бессмертна. Дух зла вечен. Смерти нет для людей высшего духа. Сейчас докажу, смотри.

— В голове у тебя сумбур. Начитался, понимаешь, — похоже передразнил знаменитого местного политика Толя.

На листе бумаги были выписаны столбиком по-русски немецкие фамилии. Напротив фамилий были напечатаны номера телефонов под грифом «рабочие».

— Вот смотри, я взял, попросил — и мне разрешили, не думай ничего, в вашем архиве телефоны немецких начальников Третьего рейха, — сказал хозяин. Он был трезв и возбужден, глаза горели. С ним такое случалось, азарт иногда побеждал в нем секретаря Союза писателей.

— Давай позвоним кому-нибудь, Толя, — сказал он тихо. Все примолкли, ироническое настроение куда-то улетучилось, люди оказались один на один с чем-то, что не должно и не могло произойти.

— Давай оставим это, не играй в эту игру, старик, — сказал Толя очень серьезно. Он подобрался, сел прямо, от его расслабленности не осталось и следа, он и не был расслаблен. Толя принадлежал к низшему роду бессмертных.

Хозяин вполголоса читал, шевеля полными губами, список министров. Он не обращал ни на что внимания, кроме этих букв и слов. За окном напропалую сек дождь, было темно и не слишком уютно на улице. Москва уже не походила на прежний город, еще не добралась до себя будущей.

— Ну, Гитлер — нет. Борман — тоже нет. Гиммлер… все это не то. Вот смотрите, есть Геббельс, обычный человек, обычный *дьяволо*. Звоним Геббельсу. Йозеф… как его отчество, а, никто не знает?

Толик сказал, что отчества не помнит, а звали его (он уже чеканил) Пауль Йозеф Геббельс, министр народного просвещения и пропаганды рейха, жену его звали Магда, у них было шестеро детей, что еще?... — отозвался Толя. — У нее был длительный роман с сионистом по имени Саул. К тому же, ходили настойчивые слухи, что Геббельс и сам из евреев.

Горничная, сдобная, молчаливая завитая деваха в кружевном фартучке поверх мини-юбки, внесла поднос с чаем и пышный торт с кремом, покрытый свежей ежевикой.

— Звоним.

Хозяин принес телефон на длинном шнуре. Второй телефон он поставил на громкость.

— Я вас попрошу, дорогая, Берлин мне, срочно, да-да, из дома. Номер такой…

Через несколько томительных секунд раздался звонок. То, что звучало в трубке, слышали все.

Хозяин прекрасно говорил по-немецки, а также по-английски и по-французски. По слухам, он знал арабский, иврит, испанский, турецкий. У него была невероятная память, которой он был многим обязан в жизни. Не только памяти, конечно, но очень многим он был обязан памяти. И матери, которая упрямо, настойчиво, на грани исступления обучала его иностранным языкам после возращения из лагеря, кутаясь в шаль даже летом, пряча буханки в кухонных углах, на всякий случай. Она слушала и умиленно кивала сынку в знак согласия и удовольствия, подперев щеку коричневым кулачком каторжницы. Он помнил все идиомы, тонкости произношения и написания. Все помнил.

Хотя иногда, когда он намыливал свои несколько избыточные щеки в шкиперской бороде, снимая растительность невероятным тройным клинком французской фирмы, он забывал про вторую сторону лица и шел в гостиную в мыльной пене, также, конечно, производства специальной парфюмерной фирмы для не просто богатых, а для невероятно богатых людей. Горничная тогда властно вела его обратно в ванную и аккуратно вытирала ему лицо, освобождая от белоснежной пены, а потом уже, склоняя нежные колени, заодно высвобождала хозяина влажными замечательными движениями языка и губ от утреннего напряжения, столь понятного при его ночной работе, наполненной фантазиями, погонями, интригами и роскошными женщинами, которые неумело делали вид, что не понимают по-русски.

После длинных глухих гудков внезапно ответил скрипучий голос молодого немца:

— Да, я вас слушаю.

— Добрый вечер, я попрошу соединить меня с герром Геббельсом, — уверенно попросил хозяин.

— Герр Геббельс закончил рабочий день и уехал. Вы можете позвонить завтра, — сказал тот же голос. Связь прервалась.

После длительной паузы, в стынущей, невозможной тишине Толя сказал хозяину:

— Это многое объясняет. Ты нас разыграл, признайся.

— Нет, я это знал всегда, — твердо ответил хозяин. — Я только хотел, чтобы ты убедился и мне поверил. Они говорили: «верь в будущее». Я говорю: «верь в прошлое».

Он откинулся в кресле назад, раскинув руки с засученными по локоть рукавами.

Писатель выглядел безумцем. Казалось, что он владеет чем-то огромным, что не поддается его пониманию. Он глядел из расстегнутого ворота своей замечательной итальянской рубахи, приобретенной в Милане, на присутствующих с видом старшего победителя, который знает, что делать со своей победой.

Толя выглядел встревоженным, голубые глаза его стали почти черными. Он кивнул хозяину дома, что верит ему. Прислуга, неслышно ступая, принесла на подносе чай с лимоном и медом. Хозяин обожал мед, утверждая, что мед умножает силы, прибавляет здоровье и ум, как писал Рамбам. Так и говорил всем. То есть не стеснялся слова Рамбам, охотно объяснял спрашивавшим про Рамбама. Никто особо и не интересовался. Толик однажды спросил, походя, а потом сам жалел: хозяин объяснял многословно, судорожно как-то и малоинтересно. Фразу «великий еврейский врач» он из его монолога запомнил.

Чай был замечательный, «лондонский», лимон бакинский, мед орловский. Прислуга хозяйская приехала, по ее словам, из-под Херсона, была скромна, мила, все быстро схватывала, научена всему. Могла по просьбе хозяина и спеть, и станцевать. Она кормила своего писателя по утрам салом, повторяя, что «это же пенициллин,

Виктор Ноевич, от всех хворей лекарство, а какую силу дает», музыка была прикручена, стальной Толик был тих и задумчив, а дождь непрекращаем.

Никого из участников этой истории уже нет в живых. Все ушли. Но по глухим слухам, доходящим до нас в нашем Средиземноморье, если сегодня раздобыть номера телефонов той берлинской рейхсканцелярии и позвонить, то скрипучий высокий голос молодого немца скажет: «Я слушаю вас».

2015 год

ЗМІСТ

Марк Зайчик

ПИЛИГРИМ

російською мовою

Директор видавництва *Тетяна Ретівова*
Редактор *Сніжана Піша*
Макет обкладинки *К.Матвєєв*
Оригінал-макет *Микола Шемет*

Формат 60х90 1/16. Ум. друк. арк. 12,3
Підписано до друку 05.03.2023.
Замовлення №

Видавництво «ФОП Ретівов Тетяна»
вул. Мала Житомирська, д 8, №3, м. Київ
тел. (096) 538 51 15
e-mail: kayala@ukr.net
Свідоцтво суб'єкта видавничої справи
ДК № 5016 від 24.11.2015 р.

Друк: ФОП Лопатіна О. О.
www.publishpro.com.ua
тел.: +38 044 501 36 70
Свідоцтво суб´єкта видавничої справи
ДК № 5317 від 03.04.2017

www.ingramcontent.com/pod-product-compliance
Ingram Content Group UK Ltd.
Pitfield, Milton Keynes, MK11 3LW, UK
UKHW032046260826
14628UKWH00008B/3201

9 786178 014261